名場面で味わう

源氏物語五十四帖

竹内正彦

目次

第三章　光源氏の栄華

第四章　光源氏の晩年

第五章　光源氏の没後

はじめに

『源氏物語』は平安時代に成立した物語文学である。およそ千年にわたって読み継がれ、今なお多くの現代語訳が出版されているほか、外国語にも翻訳されており、『源氏物語』は日本を代表する古典のひとつとして認知されている。しかし、『源氏物語』は古典であるとともに、すぐれた文学作品である。そこに描かれた表現世界には、今ここに生きるわたしたちの心を大きく揺さぶるものがある。だからこそ、千年もの間、『源氏物語』は時空を超えて読み継がれてきたのでもあった。

本書は、『源氏物語』五十四帖それぞれの巻における「名場面」を掲げ、その現代語訳を付したうえで、物語の内容をわかりやすく解説した『源氏物語』の入門書である。

もとより「名場面」についての明確な定義があるわけでない。人によってその定義や対象は異なるといってよい。本書では、古来名文とされてきたもののほか、心理描写や自然描写が優れた部分、物語を構成するうえで重要な場面などを意識したが、結局は著者である私が考える読みどころということになろう。ただ、「名場面」を中心として本書を構成したのは、少しでも本文《ほんもん》（いわゆる原文）によって『源氏物語』を読みたいとの思いによるものである。『源氏物語』の魅力の源泉は、やはりその本文にある。本文に寄り添って読むことによってはじめて『源氏物語』は顕《た》ち現れてくるのである。

『源氏物語』は「名場面」の宝庫である。紙幅の都合上、多くの「名場面」をとりげることはできなかったが、私なりに選りすぐった「名場面」を掲載したつもりである。『源氏物語』の本文には独自の呼吸といったものがあるため、『源氏物語』の本文は音読をすることをおすすめしたい。なお、『源氏物語』の本文は、新編日本古典文学全集『源氏物語』全六冊（小学館）に拠り、巻名・冊数・頁数を付した。また、和歌の引用については『新編国歌大観』（角川書店）に拠り、歌番号等を付した。ただし、表記などは私によりあらためた。

現代語訳は、逐語訳をめざしたが、適宜、ことばを補い、意訳をするなどして現代語訳だけでも意味がとれるようにつとめた。解説は、その場面のみならず、物語の内容が把握できるようにするとともに、わかりやすい記述をこころがけた。理解の一助となるよう、各巻ごとに系図を掲げつつ、国文学研究資料館が所蔵する『源氏物語団扇画帖』のほか、『古土佐繪帖』『源氏物語絵巻』『源氏物語絵屏風』からの絵画（『日本古典籍データセット』（国文研等所蔵））を掲載した。

『源氏物語』はすぐれた文学作品である。本書によって、そのことを少しでも伝えることができればこれに過ぎた喜びはない。

序章　あらすじで読む『源氏物語』

『源氏物語』の構成については、三部から成るとする三部構成説が一般的である。

第一部　第一帖「桐壺」～第三十三帖「藤裏葉」　光源氏の前半生
第二部　第三十四帖「若菜上」～第四十一帖「幻」　光源氏の後半生
第三部　第四十二帖「匂兵部卿」～第五十四帖「夢浮橋」　光源氏の没後

『源氏物語』は長編であるため、全体を把握する視座が必要となってくる。光源氏の物語を語る「正篇」と光源氏の没後を描く「続篇」という二部に分ける考え方もあるが、この三部構成説は、主人公光源氏の人生を、前半生と後半生の二部に分けていることに特徴がある。三部構成説は成立論や構想論とかかわって提示されてきたものであるが、主人公光源氏が罪を負って流離するものの復活して栄華を手中にしていくという古代物語的な展開をとげる第一部と、晩年を迎えた光源氏の苦悩を描写する第二部では主題的に見ても断絶があり、『源氏物語』を把握するという観点からしても、三部構成説の有効性は認められるところである。

けれども、もちろん三部構成説はひとつの説に過ぎない。この三部構成説には批判もあり、他の構成説も提示され、そもそも区切ること自体を否定する見解さえある。たしかに『源氏物語』には、匂宮三帖をはじめ、つなぎの巻ととらえられる巻があり、すべてを明確に区分することは困難である。しかし、この長編物語を把握しようとするとき、その構成を考えることはひとつの手段となることは疑いない。そして、『源氏物語』の構成をどのように考えるかということは、『源氏物語』をどのようにとらえるかということなのでもあった。

本書では、こころみに五部構成としてとらえ、それぞれを第一章から第五章に分けた。

第一章　第一帖「桐壺」～第十二帖「須磨」　光源氏の青春
第二章　第十三帖「明石」～第二十帖「朝顔」　光源氏の復活
第三章　第二十一帖「少女」～第三十三帖「藤裏葉」　光源氏の栄華
第四章　第三十四帖「若菜上」～第四十一帖「幻」　光源氏の晩年
第五章　第四十二帖「匂兵部卿」～第五十四帖「夢浮橋」　光源氏の没後

三部構成説における第一部を三章に分け、没後を含め、全体を「光源氏物語」としてとらえた。第二章までは藤壺にかかわる物語、第三章は六条院をめぐる物語ととらえたが、第一章を「須磨」巻まで、第二章を「明石」巻からとしたのは、そこが光源氏物語の転換点と見たからである。「藤裏葉」巻までは、国文学者の折口信夫《おりくちしのぶ》のいう「貴種流離譚《きしゅりゅうりたん》」によって把握することが可能であるが、罪を得て流離する貴人は死ぬ運命にあった。そうした意味において「須磨」巻の巻末で起こった天変は光源氏の人生を分けるものなのであった。

以下、五章に分けて『源氏物語』の内容を概観する。巻名の下には光源氏の年齢と官職等（第五章は光源氏の通算年齢のみ）を記載し、人物像理解のたすけとなるよう、年齢不明の人物を除き、なるべく通行の推定年齢を記した。また、【※】は本書でとりあげた場面であること示す。

第一章　光源氏の青春

第一帖「桐壺《きりつぼ》」光源氏［1〜12歳］元服［12歳］

桐壺帝《きりつぼてい》が桐壺更衣《きりつぼのこうい》を寵愛し、桐壺更衣は他の妃たちから嫉妬されて病気がちとなる【※一】。光源氏誕生。3歳で袴着。その夏、桐壺更衣、死去【※二】。4歳、弘徽殿女御《こきでんのにょうご》腹の第一皇子（朱雀院《すざくいん》）［7歳］が東宮となる。7〜11歳のころ、高麗相人《こまのそうにん》の観相をふまえ、桐壺帝は光源氏の臣籍降下を決意。故桐壺更衣によく似た先帝の四宮《しのみや》（藤壺）［16歳］が入内し、光源氏は藤壺を慕うようになる【※三】。12歳で元服。同夜、葵上《あおいのうえ》［16歳］と結婚するものの、藤壺を思い続ける。

第二帖「帚木《ははきぎ》」光源氏［17歳］すでに中将

光源氏の恋の噂が絶えない【※】。17歳夏、雨夜の品定めにおいて中の品の女性のことが話題となる。翌日、方違《かたたが》えのために行った紀伊守《きのかみ》邸にて空蟬《うつせみ》と逢う。

第三帖「空蟬《うつせみ》」光源氏［17歳］中将

17歳夏、みたび紀伊守邸を訪問。空蟬と軒端荻《のきばのおぎ》を垣間見る【※一】。空蟬は小袿《こうちき》を残して逃れ【※二】、軒端荻と契《ちぎ》る。

第四帖「夕顔《ゆうがお》」光源氏［17歳］中将

17歳夏、六条御息所《ろくじょうのみやすどころ》［24歳］のもとに通う途中、五条に乳母《めのと》を見舞い、隣家の夕顔［19歳］を知る【※一】。素性を隠したまま夕顔のもとに通い、夕顔との恋に耽溺するものの、秋八月、廃院で夕顔が物の怪にとり憑かれ急死【※二】。その後、夕顔が頭中将《とうのちゅうじょう》の恋人であったことやふたりのあいだに女児（玉鬘《たまかずら》）がいることを聞く。

第五帖「若紫《わかむらさき》」光源氏［18歳］中将↓正三位中将《しょうざんみのちゅうじょう》［18歳十月］

18歳春三月、瘧病《わらわやみ》の治療のために出向いた北山で、藤壺によく似た少女（紫上《むらさきのうえ》）［10歳程度］を垣間見る【※一】。北山尼君《きたやまのあまぎみ》［40歳程度］たちに養育を懇望するが断られる。夏、藤壺［23歳］と密通【※二】。六月、藤壺が懐妊3か月であることが判明する。秋九月、北山尼君が逝去。冬、光源氏は父兵部卿宮《ひょうぶきょうのみや》［33歳］が迎え取る前に、紫上を盗み出すようにして二条院に迎える【※三】。

第六帖「末摘花《すえつむはな》」　光源氏［18歳春〜19歳春］　中将→正三位中将［18歳十月］

18歳春、亡き夕顔のことが忘れられない【※一】。噂で聞いた末摘花《すえつむはな》のもとを訪れ、頭中将と遭遇する。秋八月二十余日、末摘花と逢うが、途絶えがちとなる。冬の雪の朝、末摘花の醜貌に驚く【※二】。その後も生活は支援する。

第七帖「紅葉賀《もみじのが》」　光源氏［18歳秋〜19歳秋］　中将→正三位中将［18歳十月］→宰相中将［19歳七月］

18歳冬十月、頭中将と紅葉賀で青海波《せいがいは》を舞う【※一】。19歳春二月十余日、藤壺［24歳］が皇子（冷泉院《れいぜいいん》）を出産する【※二】。四月、皇子参内、桐壺帝に寵愛される。秋七月、藤壺が立后し、光源氏は宰相となる。桐壺帝は譲位を決意する。

第八帖「花宴《はなのえん》」　光源氏［20歳春］　宰相中将

20歳春二月二十余日、南殿《なでん》の桜花の宴で詩作して舞う。その夜、弘徽殿の細殿《ほそどの》で朧月夜《おぼろづきよ》と逢う【※】。三月二十余日、右大臣家の藤花の宴で朧月夜と再会する。

第九帖「葵《あおい》」　光源氏［22歳］　大将《だいしょう》

すでに、桐壺帝が譲位し、朱雀帝［25歳］が即位。藤壺［27歳］腹皇子（冷泉院）［4歳］が東宮となる。六条御息所［29歳］の娘（秋好中宮《あきこのむちゅうぐう》）［13歳］が斎宮《さいくう》に卜定《ぼくじょう》（占いによる選定）される。

葵上［26歳］が懐妊。22歳夏四月、新斎院《さいいん》の御禊《ごけい》の日に葵上方と六条御息所方との車の所争いが起こる【※一】。屈辱を受けた六条御息所の生霊《いきりょう》が物《もの》の怪《け》として葵上に取り憑くようになる。六条御息所の生霊が光源氏の前に顕現する【※二】。秋八月二十余日、葵上が男子（夕霧《ゆうぎり》）を出産後に急死する。冬、葵上の四十九日後、二条院に帰り、紫上［14歳］と新枕《にいまくら》を交わす【※三】。

第十帖「賢木《さかき》」光源氏［23～25歳］大将

23歳秋九月七日ごろ、野宮の六条御息所［30歳］を訪問【※一】。冬十一月、桐壺院が東宮（冷泉院）［5歳］と光源氏を重んずるべき遺言を残して崩御。右大臣方が権勢を誇るようになり、光源氏方を圧倒。24歳冬十二月、藤壺［29歳］が法華八講《ほっけはっこう》を主宰してその結願《けちがん》の日に出家《しゅっけ》する【※二】。25歳春、左大臣［59歳］が辞任する。夏、光源氏と朧月夜の密会が右大臣によって露見し【※三】、弘徽殿大后は光源氏の放逐を画策する。

第十一帖「花散里《はなちるさと》」光源氏［25歳］大将

25歳夏五月ごろ、花散里《はなちるさと》を訪問し、麗景殿女御《れいけいでんにょうご》と昔のことを語り合う【※】。

第十二帖「須磨《すま》」光源氏［26～27歳春］すでに除名

26歳春三月二十余日、須磨に退居する。夏、京の女性たちと手紙を交わす。秋、蟄居《ちっきょ》生活に憂愁を深める【※二】。27歳春、宰相中将《さいしょうのちゅうじょう》（もとの頭中将）が須磨を訪問する。春三月、上巳《じょうし》の祓《はらえ》を行い、それを契機として暴風雨が起こる【※二】。

第二章　光源氏の復活

第十三帖「明石《あかし》」光源氏［27歳春～28歳秋］無位→権大納言《ごんのだいなごん》［28歳八月］

27歳春、故桐壺院の霊が現れ、須磨を離れるべきことを諭す【※二】。明石入道《あかしのにゅうどう》［60歳程度］の導きによって明石に移住する。故桐壺院の霊は朱雀帝［31歳］のもとにも現れる。以来、朱雀帝は眼病をわずらう。夏、太政大臣《だじょうだいじん》（もとの右大臣）薨去《こうきょ》。弘徽殿大后も病気がちとなっている。秋八月十三日、明石君《あかしのきみ》［18歳］と逢う【※二】。28歳夏、六月ごろから明石君［19歳］に懐妊の徴候がある。秋七月二十余日、召還の宣旨《せんじ》が下る。明石君を残して帰京、紫上［20歳］と再会する。権大納言となる。八月十五日、参内《さんだい》して朱雀帝［31歳］と面会する。

第十四帖「澪標《みおつくし》」光源氏［28歳冬～29歳］権大納言→内大臣《ないだいじん》［29歳二月］

28歳冬十月、故桐壺院の追善供養を行う。29歳春二月二十余日、朱雀帝［32歳］譲位。東宮（冷泉院）［11歳］即位。承香殿女御《しょうきょうでんにょうご》腹の皇子（今上帝《きんじょうてい》）［3歳］が東宮となる。光源氏は内大臣、致仕大臣《ちじのおとど》（もとの左大臣）［63歳］は摂政太政大臣、宰相中将（もとの頭中将）は権大納言となる。春三月、明石君［20歳］が姫君（明石中宮《あかしのちゅうぐう》）を出産。その報を聞いて宿曜《すくよう》の予言を想起する【※一】。夏、藤壺［34歳］が准太上天皇《じゅんだじょうてんのう》の待遇を受ける。秋、住吉参詣。明石君一行が遭遇する【※二】。六条御息所［36歳］が娘である前斎院（秋好中宮《あきこのむちゅうぐう》）［20歳］のことを託して死去する。

第十五帖「蓬生《よもぎう》」光源氏［28～29歳］「須磨」～「澪標」にほぼ重なる

光源氏須磨退去後、末摘花が困窮を極める【※一】。叔母の大弐《だいに》の北の方が夫の赴任に際して末摘花に同行を求めるが、末摘花は拒否。北の方は末摘花の乳母子《めのとご》である侍従《じじゅう》だけを連れ去る。光源氏29歳夏四月、末摘花邸を訪問【※二】。以後、庇護する。

第十六帖「関屋《せきや》」光源氏［29歳秋］「澪標」の二年目に重なる

29歳秋九月、逢坂の関で空蟬と再会する【※】。

第十七帖「絵合《えあわせ》」光源氏［31歳春］内大臣

31歳春、前斎宮（秋好中宮）［22歳］が冷泉帝［13歳］に入内。権大納言の娘の弘徽殿女御［14歳］と帝寵を競う【※一】。春三月二十余日、冷泉帝の御前で絵合が行われ、光源氏の須磨の日記絵によって斎宮女御方が勝利する【※二】。

第十八帖「松風《まつかぜ》」光源氏［31歳秋］内大臣

31歳秋、二条東院《にじょうとういん》が落成し、花散里を西の対《たい》に住まわせる【※一】。明石君［22歳］、明石姫君（明石中宮）［3歳］、明石尼君［55 56歳］が大堰《おおい》の山荘に転居する【※二】。

第十九帖「薄雲《うすぐも》」光源氏［31歳冬～32歳秋］内大臣　従一位・牛車聴許《ぎっしゃちょうきょ》［32歳秋］

31歳冬、明石姫君（明石中宮）［3歳］が母の明石君［22歳］と別れ【※一】、紫上の養女として二条院に迎えられる。32歳春、摂政太政大臣（もとの左大臣）［66歳］が薨去。三月、藤壺［37歳］が崩御する【※二】。夏、藤壺の四十九日の法要後、夜居僧都《よいのそうず》［70歳程度］の密奏《みっそう》によって冷泉帝［14歳］が出生の秘密を知る。秋、冷泉帝は光源氏に譲位をほのめかすが、光源氏は固辞する。除目《じもく》の日、従一位に昇進し、牛車を聴許される。権大納言（もとの頭中将）は大納言に昇進する。

第二十帖「朝顔《あさがお》」光源氏［32歳秋～冬］内大臣

32歳秋九月、父桃園式部卿宮《ももぞのしきぶきょうのみや》が薨去してすでに斎院を退下していた朝顔姫君《あさがおのひめぎみ》を訪問【※一】。冬、二条院で雪まろばしを見ながら女性たちのことについて紫上に語る。その夜、夢に亡き藤壺を見る【※二】。

第三章　光源氏の栄華

第二十一帖「少女《おとめ》」　光源氏［33〜35歳］　内大臣→太政大臣［33歳秋］

33歳夏、夕霧《ゆうぎり》［12歳］が元服して大学寮に入学する。秋、斎宮女御（秋好中宮）［24歳］が立后。光源氏は太政大臣となり、大納言（もとの頭中将）が内大臣となる。内大臣によって夕霧と雲居雁《くもいのかり》［14歳］の仲が引き裂かれる【※一】。34歳春二月、冷泉帝［16歳］による朱雀院行幸があり、夕霧［13歳］が進士《しんじ》に及第。秋、夕霧が従五位侍従となる。35歳秋八月、六条院《ろくじょういん》が完成し【※二】、女君たちが転居する。冬十月、明石君［26歳］が六条院に入居する。

第二十二帖「玉鬘《たまかずら》」　光源氏［35歳］　太政大臣

35歳夏四月、玉鬘《たまかずら》［21歳］が大夫監《たいふのげん》［30歳程度］の求婚を避けて筑紫《つくし》から上京する【※一】。秋九月、玉鬘が初瀬寺《はせでら》に参詣して右近《うこん》と出会う【※二】。冬十月、玉鬘を六条院に迎える。年末、女性たちに正月用の衣配《きぬくば》りをする【※三】。

第二十三帖「初音《はつね》」　光源氏［36歳正月］　太政大臣

36歳春正月、六条院の女君たちのもとを巡る。紫上［28歳］のあとに明石姫君（明石中宮）［8歳］のもとを訪れ、明石君［27歳］への消息を書かせる【※一】。花散里、玉鬘［22歳］、明石君を訪問し、その夜は明石君のもとに泊まる【※二】。

第二十四帖「胡蝶《こちょう》」　光源氏［36歳晩春～初夏］　太政大臣

36歳三月、六条院春の町で船楽を行う【※一】。その日、秋好中宮［27歳］の季の御読経が始まる。紫上［28歳］が秋好中宮と歌を贈答し、春秋優劣論《しゅんじゅうゆうれつろん》が決着する。夏、玉鬘［22歳］への懸想文《けそうぶみ》が多い。光源氏も玉鬘への恋情を告白する【※二】。

第二十五帖「蛍《ほたる》」　光源氏［36歳夏五月］　太政大臣

36歳夏五月、蛍宮《ほたるのみや》に蛍の光によって玉鬘［22歳］の姿を見せる【※一】。玉鬘に物語論を語る【※二】。

第二十六帖「常夏《とこなつ》」　光源氏［36歳夏六月］　太政大臣

36歳夏六月、六条院の東の釣殿《つりどの》で納涼をし、近江君《おうみのきみ》の噂を聞く【※一】。近江君は双六《すごろく》に熱中【※二】。内大臣はその待遇に苦慮する。

第二十七帖「篝火《かがりび》」　光源氏［36歳初秋］　太政大臣

36歳初秋、琴を枕として玉鬘［22歳］と添い臥《ふ》し、篝火に寄せて歌を贈答する【※】。

第二十八帖「野分《のわき》」巻　光源氏［36歳秋八月］太政大臣

36歳秋八月、六条院に野分が襲来し【※一】、夕霧［15歳］が紫上［28歳］を垣間見る【※二】。

第二十九帖「行幸《みゆき》」光源氏［36歳十二月〜37歳二月］太政大臣

36歳冬十二月、冷泉帝［18歳］による大原野行幸《おおはらのぎょうこう》【※一】。玉鬘［22歳］が冷泉帝の姿に惹かれる。37歳春二月、玉鬘［23歳］を尚侍《ないしのかみ》として入内させようと考え、内大臣に玉鬘の出生を告白し、裳着《もぎ》を行う【※二】。

第三十帖「藤袴《ふじばかま》」光源氏［37歳秋］太政大臣

37歳秋、夕霧［16歳］が光源氏に玉鬘［23歳］についての真意を問い詰める【※一】。八月十三日、大宮《おおみや》の喪に服していた玉鬘が喪服を脱ぐ。玉鬘の尚侍出仕《しゅっし》が十月と決まる。九月、求婚者たちは焦燥し、こぞって玉鬘に懸想文を寄せる【※二】。

第三十一帖「真木柱《まきばしら》」光源氏［37歳冬〜38歳冬］太政大臣

37歳冬十月ごろ、鬚黒《ひげくろ》［32 33歳］が玉鬘［23歳］と結婚する。十一月、玉鬘のもとに出かけようとする鬚黒に北の方《きたのかた》［35 36歳］が灰を浴びせかける【※一】。式部卿宮［52歳］が北の方らを引き取り、真木柱《まきばしら》［12 13歳］も歌を残して去る【※二】。38歳春正月、玉鬘［24歳］が参内するものの鬚黒［33 34歳］に連れ戻される。冬十一月、玉鬘、鬚黒の男子を出産。

第三十二帖「梅枝《うめがえ》」光源氏［39歳春］太政大臣

39歳春正月末、六条院で薫物合《たきものあわせ》を行う【※二】。二月十一日、明石姫君（明石中宮）［11歳］の裳着を行う。同二十余日、東宮（今上帝）［13歳］が元服。明石姫君の入内が四月に決まる【※二】。

第三十三帖「藤裏葉《ふじのうらば》」光源氏［39歳三月～十月］太政大臣→准太上天皇［39歳秋］

39歳夏四月、夕霧［18歳］が雲井雁［20歳］と結婚する【※二】。明石姫君（明石中宮）［11歳］、東宮（今上帝）［13歳］に入内する。秋、光源氏が准太上天皇となり、内大臣（もとの頭中将）が太政大臣となる。冬十月、冷泉帝［21歳］が朱雀院［42歳］とともに六条院に行幸する【※二】。

第四章　光源氏の晩年

第三十四帖「若菜上《わかなのじょう》」光源氏［39歳～41歳春］准太上天皇

39歳冬、朱雀院［42歳］が女三宮［13 14歳］の婿選びに苦慮し、光源氏に依頼する。年末、女三宮の裳着。三日後に朱雀院が出家。見舞った光源氏は女三宮の降嫁を応諾する。40歳春正月、玉鬘［26歳］が光源氏の四十賀《しじゅうのが》を主催する。二月、女三宮［14 15歳］が降嫁する【※一】。夏、明石女御（明石中宮）［12歳］が懐妊。冬十月、紫上［32歳］が光源氏四十賀のため薬師仏供養を行う。十二月、秋好中宮［31歳］が光源氏の賀のために諸寺に布施を行い、夕霧［19歳］が勅命によって光源氏のための賀宴を主催。41歳春三月、明石女御（明石中宮）［13歳］が第一皇子（東宮）を出産し【※二】、それを聞いた明石入道［75歳程度］が入山する。柏木《かしわぎ》［25 26歳］が六条院の蹴鞠の遊びで女三宮［15 16歳］を垣間見る【※三】。

第三十五帖「若菜下《わかなのげ》」光源氏［41歳春～47歳年末］准太上天皇

41歳、柏木［25 26歳］が女三宮［15 16歳］ゆかりの唐猫を得て愛玩する。四年の月日が流れ、46歳、冷泉帝［28歳］が譲位し、今上帝［20歳］が即位する。明石女御腹第一皇子［6歳］が東宮となる。太政大臣は辞任し、鬚黒［41 42歳］は右大臣に昇進、夕霧［26歳］は大納言となる。冬十月、願ほどきのため住吉に参詣する【※一】。47歳春正月、六条院で女楽を行う。翌晩、紫上［37歳］が発病する。二月、紫上を二条院に移す。柏木［31 32歳］が女二宮《おんなにのみや》（落葉宮《おちばのみや》）と結婚する。夏四月、柏木が女三宮［21 22歳］と密通【※二】。紫上は危篤におちいるものの蘇生。このとき六条御息所の死霊が現れる。柏木の手紙を発見して密事を知る。冬十二月、明石女御（明石中宮）［19歳］が三宮《さんのみや》（匂宮《におうみや》）を出産する。十二月十余日、朱雀院［50歳］の賀宴の試楽があり、光源氏の皮肉に柏木が病臥する【※三】。十二月二十五日、朱雀院五十賀《ごじゅうのが》を主催する。

第三十六帖「柏木《かしわぎ》」光源氏［48歳正月～秋］准太上天皇

48歳春正月、衰弱していく柏木［32 33歳］が秘かに女三宮［22 23歳］と歌を贈答する【※一】。女三宮が薫《かおる》を出産後に出家。柏木が夕霧［27歳］に遺言して死去【※二】。三月、薫の五十日《いか》の祝いが行われる。

第三十七帖「横笛《よこぶえ》」光源氏［49歳春～秋］准太上天皇

49歳春、柏木の一周忌。秋、夕霧［28歳］が落葉宮から柏木遺愛の笛を贈られる。その夜、夕霧の夢に柏木の霊が現れる【※】。

第三十八帖「鈴虫《すずむし》」光源氏［50歳夏～秋八月］准太上天皇

50歳夏、女三宮［24 25歳］の持仏開眼供養を行う。秋八月十五日、女三宮方で鈴虫の宴を行う【※】。同夜、冷泉院［32歳］のもとで月見の宴が行われる。

第三十九帖「夕霧《ゆうぎり》」光源氏［50歳秋八月～冬］准太上天皇

50歳秋八月二十日ごろ、夕霧［29歳］が小野に落葉宮を訪ねて恋情を訴える。一条御息所《いちじょうのみやすどころ》からの手紙を雲居雁に奪われる【※一】。悲嘆のあまり一条御息所死去。九月十三日、夕霧が落葉宮を訪問するもののむなしく帰る【※二】。冬、夕霧は落葉宮を小野から一条宮に移して結婚する。雲井雁［31歳］は実家に戻る。

第四十帖「御法《みのり》」　光源氏［51歳春〜秋］　准太上天皇

51歳春三月、紫上［43歳］が二条院にて法華千部供養を行う。夏、紫上が三宮（匂宮）［5歳］に遺言する【※一】。秋八月十四日、紫上が死去【※二】。即日葬送を行う。

第四十一帖「幻《まぼろし》」　光源氏［52歳］　准太上天皇

51歳一年間、紫上の喪に服して籠もり、十二月、紫上の手紙を焼く【※一】。年末、わが世の終わりを感じる【※二】。

○「雲隠《くもがくれ》」（光源氏［53〜60歳］）

巻名のみで、物語本文なし。この間に、出家して嵯峨に隠棲後、死去。

第五章　光源氏の没後

第四十二帖「匂兵部卿《におうひょうぶきょう》」（△光源氏［61〜67歳］、※以後、光源氏の通算年齢は△を冠して示す）

光源氏亡きあと、匂宮と薫の評判が高い【※一】。二条院や六条院に住む人びとも往時とは異なる【※二】。△61歳春二月、薫［14歳］が元服し、侍従となる。秋、薫、右近中将となり、冷泉院内に曹司をもつ。△66歳、薫［19歳］が三位宰相中将となる。△67歳春正月、六条院で賭弓《のりゆみ》の還饗《かえりあるじ》があり、薫［20歳］が招かれる。

第四十三帖「紅梅《こうばい》」（△光源氏［71歳春］）

△71歳、北の方と死別した紅梅大納言《こうばいのだいなごん》［54 55歳］は真木柱［46 47歳］と結婚しており、先妻との間に二人の姫君（大君《おおいぎみ》、中君《なかのきみ》）、真木柱との間に男君が一人（大夫君《たいふのきみ》）、また真木柱の連れ子の姫君が一人（宮御方《みやのおんかた》）がいる。紅梅大納言は、大君を東宮［31歳］に参入させたのち、中君の婿として匂宮［25歳］を望んで手紙を送る【※】が、匂宮は宮御方に関心を寄せている。

第四十四帖「竹河《たけかわ》」（△光源氏［61～70歳］）

鬚黒亡きあと、玉鬘の娘たち（大君、中君）に求婚者が多い【※一】。△62歳春三月、蔵人少将《くろうどのしょうしょう》が大君［18 19歳］と中君［18 19歳］を垣間見る【※二】。夏四月、大君が冷泉院［44歳］に出仕。今上帝［36歳］の不興を買う。△63歳夏四月、大君［19 20歳］が冷泉院［45歳］の姫宮を出産する。中君［19 20歳］が尚侍として今上帝［37歳］に出仕する。

第四十五帖「橋姫《はしひめ》」（△光源氏［67～69歳］）

△67歳、宇治で仏道に励む八宮《はちのみや》［58歳］のことを聞いた薫［20歳］が訪れるようになる【※一】。
△69歳秋、薫［22歳］が大君［24歳］と中君［22歳］を垣間見る【※二】。冬十月、薫は老女房の

弁《べん》［60歳程度］から出生の秘密を聞き、柏木の遺品の文袋を渡される【※三】。

第四十六帖「椎本《しいがもと》」（△光源氏［70歳春〜71歳夏］）

△70歳春二月二十日ごろ、匂宮［24歳］が初瀬参詣の帰途、宇治に中宿りする。秋八月、八宮［61歳］が大君［25歳］と中君［23歳］に訓戒を残して山寺に籠もる【※】。八月二十日ごろ、八宮が山寺で死去。△71歳夏、薫［24歳］が宇治で姫君たちの姿を垣間見る。

第四十七帖「総角《あげまき》」（△光源氏［71歳秋〜冬十二月］）

△71歳秋八月、薫［24歳］が大君［26歳］に求婚するものの拒絶されて一夜を語り明かす【※一】。八宮の喪が明けて宇治を訪れた薫が姫君たちの寝所に入るが大君は中君［24歳］を残して逃れる。薫は中君と一夜を語り明かす。八月二十八日、匂宮［25歳］が薫に導かれて中君と契る。冬十月、匂宮が宇治に紅葉見物をするが、中君を訪問することができない。匂宮と六君［20〜21歳］の結婚が決定。大君が病に倒れる。冬十二月、大君が死去【※二】。薫が宇治に籠もって仏事に専念する。

第四十八帖「早蕨《さわらび》」（△光源氏［72歳春］）

△72歳春正月、中君［25歳］のもとに宇治の阿闍梨《あじゃり》から山菜が届く。二月七日、中君が宇治を離

れて匂宮［26歳］の二条院に転居する。二月二十余日、六君［21 22歳］が裳着を行う。花盛りのころ、二条院を訪れた薫［25歳］は、中君を匂宮に譲ったことを悔いる【※】。

第四十九帖「宿木《やどりぎ》」（△光源氏［71歳春〜73歳夏］）

△71歳夏、藤壺女御（今上帝の女二宮《おんなにのみや》の母）が死去する。秋、薫［24歳］が今上帝［45歳］から女二宮［14歳］の降嫁の内意を受ける。△72歳夏、中君［25歳］が懐妊する。秋八月、匂宮［26歳］が六君［21 22歳］と結婚する【※一】。中君が薫［25歳］に宇治への同行を求める。中君のもとを訪れた薫が中君に迫るものの自制【※二】。匂宮が中君に残る薫の移り香を疑う。中君が薫に浮舟《うきふね》の存在を告げる。△73歳春二月、中君［26歳］が男子を出産。二月二十余日、薫［26歳］が女二宮［16歳］と結婚する。夏四月二十余日、薫が宇治で浮舟を垣間見る。

第五十帖「東屋《あずまや》」（△光源氏［73歳秋八月〜九月］）

△73歳秋、浮舟の母中将君《ちゅうじょうのきみ》が浮舟［21歳］と左近少将《さこんのしょうしょう》［22 23歳］との結婚を準備する。八月、左近少将が婚約を破棄し、常陸介《ひたちのすけ》の実娘［15 16歳］と婚約をし直す。中将君が浮舟を二条院の中君［26歳］に託す。匂宮［27歳］が浮舟を発見して言い寄る【※一】。中将君が浮舟を三条の小家に移す。九月十二日、薫［26歳］が浮舟と逢い、翌日、宇治に移す【※二】。

第五十一帖「浮舟《うきふね》」（△光源氏［74歳春］）

△74歳春正月、匂宮［28歳］が浮舟［22歳］の所在を知り、薫［27歳］を装って浮舟と逢う。二月、匂宮が宇治を訪れ、浮舟を宇治川の対岸の家に連れ出し、耽溺の二日間を過ごす【※一】。薫が浮舟と匂宮とのことを知り、宇治の警護を厳しくする。三月、浮舟、入水《じゅすい》を決意する【※二】。

第五十二帖「蜻蛉《かげろう》」（△光源氏［74歳］）

△74歳春、浮舟［22歳］失踪後、死者なき葬儀が行われる【※一】。匂宮［28歳］と薫［27歳］がそれぞれ悲嘆する。夏、薫が浮舟の四十九日の法事を行う。明石中宮［46歳］が法華八講を行い、このとき、薫が女一宮《おんないちのみや》を垣間見る【※二】。

第五十三帖「手習《てならい》」巻（△光源氏［74〜75歳春］）

△74歳春、横川僧都《よかわのそうず》［60歳あまり］が瀕死の浮舟［22歳］を発見して保護する【※一】。小野に連れ帰り、妹尼［50歳程度］が介抱する。夏六月、浮舟が回復する。秋八月、妹尼の娘婿である中将［27〜28歳］が浮舟に懸想する。九月、浮舟が横川僧都に懇願して出家する【※二】。△75歳春、薫［28歳］が浮舟［23歳］の存命を知る。

第五十四帖「夢浮橋《ゆめのうきはし》」（△光源氏［75歳］）

△75歳夏、薫［28歳］が横川僧都［60歳あまり］を訪問して事情を尋ねる。薫が浮舟［23歳］の弟の小君《こぎみ》を小野に派遣する【※一】。浮舟が対面を拒絶して沈黙を守る【※二】。

第一章　光源氏の青春

第一帖　「桐壺」　光る君の誕生

一　物語のはじまり

【本文】

いづれの御時《おほむとき》にか、女御《にょうご》、更衣《かうい》あまたさぶらひたまひける中《なか》に、いとやむごとなき際《きは》にはあらぬが、すぐれて時《とき》めきたまふありけり。はじめより我《われ》はと思ひあがりたまへる御方々《かたがた》、めざましきものにおとしめそねみたまふ。同じほど、それより下臈《げらふ》の更衣たちはましてやすからず。朝夕《あさゆふ》の宮仕《みやづかへ》につけても、人の心をのみ動かし、恨《うら》みを負《お》ふつもりにやありけん、いとあつしくなりゆき、もの心細げに里がちなるを、いよいよあかずあはれなるものに思《おも》ほして、人の譏《そし》りをもえ憚《はばか》らせたまはず、世の例《ためし》にもなりぬべき御もてなしなり。

（「桐壺」①一七頁）

【現代語訳】

どの帝の御代であっただろうか、女御や更衣といった妃《きさき》たちが大勢お仕え申しあげていらっしゃったなかに、あまり高貴な身分ではない方で、格別に帝のご寵愛を受けていらっしゃる更衣がいたのだっ

鴻臚館での高麗相人による観相（『古土佐繪帖』より、国文学研究資料館所蔵）

た。入内当初から自分こそはと誇り高くいらっしゃった女御たちは、この桐壺更衣をめざわりなものとして見くだし嫉妬なさる。同じ程度の更衣や、それより下の更衣たちはまして心穏やかでない。朝夕の宮仕えにつけても、桐壺更衣は他の妃たちの心をただもう乱し、その恨みを受けることが積もったせいであったのだろうか、とても病気がちになってゆき、何となく心細い様子で実家に下がることが多くなるので、帝はますますどんなに愛しても愛し足りない思いがなさって、他人の非難に対しても気兼ねすることがおできになれず、後世の語り草にもなってしまいそうなお扱いぶりである。

【解説】

『源氏物語』は、主人公である光源氏が生まれる以前の父と母の物語から語り起こされる。

光源氏の父は帝であった。そして、この桐壺帝の後宮には女御や更衣といった妃たちがひしめくように仕えていたという。大臣の娘なら女

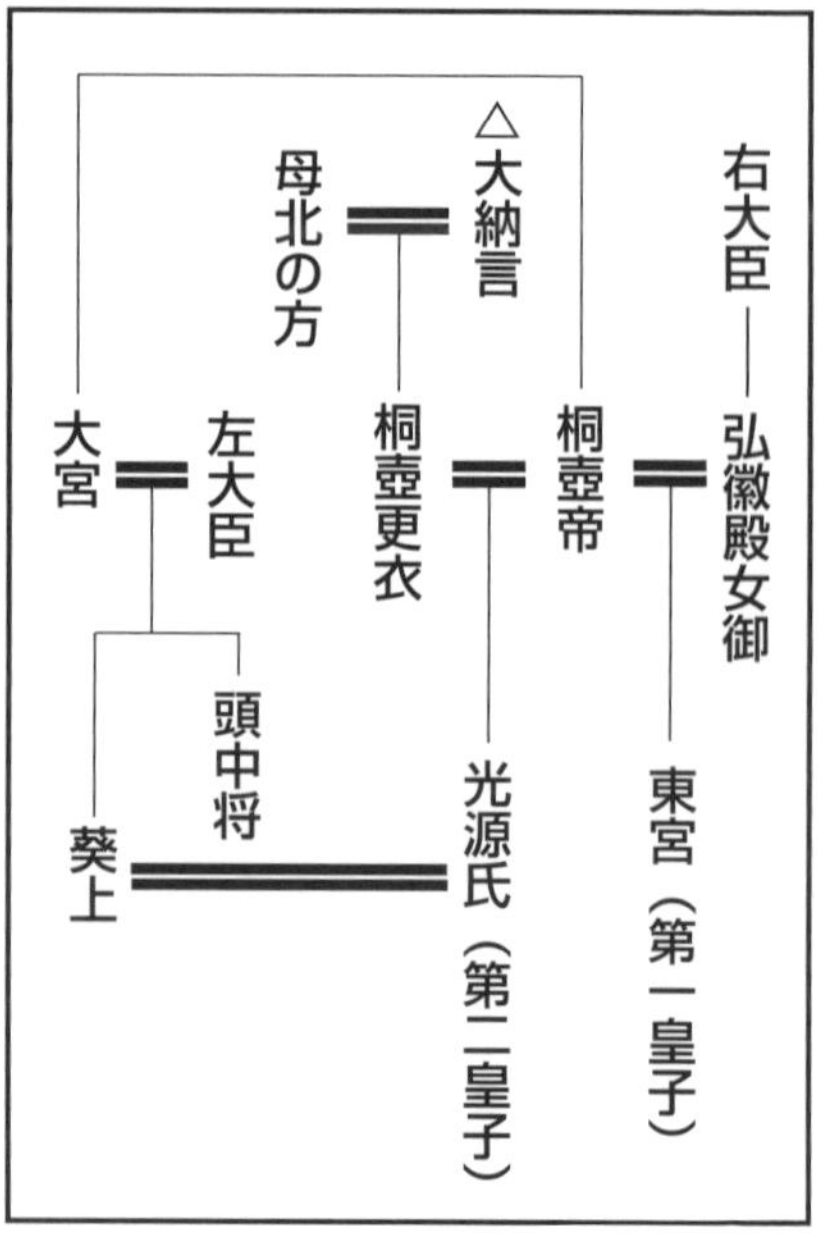

御、大納言の娘であれば更衣として入内《じゅだい》するが、それは出身の家の期待に添ってのことであった。平安時代、子どもは母方で養育されるため、母方（外戚《がいせき》）の皇子への影響は絶大である。とくに帝の母方の祖父となることができれば、帝が幼い頃は摂政《せっしょう》、成長してからは関白《かんぱく》として思うままに政治を執ることができる。史実としても、藤原氏の氏《うじ》の長者《ちょうじゃ》たちは、この摂関となり、政権を掌握していたのであった。だが、皇子が誕生しなければ、こうした外戚政策は成り立たない。娘が帝の寵愛を得ることができるかどうか。それは、出身の家の浮沈を左右する重大事なのであった。しかも、この冒頭では女御や更衣の多さについて語っても中宮（皇后）にはふれていない。いま、桐壺帝の後宮には中宮はいない。後宮にひしめく女性たちは、帝の寵愛、ひいては中宮の座をめぐってしのぎを削っているのであった。

　こうした状況にあって、帝の愛情は政治そのものであったといってよい。有力貴族の娘である女御を無視することは、すぐさま有力貴族やその一族の反発や離反を招く。帝の退位を迫る事態にも

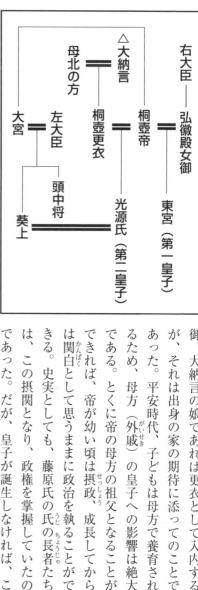

なりかねない。帝は政治状況に目を配りつつ、後宮の女性たちの身分に応じて愛情を与えなければならない。それが帝に課せられた掟《おきて》なのであった。

ところが、光源氏の父桐壺帝は掟を破った。身分が高いとはいえない更衣を、たったひとりだけ愛してしまったのであった。現代から見れば当然ともいえるこの愛は、しかし、当時の後宮においては許されるものではなかった。右大臣の娘である弘徽殿女御をはじめとした後宮の女性たちは、激しく嫉妬するが、それは女性としての感情というよりも掟を破っているふたりへの抗議とでもいうべきものであった。桐壺更衣は、やがて心労から病気がちになり、実家に籠もりがちになる。だが桐壺更衣に逢えない帝は愛情をつのらせていく。それによって強まる嫉妬。弱りゆく更衣……。帝のただひたすら更衣を思う気持ちは、その愛するひとを死の淵へと追い込んでいく。ふたりの間に光源氏が生まれるが、それさえも光源氏を東宮にするのではないかとの疑心暗鬼を生んでいく。光源氏の誕生は母更衣の死を決定づけるものであったともいえるのである。

二　母桐壺更衣の死

【本文】

「限《かぎ》りあらむ道にも後《おく》れ先立《さきだ》たじと契《ちぎ》らせたまひけるを。さりともうち棄《す》ててはえ行《ゆ》きやらじ」とのたまはするを、女《をんな》もいといみじと見たてまつりて、

「かぎりとて別《わか》るる道の悲しきにいかまほしきは命《いのち》なりけり
いとかく思ひたまへましかば」と、息も絶えつつ、聞こえまほしげなることはありげなれど、……
（「桐壺」①二二～二三頁）

【現代語訳】

桐壺帝が桐壺更衣に「たとえ死出の道であっても、死に後れたり先立ったりしないようにしようと、お約束なさったではないか。そちらの道にむかうようなことがあったとしても、わたしを捨てては行くことできまい」とおっしゃるのを、女（桐壺更衣）もまことに胸がつかれる思いで拝見して、「今はもうこれまでと死出の道に別れて行くのが悲しいのにつけても、生きたいと願うものはわたくしの命だったのです。

まことにこのようになると存じておりましたなら（お約束などはしませんでしたのに）」と、息も絶え絶えに、まだ申しあげたそうなことはあるようであるが、……

【解説】

光源氏が生まれてから二年。その間、後宮での迫害に耐え続けた更衣であったが、ついに力尽きる。瀕死の状態に陥った更衣に対して、帝は惑乱しながら、死ぬときは一緒だと約束したではないかとすがるように語りかける。その姿にうたれた更衣は、「わたくしも生きたいのです」と歌う。更衣は自身の死期を知っている。しかし、更衣は帝とともに生きたいと歌い、「女」として帝の愛に応えようとするのであった。このあと、宮中から退出した更衣はそのままその生涯を閉じる。『源氏物語』のなかで歌われる和歌七九五首の劈頭《へきとう》に置かれるこの歌は、更衣もまたたったひとりの人を愛し抜こうとしていたことを如実に語るものである。

三　藤壺への恋情

【本文】

世《よ》にたぐひなしと見たてまつりたまひ、名高《なだか》うおはする宮の御容貌《かたち》にも、なほにほはしさはたとへむ方《かた》なく、うつくしげなるを、世の人光《ひか》る君と聞こゆ。藤壺《ふぢつぼ》ならびたまひて、御おぼえもとりどりなれば、かかやく日《ひ》の宮《みや》と聞こゆ。

（「桐壺」①四四頁）

【現代語訳】

弘徽殿女御がこの世に比べるものがないと拝見なさり、世間の評判が高くていらっしゃる東宮のご容貌にも、やはり光源氏の照り映える美しさはたとえようもなく、かわいらしい様子なので、世の人は「光る君」と申しあげる。藤壺も並びなさって、帝の御寵愛がそれぞれに厚いので、「輝く日の宮」と申しあげる。

【解説】

桐壺更衣を失った桐壺帝は、更衣にとてもよく似ている藤壺を入内させ、次第に愛情を深めていく。光源氏もまた最初母を慕うように馴れ親しんでいたものの、成長するにつれて藤壺こそ理想の女性だと思うようになる。五歳しか離れていないふたりを、世間の人びとは「光る君」、「かかやく日の宮」と讃えるようになるが、高麗相人《こまのそうにん》の予言もあり、桐壺帝は、光源氏の将来を考えて、「源」の姓を与えて臣籍に降下させる。

十二歳になった光源氏は左大臣の娘である葵上《あおいのうえ》と結婚する。だが、心に秘めた藤壺への恋情は自身でもいかんともしがたいものとなっていくのであった。

第二帖「帚木」　光源氏の恋の冒険

【本文】

光《ひか》る源氏、名《な》のみことごとしう、言《い》ひ消《け》たれたまふ咎《とが》多かなるに、いとど、かかるすき事《ごと》どもを末《すゑ》の世にも聞きつたへて、軽《かろ》びたる名をや流さむと、忍《しの》びたまひける隠《かく》ろへごとをさへ語りつたへけん人のもの言ひさがなさよ。さるは、いといたく世を憚《はばか》りまめだちたまひけるほど、なよびかにをかしきことはなくて、交野《かたの》の少将《せうしやう》には、笑《わら》はれたまひけむかし。

（「帚木」①五三頁）

【現代語訳】

「光源氏」という、その名ばかりがことさらおおげさにもてはやされ、ひそひそと批判されなさる過ちが多いとかいうのに、そのうえ、このような好色めいた話を後世にも聞き伝えて、浮ついた名を流すことになるかもしれないとご自身が隠していらっしゃった、その秘密の話までも語り伝えたとかいう人の口さがないことよ。そうはいっても実は、光源氏ご自身は、まことにひどく世間に気兼ねをし、まじめになさっていたので、色めいたおもしろい話というものはなくて、昔物語に語られる色好みで有名な交野少将のような方にはさぞかし笑われなさったことだろうよ。

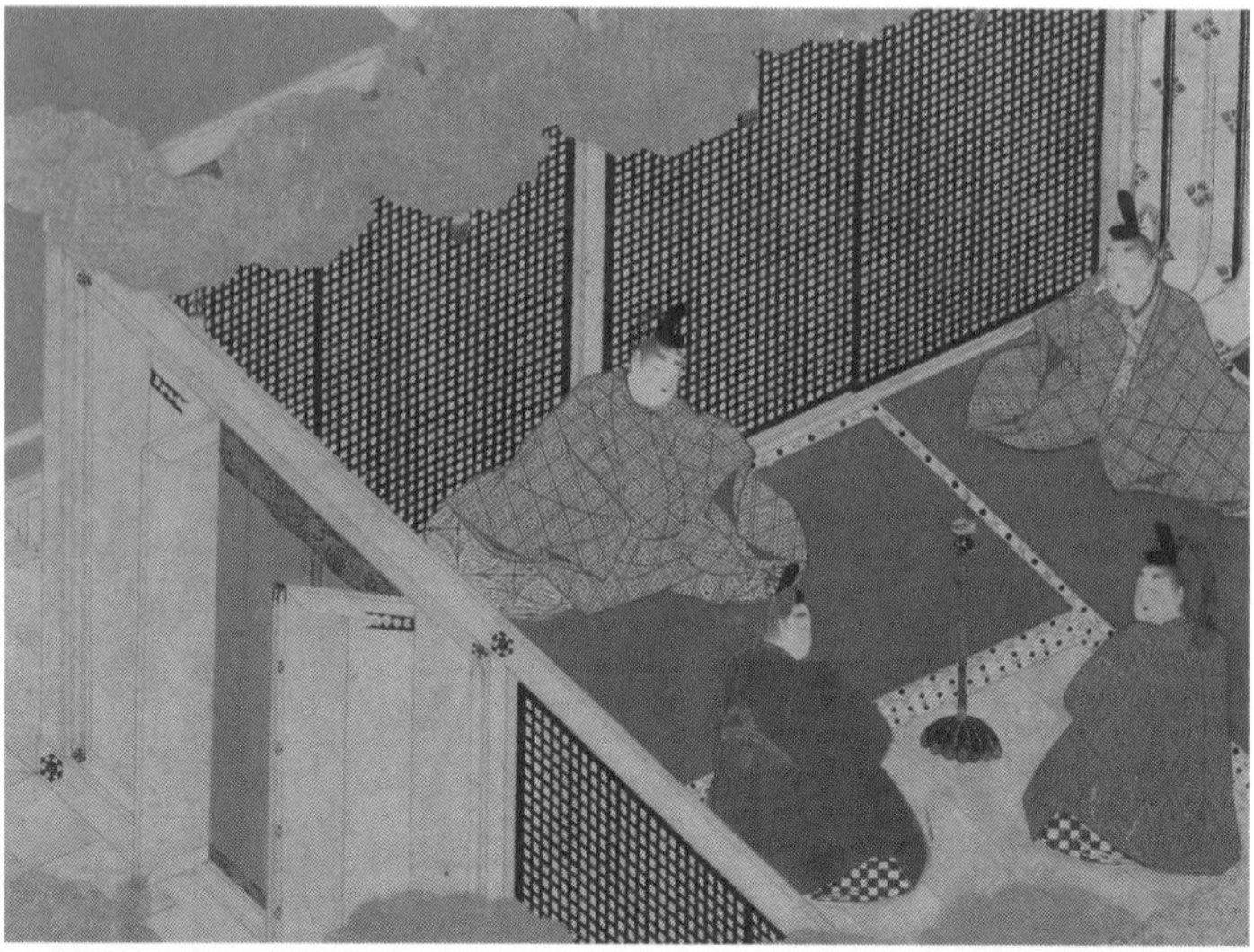

五月雨の夜の女性談義（「雨夜の品定め」）（『源氏物語団扇画帖』より、国文学研究資料館所蔵）

【解説】

光源氏は十七歳になった。「帚木」「空蟬」「夕顔」巻は「帚木三帖」とも称されるが、その冒頭、語り手は光源氏の世評について語る。光源氏はその名ばかりが有名だが、実は隠しておきたかった恋の話があるのだという。「桐壺」巻においては、藤壺を一途に恋い焦がれる「光る君」の姿が語られていたが、ここでは「光源氏」と呼ばれるこの主人公の、もうひとつの顔ともいうべき好色な一面が語られていこうとするのである。

その恋の相手として選ばれるのが「中《なか》の品《しな》の女」と呼ばれる女性たち。帝の子である光源氏は上流貴族であるため、本来は同じ身分の女性たちが恋の対象となる。だが、若き「いろごのみ」たる光源氏は、そのようなありきたりな恋には満足できない。かといって低い

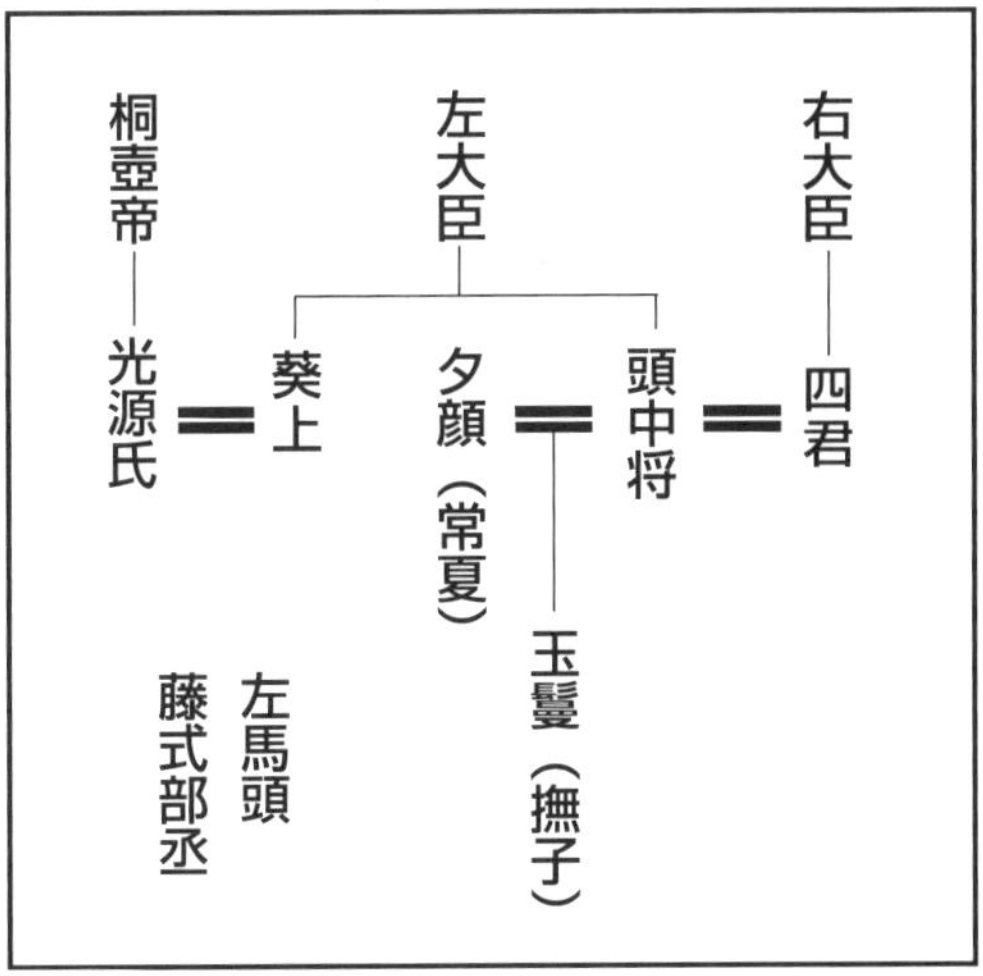

身分では恋の相手にはならない。「中の品の女」とは、もともとは家柄がよいものの父親が亡くなるなどして落ちぶれてしまった女性たちのことをいう。市中のどこかに身を潜めているそうした女性たちを探し出し、恋をしていくことにこそ、恋の風情というものがある——。

葵上《あおいのうえ》の兄であり、光源氏の親友でもある頭中将《とうのちゅうじょう》たちとの女性談義（「雨夜《あまよ》の品定《しなさだ》め」）で、さまざまな女性たちとの恋の話を耳にした光源氏は、そうした恋の冒険につよく惹かれていく。そして、その日の悪い方向を避ける方違《かたたが》えのために出向いた紀伊守《きのかみ》邸において、故右衛門督《こうえもんのかみ》の娘でありながら伊予介《いよのすけ》という受領の後妻となっていた空蝉《うつせみ》と一夜をともにすることとなるのであった。

第三帖 「空蟬」 空蟬との恋

一 空蟬の垣間見

【本文】

灯近《ひちか》うともしたり。母屋《もや》の中柱《なかばしら》に側《そば》める人やわが心かくるとまづ目とどめたまへば、濃《こ》き綾《あや》の単《ひとへ》襲《がさね》なめり、何《なに》にかあらむ、上に着て、頭《かしら》つき細《ほそ》やかに小さき人のものげなき姿ぞしたる、顔などは、さし向《む》かひたらむ人などにもわざと見ゆまじうもてなしたり。手つき痩《や》せ痩《や》せにて、いたうひき隠《かく》したためり。いま一人は東《ひむがし》向きにて、残るところなく見ゆ。白き羅《うすもの》の単襲《ひとへがさね》、二藍《ふたあゐ》の小袿《こうちき》だつものないがしろに着なして、紅《くれなゐ》の腰《こし》ひき結《ゆ》へる際《きは》まで胸《むね》あらはにばうぞくなるもてなしなり。

（「空蟬」①一二〇頁）

【現代語訳】

灯火を碁盤の近くにともしている。母屋の中柱のところに横に向いている人が自分の思いを懸けている空蟬であろうかとまず目をとどめなさると、濃《こ》い紫の綾の単衣襲のようだが、何であろうか、

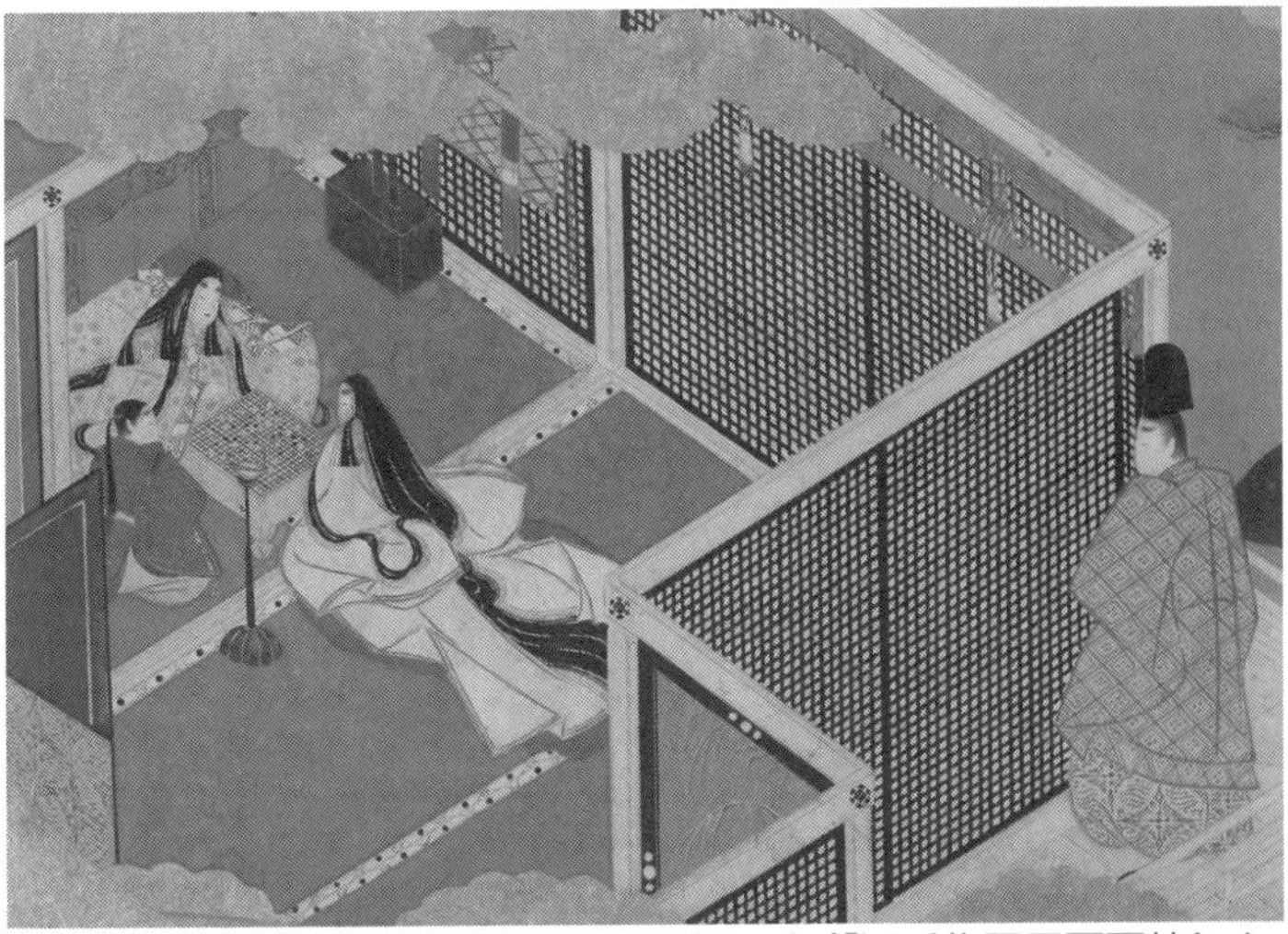

碁を打つ空蝉と軒端荻を垣内間見る光源氏（『源氏物語団扇画帖』より、国文学研究資料館所蔵）

何かをその上に着て、頭のかたちはほっそりとしていて小柄な人で、見栄えのしない姿をしている。顔などは、向かい合っている軒端荻《のきばのおぎ》などにもあえて見られないようにしようとふるまっている。手つきも痩せていて、たいそう袖のなかに引き隠しているようだ。もう一人の軒端荻は、東向きで、こちらからすっかり見える。白い羅《うすもの》(薄い絹織物)の単衣襲に、二藍（紅《くれなゐ》色がかった紫色）の小袿めいたものを無造作に着て、紅の袴の腰紐をひき結んでいる際まで胸をあらわにして品のないありさまである。

【解説】

はじめての逢瀬ののち、空蟬は光源氏を拒む。光源氏は空蟬の弟である小君《こぎみ》を文使いとするが、それでも空蟬の態度は変わらない。再び光源氏は紀伊守邸を訪れるが、空蟬は身を隠してしまう。

空蟬はみずからの境遇を冷徹に見つめる。父親が生きているときであったならともかく、受領の後妻という身分に落ちぶれてしまったいま、光源氏の愛を受け入れるのはあまりにみじめだと空蟬は思うのであった。だが、その拒絶によって光源氏の執心は高まっていく。

三度《みたび》空蟬のもとを訪れた光源氏は、義理の娘である軒《のき》端荻《ばのおぎ》と碁を打つ空蟬を垣間見る。空蟬は美しい女性とはいえない。とても小柄で手も痩せている。対する軒端荻は大柄でとても華やかな魅力を放っていた。けれども、碁を打つときにも顔を横にむけ、手先も隠す空蟬の慎み深いふるまいに光源氏は強く惹かれる。空蟬に対する恋情を抑えがたい光源氏は、夜が更けてから空蟬の寝所に近づいていくのであった。

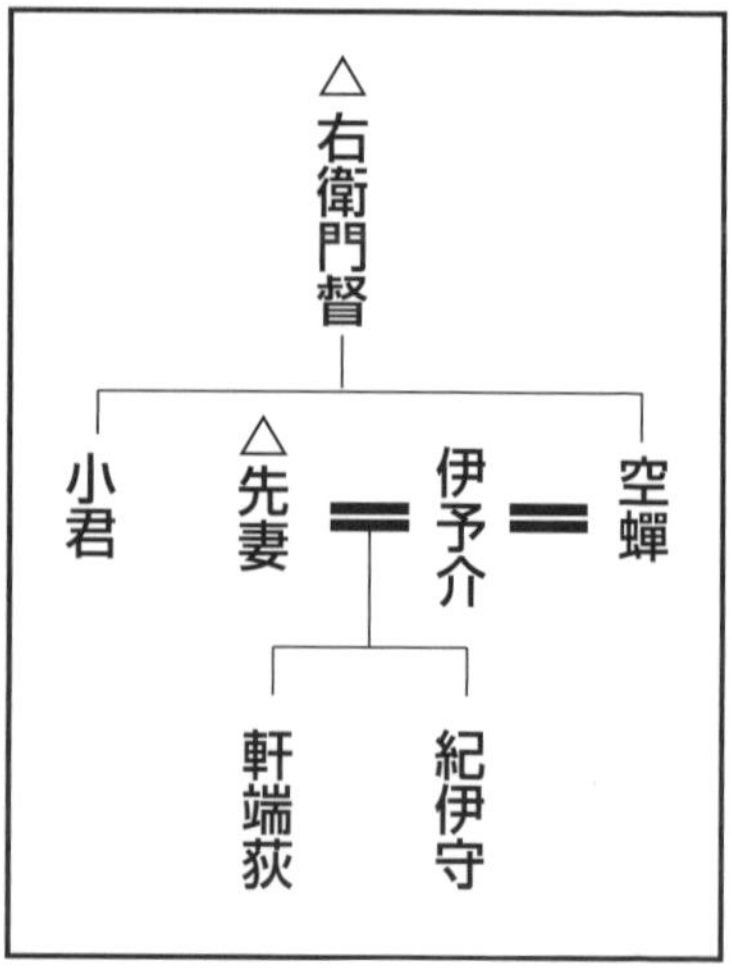

二　衣を残し逃れる空蟬

【本文】

若き人は何心《なにごころ》なくいとようまどろみたるべし。かかるけはひのいとかうばしくうち匂《にほ》ふに、顔をもたげたるに、ひとへうちかけたる几帳《きちやう》の隙間《すきま》に、暗けれど、うちみじろき寄るけはひいとしるし。あさましくおぼえて、ともかくも思ひ分かれず、やをら起き出でて、生絹《すずし》なる単衣《ひとへ》をひとつ着てすべり出《い》でにけり。

（「空蟬」①一二四頁）

【現代語訳】

若い軒端荻は屈託なくとてもよく眠りかけているのにちがいない。すると、このような衣ずれの音が、とても香ばしい匂いとともに漂ってくるので、空蟬が顔をもたげると、一重の垂布《たれぬの》をうち掛けてある几帳の隙間に、暗いが、人影がにじり寄ってくる様子がとてもはっきりと見える。空蟬は、驚きあきれて、何がなんだかわからず、そっと起き出して、生絹（生糸で織った絹）の単衣ひとつを着て、すべり出てしまったのだった。

【解説】

その夜、軒端荻は空蟬の部屋に泊まることとなった。光源氏を拒絶してきた空蟬ではあったが、もとより光源氏が嫌いなわけではない。光源氏からの手紙が少し途絶えると、望んだこととはいえ、やはりいたたまれない。すやすやと寝息を立てる軒端荻の隣で空蟬は眠ることもできずに溜息ばかりをついていた。そのような空蟬に近づいてくる衣ずれの音が聞こえ、とてもよい匂いが薫ってくる。ふと見ると、そこに人影をはっきりと認めた。危機を察した空蟬は単衣だけを身にまとって逃れ出てしまうのであった。そうとは知らない光源氏はそこに女性が寝ているのを見つけて共寝をする。だが、それは軒端荻なのであった。光源氏はやむなく空蟬が脱ぎ残していった小袿だけを蟬の抜け殻のように手にとって部屋を出ていくほかはなかったのである。

二条院に帰った光源氏は、空蟬の香りが染みついた小袿を抱いて横になるが、眠ることはできない。「帚木」とは、遠くからは見えるが近づくと見えなくなるという伝説の木のことである。結局のところ、光源氏は空蟬の心をとらえきることができなかった。受領層に身を落としてしまった空蟬は、だからこそ気高い誇りをもたなければ生きてはいけなかったのである。

「空蟬」巻の巻末には「空蟬の羽《は》おく露《つゆ》の木《こ》がくれてしのびしのびにぬるる袖《そで》かな（抜け殻の空蟬の羽に置く露が木に隠れて見えないように、人目を忍びながら濡れるわたしの袖よ）」（「空蟬」①一三一頁）という空蟬の歌が置かれる。光源氏がその涙を見ることはない。光源氏の最初の恋の冒険は失敗に終わったのである。

第四帖「夕顔」夕顔との恋

一　夕顔との出会い

【本文】

切懸《きりかけ》だつ物に、いと青やかなる葛《かづら》の心地《ここち》よげに這ひかかれるに、白き花ぞ、おのれひとり笑《ゑ》みの眉《まゆ》ひらけたる。「をちかた人にもの申す」と独《ひと》りごちたまふを、御随身《みずいじん》ついゐて、「かの白く咲けるをなむ、夕顔《ゆふがほ》と申しはべる。花の名は人めきて、かうあやしき垣根《かきね》になん咲きはべりける」と申す。げにいと小家《こいへ》がちに、むつかしげなるわたりの、この面《も》かの面《も》あやしくうちよろぼひて、むねむねしからぬ軒《のき》のつまなどに這ひまつはれたるを、「口惜《くちを》しの花の契《ちぎ》りや、一房《ひとふさ》折りてまゐれ」とのたまへば、この押し上げたる門《かど》に入りて折る。

（「夕顔」①一三六頁）

【現代語訳】

切懸（板塀）めいた物に、まことに青々とした蔓草が心地よさそうに這いかかっているところに、白い花が、自分だけは何の屈託もなく笑いかけるように咲いている。光源氏が「むこうの方にお尋

夕顔を扇に載せて随身にさしだす女童（『源氏物語団扇画帖』より、国文学研究資料館所蔵）

ねします。そこに白く咲いているのは何の花ですか」と独り言をおっしゃると、御随身がひざまずいて、「あの白く咲いている花を、夕顔と申します。花の名は一人前の人を思わせるもので、このようないやしい垣根に咲くのでした」と申しあげる。なるほどとても小さな家が多くて、見苦しい様子のこのあたりで、こちらの家もあちらの家も、変に倒れかけて、頼りにもならないその家々の軒の端などに蔓が這いまとわりついているので、光源氏が「残念な花の運命よ、一房折ってまいれ」とおっしゃると、随身はこの押し上げてある門から入って折る。

【解説】

このころ光源氏は六条御息所《ろくじょうのみやすどころ》のもとに通っていた。六条御息所は亡き前東宮の妃で高貴

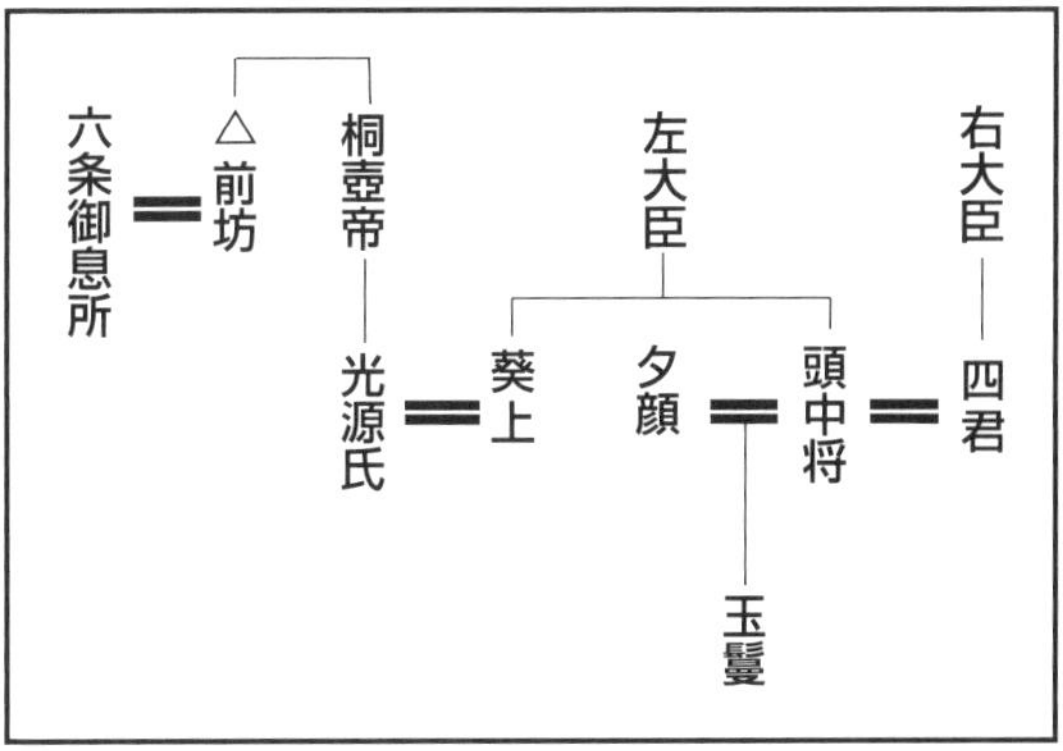

な女性であったが、光源氏の愛は冷めつつあった。この日も内裏から六条にむかう途中で最近尼になったという乳母《めのと》を五条に訪ねることにしたのも気が重かったからに相違ない。その五条は、当時、身分のいやしい人びととの住み処が密集するような場所であった。急な訪問であったため、門を開けるまでの間、光源氏はこの民衆の巷《ちまた》を好奇の目で見た。すると、白い花が咲く乳母の家の隣家には女性たちが集まっているのが見える。「をちかた人にもの申す」とは「うちわたすをちかた人にもの申すわれ　そのそこに白く咲けるは何の花ぞも」（『古今和歌集』巻十九、旋頭歌《せどうか》、よみ人知らず、一〇〇七）という和歌の一節で、光源氏はこの和歌によって白い花の名前を尋ねているのである。

もちろん光源氏は花の名前そのものが知りたかったわけではない。家のなかの女性の名前を問い、恋をしかけているのである。だが、随身がその白い花が夕顔であることを答えてしまう。随身は正体不明の者との恋から光源氏を遠ざけようとするのである。けれどもそこで諦める光源氏ではない。随身に門に入って花を折り取るように命じて家のなかの女性の反応を見ようとする。案の定、女童《めのわらわ》が現れ、花を載せるための扇を随身に手渡す。そして、そこには一首の歌が記されていたのであった。

「心あてにそれかとぞ見る白露《しらつゆ》の光そへたる夕顔の花」(「夕顔」①一四〇頁)。従来、この歌は、あなたは光源氏かとするものと解されてきたが、そうではなかろう。また、夕顔という花の名前を答えたものという解釈も十分とはいえない。この歌から夕顔と呼ばれるこの女性は、光源氏が手にする夕顔の花をさして、あなたがもつものこそ夕顔の花だとして、自身の名前を教えることもなく、光源氏の問いに切りかえしていったのである。この歌に衝撃を受けた光源氏は、この女性の名前も知らぬまま恋に溺れていくことになるのでった。

二　夕顔の死

【本文】

宵過《よひす》ぐるほど、すこし寝入《ねい》りたまへるに、御枕上《まくらがみ》にいとをかしげなる女ゐて、「おのがいとめでたしと見たてまつるをば尋《たづ》ね思《おも》ほさで、かくことなることなき人を率《ゐ》ておはして時《とき》めかしたまふこそ、いとめざましくつらけれ」とて、この御かたはらの人をかき起こさむとすと見たまふ。物《もの》に襲《おそ》はるる心地《ここち》して、おどろきたまへれば、灯《ひ》も消えにけり。

(「夕顔」①一六四頁)

【現代語訳】

宵を過ぎるころ、光源氏が少しまどろんでいらっしゃると、お枕もとに、まことに美しい様子の女が座って、「わたしがあなたのことをとても素晴らしいと拝見しているのを気にとめようともなさらないで、このような取り柄のない女を連れていらっしゃってご寵愛なさるのは、ほんとうに心外でうらめしい」と言って、この傍らの夕顔を引き起こそうとしているとご覧になる。霊物に襲われるような心持ちがして、はっと目を覚ましなさったところ、火も消えてしまったのだった。

【解説】

夕顔とふたりだけで過ごしたいと願った光源氏は、夕顔を廃院に連れていく。が、そこで夕顔は物の怪（正体不明の霊物）に襲われて命を落としてしまう。

夕顔をとり殺す「いとをかしげなる女」については、古来、六条御息所の生霊《いきりょう》とする説もあるが、光源氏がそのように認識してはいないことからすれば、やはりこの廃院の霊物と解するほかはない。だが、物語が六条御息所かもしれないと読者に思わせるように語っていることは確かである。『源氏物語』は、非現実的であるような話を語りながらも、それをたんなる怪異譚に終わらせることはないのである。

第五帖　「若紫」　若紫の登場と藤壺との密通

一　若紫の登場

【本文】

きよげなる大人《おとな》二人《ふたり》ばかり、さては童《わらは》べぞ出《い》で入《い》り遊ぶ。中《なか》に、十《とを》ばかりやあらむと見えて、白き衣《きぬ》、山吹《やまぶき》などの萎《な》えたる着て走り来《き》たる女子《をむなご》、あまた見えつる子どもに似るべうもあらず、いみじく生《お》ひ先《さき》見えてうつくしげなる容貌《かたち》なり。髪《かみ》は扇《あふぎ》をひろげたるやうにゆらゆらとして、顔はいと赤くすりなして立てり。

（「若紫」①二〇六頁）

【現代語訳】

こざっぱりと美しい女房が二人ほど、それ以外は女童《めのわらわ》が出たり入ったりして遊んでいる。そのなかに、十歳ぐらいだろうかと見えて、白い下着に、山吹襲《やまぶきがさね》（表は赤みを帯びた黄色、裏は黄色）などの、糊《のり》が落ちて柔らかくなった表着《うわぎ》を着て、走ってやってきた女の子は、大勢見えた子供たちとは比べようもなく、たいそう成長していくこれからの美しさが想像される、かわいらしい様子の容

若紫を垣間見る光源氏（『源氏物語団扇画帖』より、国文学研究資料館所蔵）

貌である。髪は扇を広げたようにゆらゆらとして、顔はまことに赤く手でこすって立っている。

【解説】

光源氏は十八歳になった。その春、瘧病《わらわやみ》をわずらった光源氏は治療のため北山に出かける。治療の合間、ある僧坊《そうぼう》を垣間見《かいまみ》た光源氏は、尼《あま》君《ぎみ》のもとに駆け寄ってくる十歳ぐらいかと見える少女を見いだす。犬君《いぬき》という女童《めのわらわ》が雀の子を逃がしてしまったと泣きながら訴えるその少女は、光源氏が恋い焦がれている藤壺とよく似ていたのであった。

この少女こそ、のちに光源氏の最愛の女性となる若紫（紫上《むらさきのうえ》）である。若紫の父は藤壺の兄である兵部卿宮《ひょうぶきょうのみや》であった。母はすでに亡くなっていたが、兵部卿宮には北の方がいたため、祖母の北山尼君《きたやまのあまぎみ》が養育していたのであった。

光源氏は藤壺に似ているこの若紫を手もとにひきとり、理想的な女性として育ててみたいと願うが、若紫はまだ幼い。北山尼君は強く反対する。しかし、その尼君もやがて亡くなってしまう。兵部卿宮が迎えにくることを耳にした光源氏は、盗み出すように若紫を二条院に連れてくるのであった。物語には女性を盗み出す話が語られるが、その多くは悲劇に終わる。はたして若紫の場合はどうか。いずれにしても若紫の物語はここに始まるのである。

二　藤壺との密通

【本文】

内裏《うち》にても里《さと》にても、昼はつれづれとながめ暮らして、暮るれば王命婦《わうみやうぶ》を責《せ》め歩《あり》きたまふ。いかがたばかりけむ、いとわりなくて見たてまつるほどさへ、現《うつつ》とはおぼえぬぞわびしきや。宮もあさましかりしを思《おぼ》し出《い》づるだに、世とともの御もの思ひなるを、さてだにやみなむと深う思したるに、いと心憂《こころう》くて、いみじき御気色《けしき》なるものから、なつかしうらうたげに、さ

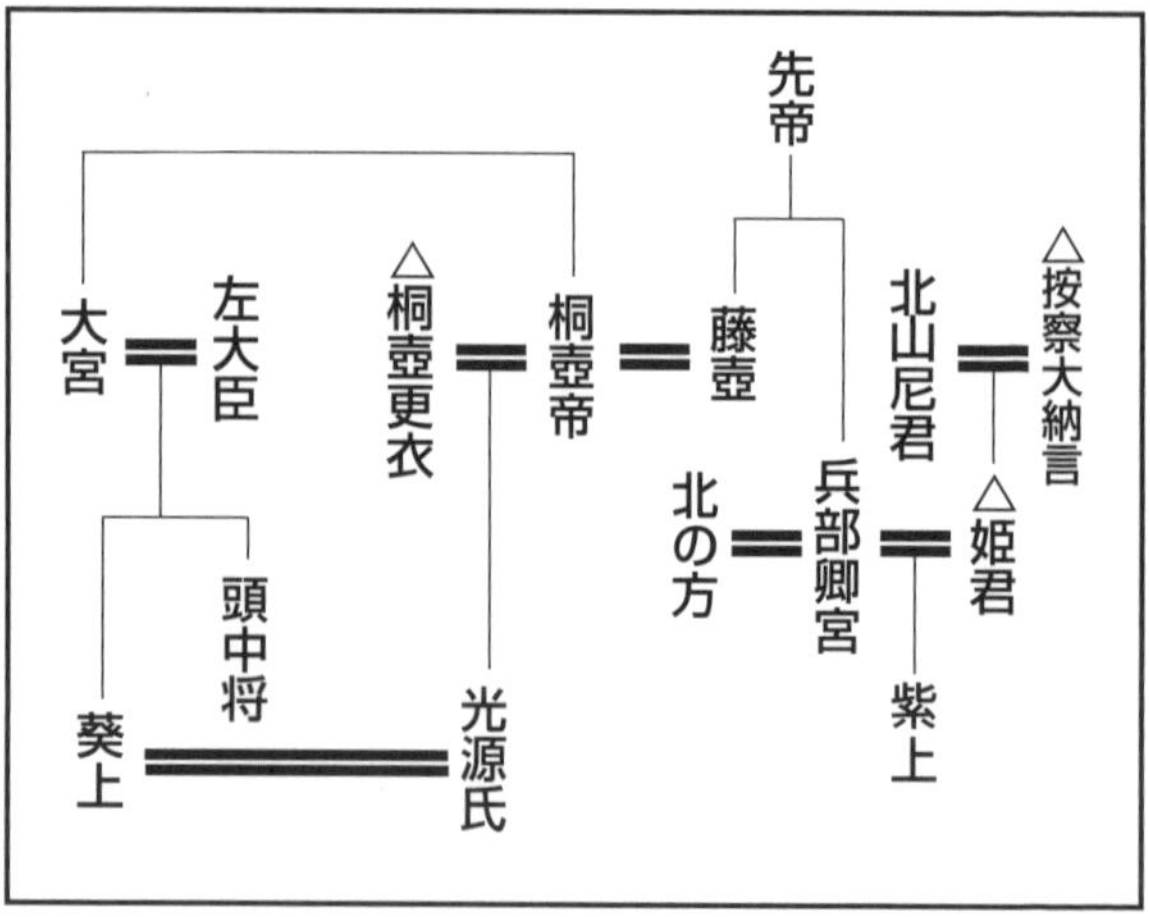

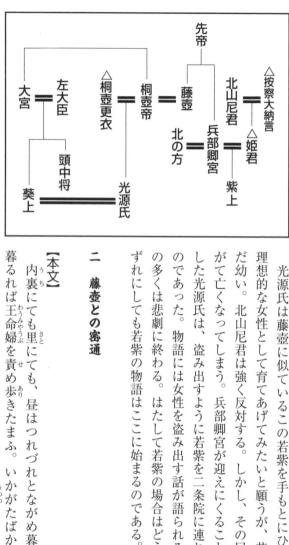

りとてうちとけず心深う恥《は》づかしげなる御もてなしなどのなほ人に似させたまはぬを、などかなのめなるることだにうちまじりたまはざりけむと、つらうさへぞ思さるる。（「若紫」①二三〇〜二三一頁）

【現代語訳】

光源氏は、内裏においても自邸においても、昼間は何も手につかずぼんやりと物思いに沈み暮らして、日が暮れると、王命婦を追いまわして手引きをしてくれるよう責めなさる。王命婦はどのように算段したのだろうか、光源氏はとても強引にお逢い申しあげるが、その逢瀬の間までもが、現実とは思われないのは、つらいことであるよ。藤壺も、思いもかけなかったかつての逢瀬をお思い出しになるのでさえ、生涯にわたる物思いの種であるため、せめてそれだけで終わりにしてしまおうと深く心に決めていらっしゃったのに、ふたたび逢ってしまったのはとても情けなくて、ひどくつらそうなご様子であるものの、優しくかわいらしく、そうかといってうちとけることなく、慎み深く気づまりなほどの御ふるまいなどが、やはり他の誰とも違っていらっしゃるのを、どうして欠点さえ少しも混じっていらっしゃらなかったのだろうと、光源氏はうらめしくまで思わないではいらっしゃれない。

【解説】

光源氏はついに藤壺と密通を犯してしまう。藤壺は病気療養のため宮中から自邸に退出していた。

千載一遇の機会と思った光源氏は、藤壺の側近の女房である王命婦《おうみょうぶ》に手引きを懇願して、念願を果たすのである。

ただし、本文に「あさましかりし」とあることから、ここはふたたびの逢瀬の場面であるということになる。すると、物語には最初の逢瀬が描かれていないため、もともとそれを描いた巻があったもののなくなってしまったのではないかといった議論もされてきたところである。けれども、もしそうした巻が存在したのであれば、その痕跡も残っていないということは不可解である。最初からなかったと考えるのが妥当であろう。物語はふたたびの逢瀬を語ることを重んじたのであった。一度だけの逢瀬であれば過ちともいえるだろう。しかし、ふたたびとなれば逃れようがない宿世としなければなるまい。藤壺は絶望的な思いでこの宿世を受け入れるほかはないのである。

そのような苦悩に沈む藤壺を、光源氏はなぜ藤壺には欠点というものがないのかとうらめしくまで思って、嗚咽《おえつ》する。光源氏にとって藤壺を恋することは宿命なのであった。この運命的な「もののまぎれ」によって、罪の子が誕生する。『源氏物語』という物語の核心をなす出来事なのでもあった。

第六帖「末摘花」 末摘花との恋

一　夕顔の面影

【本文】
思《おも》へどもなほあかざりし夕顔の露《つゆ》に後《おく》れし心地《ここち》を、年月経《としつきふ》れど思《おぼ》し忘れず、ここもかしこも、うちとけぬかぎりの、気色《けしき》ばみ心深き方《かた》の御いどましさに、け近くうちとけたりし、あはれに似るものなう恋しく思《おも》ほえたまふ。

（「末摘花」①二六五頁）

【現代語訳】
どれほど思ってもいっそう思いがつのったあの夕顔は、まるで露のように消えてしまったが、そのあとに残された心持ちを、光源氏は、年月を経ても、お忘れにならず、葵上や六条御息所など、こちらの女性もあちらの女性も、気の休まらない方ばかりで、気取ってみせたり思慮深さをみせたりして女性どうしで競い合っているのに比べて、親しみやすく心を許してくれていたあの夕顔を、しみじみと比べようもなく恋しく思わずにはいらっしゃれない。

末摘花のもとを訪れたところを頭中将に見つかる光源氏（『源氏物語団扇画帖』より、国文学研究資料館所蔵）

【解説】

「末摘花」巻は、「若紫」巻と同じく光源氏十八歳の折のことを語る、いわゆる「並びの巻」である。「並びの巻」では、「中《なか》の品《しな》の女《おんな》」たちとの浮き名を流す光源氏が描き出される。そのような意味において、「末摘花」巻は「帚木」「空蟬」「夕顔」巻を受けるものなのであり、その冒頭に夕顔を追慕する光源氏の姿が語られるのも、この巻の位置づけを鮮明に示している。「末摘花」巻では、若き「いろごのみ」の恋の冒険の続きが語られていくのである。

ところで、かつてこの「並びの巻」は『源氏物語』の成立過程を考えるうえで注目された。帚木三帖や「末摘花」巻、およびその後日譚を語る「関屋」「蓬生」巻、さらに夕顔の娘である玉鬘の物語を語る玉鬘十帖などを玉鬘系、それ以外の紫のゆかりの物語を語る巻々を紫上系として分け、紫上系の人物は玉鬘系にも出てくるのに、玉鬘系の人物が紫上系に出てこ

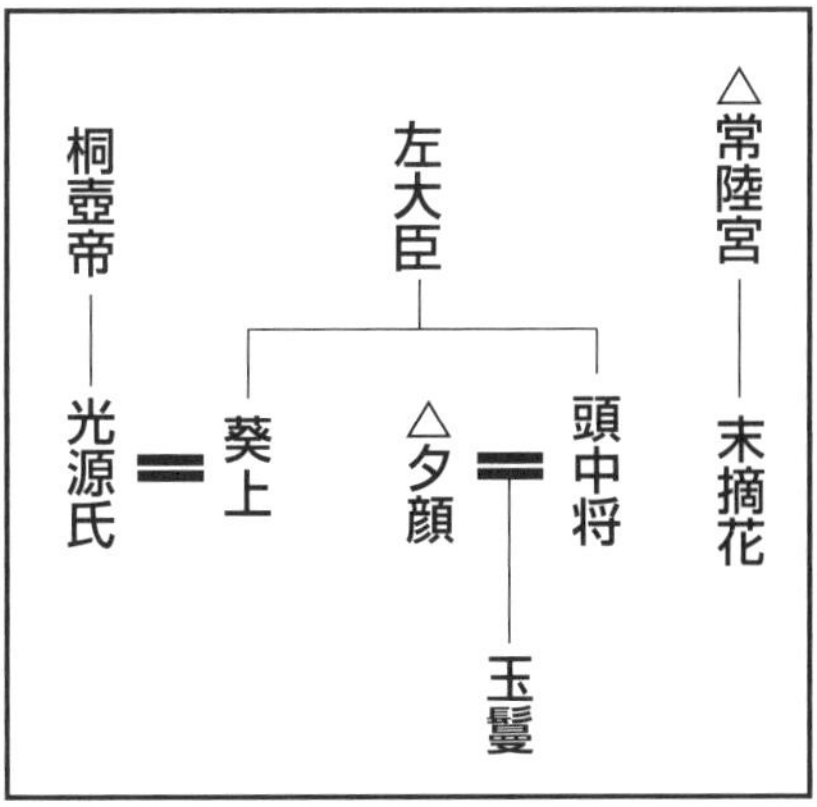

ないことなどから、玉鬘系は紫上系のあとに書かれて挿入されたと考えられたのである。戦後、とくに武田宗俊らによって唱えられた玉鬘系後記挿入説と呼ばれるものであり、発表当時、この説は大きな衝撃をもって迎えられた。作品外部の資料がないことなどからその議論は沈静化してしまったものの、物語の構造や光源氏という主人公を考えるうえで有効な議論であったといえる。

藤壺を一途に恋する「光る君」も、中の品の女性たちと浮き名を流す「光源氏」もどちらも光源氏なのであり、そのことが光源氏の人間としての奥深さをかたちづくっているのである。

二　末摘花の醜貌

【本文】

まづ、居丈《ゐだけ》の高く、を背長《せなが》に見えたまふに、さればよと、胸つぶれぬ。うちつぎて、あなかたはと見ゆるものは鼻なりけり。ふと目ぞとまる。普賢菩薩《ふげんぼさつ》の乗物《のりもの》とおぼゆ。あさましう高《たか》うのびらかに、先の方《かた》すこし垂《た》りて色づきたること、ことのほかにうたてあり。色は雪はづかしく白うて、さ青《を》に、額《ひたひ》つきこよなうはれたるに、なほ下《しも》がちなる面《おも》やうは、おほかたおどろおどろしう長きなるべし。痩《や》せたまへること、いとほしげにさらぼひて、肩《かた》のほどなど、痛《いた》げなるまで衣《きぬ》の上まで見ゆ。

（「末摘花」①二九二〜二九三頁）

【現代語訳】

その姫君（末摘花）は、まず、座高が高くて、背中がたわみまがっているようにお見えなので、光源氏は、「やっぱりだ」と胸がつぶれてしまう。続いて、「ああみっともない」と見えるのは鼻なのであった。ふと目がとまる。普賢菩薩の乗物である白い象を思わせる。驚きあきれるほど高く長々とのびていて、先の方がすこし垂れて紅に色づいていることは、ことのほかひどい。顔色は、雪も気後れするほど白くてまっ青で、額つきはとても広いうえに、それでも下の方が長い感じの顔だちは、おおよそ驚くほどの面長なのであろう。痩せていらっしゃることは、気の毒な様子に骨ばって、肩のあたりなどは、痛々しく着物の上まで突き出て見える。

【解説】

光源氏は故常陸宮《ひたちのみや》の姫君の噂話を聞く。荒れ果てた邸に琴《きん》の琴《こと》を友としてひっそりと暮らしているという。琴の琴は中国渡来の七絃琴で、『源氏物語』の世界では皇統につながるものの楽器として用いられる。理想的な「中の品の女」の姿を思い描いた光源氏はすぐさまこの姫君に心を寄せていくが、歌を贈っても返事がない。頭中将も恋文を出しているらしいことを察した光源氏の恋心はいや増しに増し、ついに姫君のもとに忍んで行き、契りを交わしてしまう。だが、逢ってみると何かが違う。姫君が恥じらっているせいかとも思ったが、逢瀬の翌朝に送る後朝《きぬぎぬ》の文に返してきた歌は光源氏をがっかりさせるものであった。そして、ついに雪の日の朝、光源氏は姫君の醜貌を目にしてしまうのであった。

とくにその鼻は長く垂れ、先が紅に色づいていた。末摘花（紅花《べにばな》の異名）の呼称は、その鼻によるものである。末摘花との恋物語は、まさに恋の冒険の無残な失敗を語るものであるが、かといって光源氏はこの末摘花を見捨てたりはせず、生活の支援をするなど、庇護していくこととなる。

「いろごのみ」はたんなる好色とは違う。女性たちを惹きつけてやまない偉大な魂をもち、女性に愛情を与えつづける。光源氏は「いろごのみ」なのであった。

第七帖「紅葉賀」罪の子の誕生

一　青海波を舞う光源氏

【本文】

源氏の中将は、青海波《せいがいは》をぞ舞《ま》ひたまひける。片手《かたて》には大殿《おほとの》の頭中将《とうのちゆうじやう》、容貌用意《かたちようい》人にはことなるを、立ち並びては、なほ花のかたはらの深山木《みやまぎ》なり。入《い》り方《がた》の日影《ひかげ》さやかにさしたるに、楽《がく》の声《こゑ》まさり、もののおもしろきほどに、同じ舞《まひ》の足踏面持《あしぶみおももち》、世に見えぬさまなり。詠《えい》などしたまへるは、これや仏《ほとけ》の御迦陵頻伽《かりようびんが》の声ならむと聞こゆ。

（「紅葉賀」①三一一頁）

【現代語訳】

光源氏の中将は、青海波をお舞いになったのだった。相手には左大臣家の頭中将で、この方も容貌や心づかいは人より格別であるが、光源氏と立ち並ぶと、やはり花の傍らの深山木といった感じで引立て役にすぎない。入り方の日の光が、あざやかに差し込んでいるところに、楽の音がいっそう高まり、ものの興趣もすばらしいときに、同じ舞でありながら光源氏の足拍子や面持

雛遊びをし、光源氏を見送る若紫（『源氏物語団扇画帖』より、国文学研究資料館所蔵）

ちは、この世では見られない様子である。詠（舞人による吟詠）などをなさっている声は、「これが、仏の御迦陵頻伽（極楽に住むという美声の鳥）の声であろうか」と聞こえる。

【解説】

十月十日過ぎ、桐壺帝による朱雀院《すざくいん》行《ぎょう》幸《こう》があった。朱雀院には桐壺帝の父一院《いちのいん》が住んでおり、その五十賀《ごじゅうのが》のための行幸であったと見られる。紅葉が美しい折の御賀であるため、「紅葉賀」と称されるこの賀は、帝の威厳を示す盛大な儀式となるはずであった。桐壺帝は当代を代表する貴公子である光源氏と頭中将に青海波を舞わせることにする。だが、後宮の女性たちは内裏の外の儀式には参加することができない。

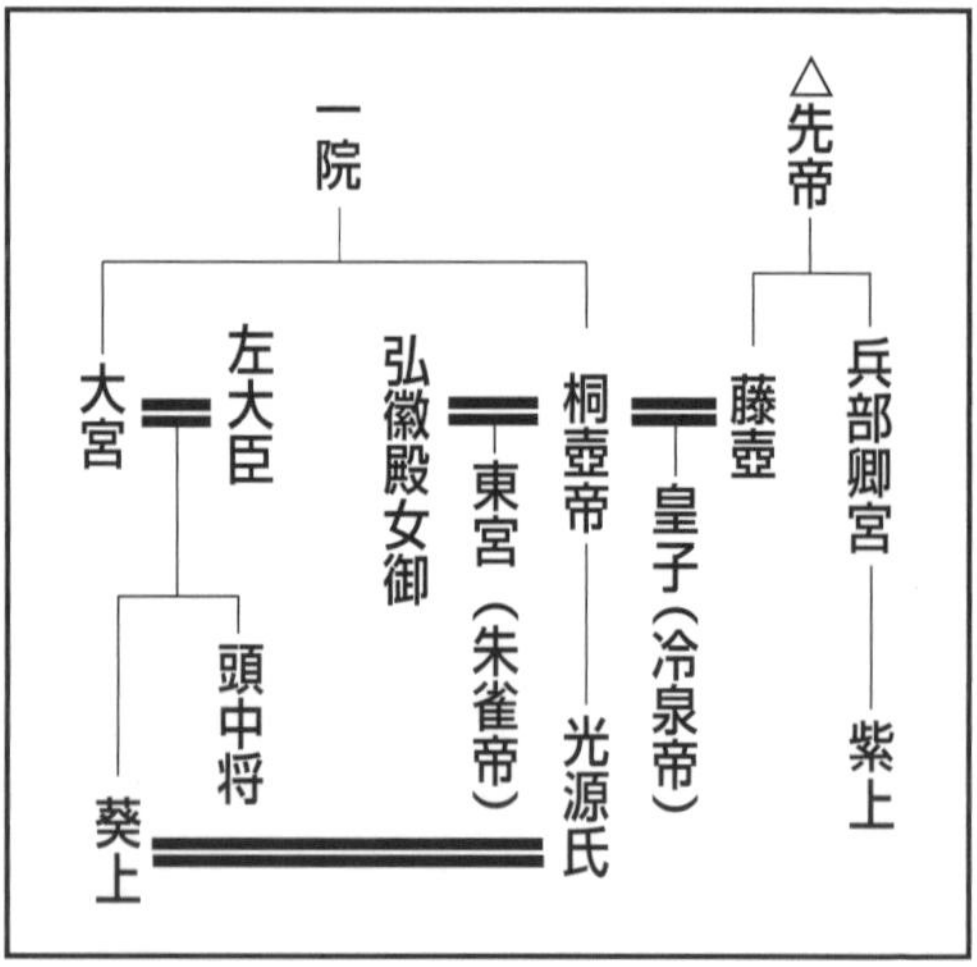

残念に思う女性たちのために、桐壺帝はその試楽《しがく》（リハーサル）を清涼殿の前庭で行うことにしたのであった。

　青海波は、兜《かぶと》をかぶり、波模様の衣服を着たふたりが海の波の様子を模して舞うものであったが、同じ衣装であることにより、ふたりの美質の違いが際立つ。光源氏のそれは頭中将を圧倒するものであり、実際、神がかったものであった。光源氏を憎む弘徽殿女御は神隠しにあわなければよいがと陰口をたたき、藤壺は素直な心持ちで見ることができたらよかったのにと嘆息する。行幸当日の舞は「いと恐ろしきまで」に見えたというが、青海波を舞う光源氏の姿は、この若き主人公のもっとも美しい姿を物語のなかに刻み込んでいるのであった。

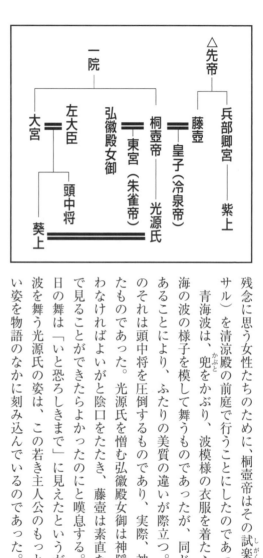

二　罪の子の誕生

【本文】

世《よ》の中《なか》の定《さだ》めなきにつけても、かくはかなくてややみなむと、とり集《あつ》めて嘆《なげ》きたまふに、二月十《きさらぎじふ》余日《よにち》のほどに、男皇子《をとこみこ》生まれたまひぬれば、なごりなく内裏《うち》にも宮人《みやびと》も喜びきこえたまふ。命長くもと思《おも》ほすは心憂《こころう》けれど、弘徽殿などのうけはしげにのたまふと聞きしを、空《むな》しく聞きなしたまはましかば人笑《ひとわら》はれにやと思《おぼ》しつよりてなむ、やうやうすこしづつさはやいたまひける。

（「紅葉賀」①三二五頁）

【現代語訳】

光源氏が「この世が無常であるのにつけても、藤壺との仲はこのままはかなく終わってしまうのだろうか」と、さまざまにお嘆きになっていると、二月十日過ぎのころに、皇子がお生まれになったので、すっかりと不審も消え、帝におかれても宮に仕える人びともお喜び申しあげなさる。藤壺は、若宮のために長生きをしようとお思いになるのはつらいことだが、弘徽殿女御などが、呪わしくおっしゃっていると聞いたので、「もしわたくしが死んだとお聞きになったら、物笑いの種になっていただろう」とお心を強くおもちになって、しだいに少しずつ気分が晴れやかにおなりになったのだった。

【解説】

藤壺は光源氏との子を身籠もっていたが、あくまでも帝との子としなければならなかった。そうした藤壺を裏切るように、出産予定日の十二月はあっけなく過ぎ、一月になっても何の兆候もない。

周囲は物の怪のせいかと不審に思い、光源氏は自身の子であることを確信していく。藤壺は身の破滅も覚悟しなければならなかったが、二月十日過ぎ、ようやくのこと、皇子が誕生する。歓喜によって周囲の不審は一掃される。藤壺は罪の意識にさいなまれるものの、弘徽殿女御の呪詛の噂を聞き、むしろ生きる活力が湧いてくるのであった。

藤壺が生んだ子こそ、のちの冷泉帝となる皇子である。その顔は光源氏と瓜二つであり、その美しさは光源氏の子であることを証し立てるものであった。だが、藤壺と光源氏に絶大な信頼を寄せている桐壺帝は皇子を抱きながら「幼いうちはみなこうしたものなのだろうか」と口にするばかりであった。それを聞いた光源氏と藤壺は恐懼するが、その罪意識は道徳的な罪や法制度的な罪、宗教的な罪などとは異質なものであった。ふたりには「罪」ということばのかわりに、秩序を乱すものに対する非難をあらわす「おほけなし」ということばが用いられる。光源氏と藤壺の罪の意識はとくに桐壺帝の愛情への裏切りに対してむけられているのである。

第八帖　「花宴」　朧月夜との恋

【本文】

弘徽殿《こきでん》の細殿《ほそどの》に立ち寄りたまへれば、三《さん》の口開《くちあ》きたり。女御《にょうご》は、上《うへ》の御局《みつぼね》にやがて参上《まうのぼ》りたまひにければ、人少《ひとずく》ななるけはひなり。奥《おく》の枢戸《くるるど》も開《あ》きて、人音《ひとおと》もせず。かやうにて世の中の過《あやま》ちはするぞかしと思ひて、やをら上《のぼ》りてのぞきたまふ。人はみな寝《ね》たるべし。いと若《わか》うをかしげなる声の、なべての人とは聞こえぬ、「朧月夜《おぼろづきよ》に似るものぞなき」とうち誦《ず》じて、こなたざまには来《く》るものか。いとうれしくて、ふと袖《そで》をとらへたまふ。

（「花宴」①三五六頁）

【現代語訳】

光源氏が弘徽殿の細殿にお立ち寄りになったところ、三の口が開いている。弘徽殿女御は上の御局（清涼殿にある部屋）に花の宴のあとそのまま参上なさったので、こちらは人少なの感じである。奥の枢戸も開いていて、人のいそうな音もしない。光源氏は、「このような油断によって、男女の過ちは起こるものなのだよ」と思って、そっと上ってのぞきなさる。女房たちはみな寝ているのにちがいない。すると、とても若々しく美しい、そして並の身分の女性とは思えない声で、「朧月夜

朧月夜と出逢う光源氏（『源氏物語団扇画帖』より、国文学研究資料館所蔵）

に似るものぞなき」と口ずさんで、誰かがこちらに近づいてくるではないか。光源氏は、とてもうれしくなって、ふっと袖をとらえなさる。

【解説】

光源氏二十歳の春、二月二十日過ぎに南殿《なでん》（紫《し》宸殿《しんでん》）の桜の宴が開催された。桐壺帝の左右には藤壺中宮と弘徽殿女御の座が設けられ、とても盛大な宴であったが、ここでも脚光を浴びたのは光源氏の舞や詩であった。光源氏は最大級の賛辞に包まれるが、それにつけても、藤壺はもし秘め事がなかったならと複雑な心持ちを抱かざる得ないのであった。

宴のあと、弘徽殿に立ち寄った光源氏は、戸が開いているのに気づく。あたりには人の気配もしない。光源氏がそっとなかに入ってみると、折よく女性が「照《て》りもせず曇《くも》りも果てぬ春の夜《よ》の朧月《おぼろづき》

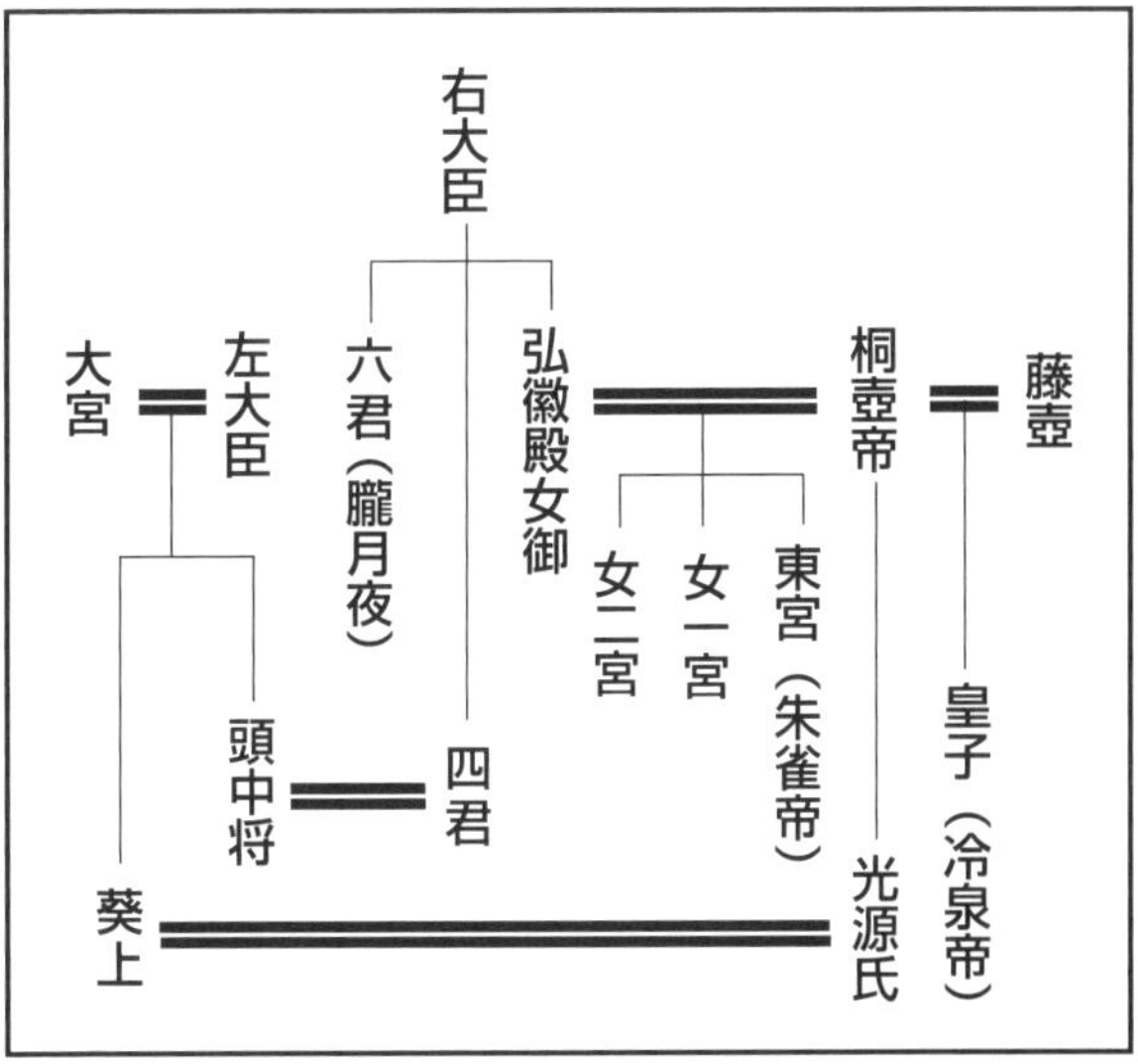

夜《よ》にしくものぞなき」（『新古今和歌集』巻第一、春上、大江千里《おおえのちさと》、五五）という歌をほぼそのまま口ずさみながらやってくる。袖をとらえられた女性が「ここに、人」と助けを呼ぶものの、光源氏は「わたしは誰にも許されていますから」といって一夜をともに過ごすのであった。

この女性は右大臣の六女であり、弘徽殿女御の妹にあたる朧月夜であった。光源氏にとっては政敵の娘であり、しかも近く東宮（のちの朱雀帝）への入内も予定されていた。波瀾を呼ぶ恋の始まりであったが、朧月夜もまた光源氏につよく惹かれていく。朧月夜にとって、家の意思のまま生きるのは「照りもせず曇りも果てぬ」中途半端な人生のように感じられていたのかもしれない。

第九帖「葵」六条御息所の物の怪

一　車の所争い

【本文】

ものも見《み》で帰《かへ》らんとしたまへど、通《とほ》り出《い》でん隙《ひま》もなきに、「事《こと》なりぬ」と言へば、さすがにつらき人の御前渡《まへわた》りの待たるるも心弱しや。笹《ささ》の隈《くま》にだにあらねばにや、つれなく過《す》ぎたまふにつけても、なかなか御心づくしなり。げに、常よりも好《この》みととのへたる車どもの、我《われ》も我《われ》もと乗りこぼれたる下簾《したすだれ》の隙間《すきま》どもも、さらぬ顔なれど、ほほ笑《ゑ》みつつ後目《しりめ》にとどめたまふもあり。大殿《おほとの》のはしるければ、まめだちて渡りたまふ。御供《とも》の人々うちかしこまり、心ばへありつつ渡るを、おし消《け》たれたるありさまこよなう思《おぼ》さる。

（「葵」②二三～二四頁）

【現代語訳】

六条御息所《ろくじょうのみやすどころ》は、何も見ないで帰ろうとなさるが、抜け出すことができるような隙間もないところに、「行列がきた」と誰かが言うので、そうはいってもやはり薄情なあの光源氏の通り過ぎ

祭見物の前に若紫の髪を削ぐ光源氏（『源氏物語団扇画帖』より、国文学研究資料館所蔵）

ていくのを待たないではいられない、それもなんとも心弱いことよ。ここは車の陰で、馬を止めると歌われる「笹の隈」でさえないからだろう、光源氏はそっけなくお通り過ぎになるのにつけても、かえって物思いが深まっておしまいになる。なるほど、例年よりも趣向を凝らした幾台もの牛車の、我も我もと乗り込んでこぼれ出ている出衣《いだしぎぬ》の下簾の隙間のあちこちにも、何くわぬ顔だが、にやりとしながら流し目を送っていらっしゃるものもある。左大臣家の姫君である葵上《あおいのうえ》の車ははっきりとわかるので、光源氏は真面目なお顔をしてお通りになる。お供の人々がうやうやしく黙礼しては通っていくので、御息所は無視されている自分のありさまをこのうえなくやるせなく思わずにはいらっしゃれない。

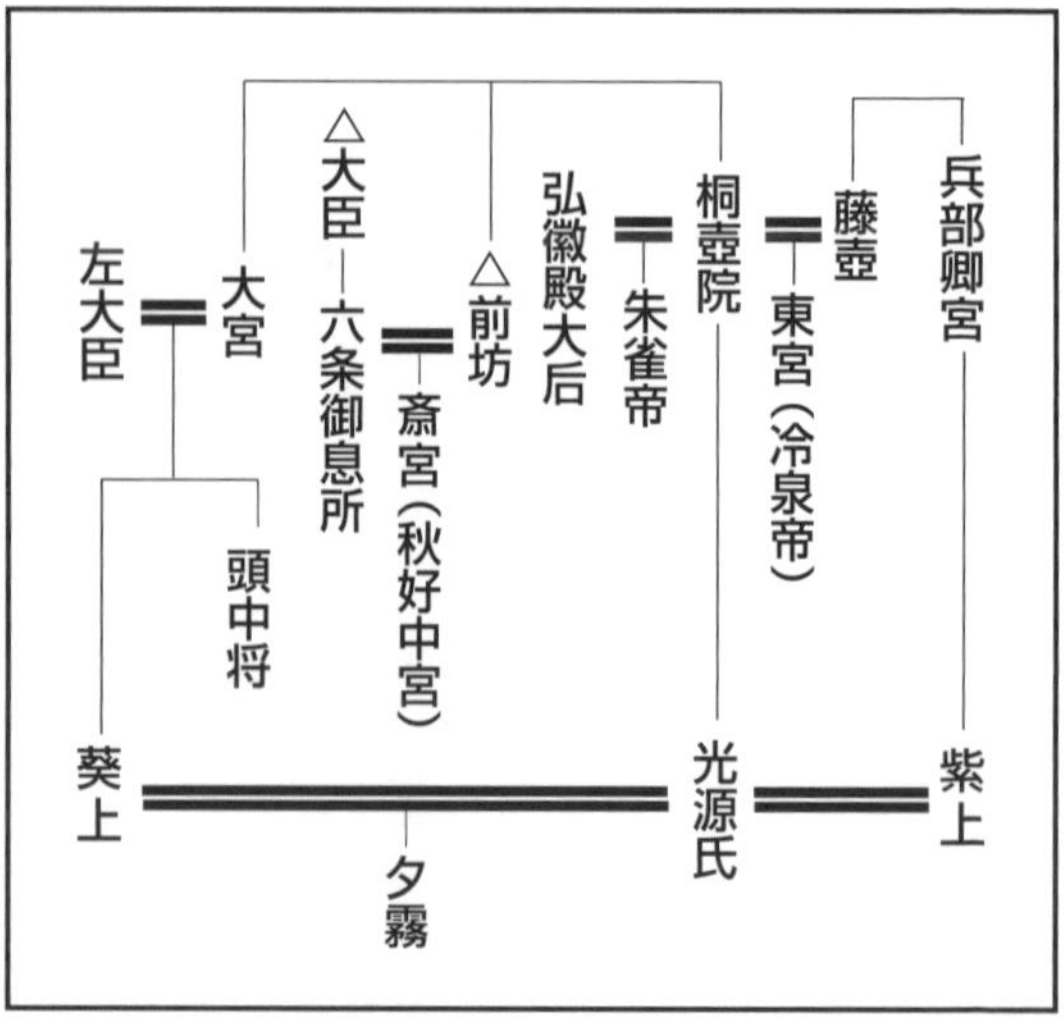

【解説】

「葵」巻の前年、光源氏二十一歳の時に桐壺帝が譲位し、朱雀帝が即位した。右大臣たちが幅を利かせるようになり、光源氏の運命は徐々に暗転していく。

光源氏の冷淡さを嘆く六条御息所も、娘が伊勢の斎《さい》宮《くう》に卜定《ぼくじょう》されたのを機に一緒に伊勢に下ってしまおうかと思い悩んでいたが、葵祭《あおいまつり》（賀茂社の例祭）の御禊《ごけい》の日、葵上方との間で車の所争いが起こってしまう。御禊の折の行列に参加することになった光源氏の姿を一目見ようと忍んで出かけていたところ、あとからやってきた葵上方から車の立てる場所をめぐって狼藉を受けてしまったのであった。

車列の奥に押しやられた六条御息所は、それでも通り過ぎていく光源氏を見つめる。光源氏は大路に立ち並んだ車のなかの女性たちに視線を投げながら進み、葵上の車の前では真面目な顔を作ってみせる。光源氏から六条御息所の姿は見えるはずもないが、御息所は自分だけがないがしろにされてしまっているとの思いにさいなまれ、その身から魂が離れるようになっていくのであった。

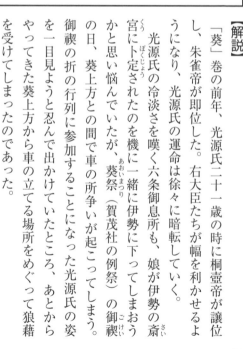

二　物の怪顕現

【本文】

「いで、あらずや。身《み》の上《うへ》のいと苦しきを、しばしやすめたまへと聞こえむとてなむ。かく参《まゐ》り来《こ》むともさらに思はぬを、もの思ふ人の魂《たましひ》はげにあくがるるものになむありける」となつかしげに言ひて、

なげきわび空《そら》に乱《みだ》るるわが魂《たま》を結《むす》びとどめよしたがひのつま

とのたまふ声、けはひ、その人にもあらず変《かは》りたまへり。いとあやしと思《おぼ》しめぐらすに、ただかの御息所《みやすどころ》なりけり。

（「葵」②三九～四〇頁）

【現代語訳】

葵上は、なぐさめる光源氏に「いいえ、そんなことではありません。この身がとても苦しいので、しばらく御祈禱をお休め下さいと申しあげようということでしてね。このように参上しようとはまったく思ってもいないのに、物思いをする人の魂は、本当に身から離れるものだったのですね」とまとわりつくように言って、

「嘆きあぐねて身からは離れて空に落ち着くことがないわたくしの魂を、どうかあなたが結び留めてください、下前《したまえ》の褄《つま》を結んで」

とおっしゃる、その声や感じが、葵上その人ではなくすっかり変わっていらっしゃる。光源氏はまったく不思議なことだとさまざまにお考えになると、まさしくあの六条御息所なのであった。

【解説】

光源氏と葵上との夫婦仲は必ずしも良好とはいえなかった。左大臣の娘であり、光源氏より四歳年上の葵上は自分から心開こうとはしなかったし、まるで絵のなかの姫君のようにすましている葵上に光源氏は馴染めなかった。それでも結婚九年目にして葵上は懐妊する。

当時、出産前の妊婦には物の怪がとり憑いた。それを調伏《ちょうぶく》するためには、験者《げんじゃ》が加持祈禱《かじきとう》を行い、物の怪をよりまし（霊物が移りやすい子どもや女性）に移し、名告《なの》らせなければならなかった。葵上の場合も、多くの物の怪がとり憑き、験者によって次々に調伏されていった。だが、そのなかでどうしてもよりましに移らない物の怪がひとつだけあった。

実は、その物の怪こそ、六条御息所の生霊《いきりょう》なのであった。車の所争いによって屈辱を受けた六条御息所は物思いに沈むようになり、その魂が次第に身から離れ、葵上にとり憑くようになっていたのであった。けれども験者の霊験により、さすがに苦しくなり、光源氏との対面を望む。光源氏は目の前の葵上に六条御息所がとり憑いているとは夢にも思わず、やさしいことばで慰めるのであったが、物の怪は葵上の口を借りてそれをさえぎり、「なげきわび」の歌を詠む。物思いによって抜け出した自身の魂をどうか留めてくださいとの歌は、物の怪の歌ながら、自身ではもはやどうすることもできない苦衷を訴える悲しい歌である。しかし、六条御息所は自身で名告ることはしなかった。このあともじっと葵上のもとに潜《ひそ》みつづけ、葵上が夕霧を生んだあと、ついにその命を奪ってしまうのであった。

三　紫上との新枕

【本文】

つれづれなるままに、ただこなたにて碁《ご》打ち、偏《へん》つぎなどしつつ日を暮らしたまふに、心ばへのらうらうじく愛敬《あいぎやう》づき、はかなき戯《たはぶ》れごとの中にもうつくしき筋《すぢ》をし出《い》でたまへば、思《おぼ》し放《はな》ちたる年月《としつき》こそ、ただださる方《かた》のらうたさのみはありつれ、忍《しの》びがたくなりて、心苦《こころぐる》しけれど、いかがありけむ、人のけぢめ見たてまつり分《わ》くべき御仲《なか》にもあらぬに、男君《をとこぎみ》はとく起《お》きたまひて、女君《をんなぎみ》はさらに起きたまはぬ朝《あした》あり。

（「葵」②七〇頁）

【現代語訳】

光源氏が何となく心が焦《じ》れて何も手につかないまま、ただ紫上のもとで碁を打ったり、偏つぎの遊びなどをしては日をお暮らしになっていると、紫上の気質が利発で魅力が備わっており、ちょっとした遊びごとのなかにもかわいらしいところをお見せになるので、そうした結婚の相手としてお考えになることもなかったこれまでの年月は、ただそのような子どもらしいかわいらしさばかりはあったが、いまはお気持ちを抑えることができなくなって、かわいそうではあるけれど、どういうことだったのだろうか、周囲の者がお見分け申しあげることのできる間柄ではないが、男君は早くお起きになって、女君はいつまでもお起きにならない朝がある。

【解説】

葵上の死去後、左大臣邸に籠もって追悼に明け暮れていた光源氏が二条院に帰る。久方ぶりに紫上を見た光源氏は、紫上が美しい女性となっていたことに気づく。そしてある夜、新枕《にいまくら》を交わすのであった。本来であれば裳着《もぎ》という成人儀礼のあとに結婚をするのであるが、ここでも光源氏は順序を違《たが》えている。愛情ゆえとはいえ、そうした扱いは紫上の将来に暗い影を落とすこととなるのであった。

第十帖「賢木」破滅への道

一　野宮の別れ

【本文】

はるけき野辺《のべ》を分《わ》け入《い》りたまふよりいとものあはれなり。秋の花みなおとろへつつ、浅茅《あさぢ》が原《はら》もかれがれなる虫の音《ね》に、松風《まつかぜ》すごく吹きあはせて、そのこととも聞きわかれぬほどに、物の音《ね》ども絶《た》え絶《だ》え聞こえたる、いと艶《えん》なり。

（「賢木」②八五頁）

【現代語訳】

どこまでも続く嵯峨野の野辺に足をお踏み入れになるやいなや、光源氏はたいそうしみじみとした感じに包みこまれる。秋の花はみな衰え、浅茅が原も枯れ枯れで、涸《か》れ涸《が》れに鳴く虫の声に、松風が荒涼とした音を加え、そのなかからどの曲とも聞き分けられないくらいに、楽の音が絶え絶えに聞こえてくる、それはまことに優美である。

野宮の六条御息所を訪れる光源氏（『源氏物語団扇画帖』より、国文学研究資料館所蔵）

【解説】

六条御息所は、嫉妬のあまり生霊となって、葵上をとり殺してしまった。そのことを光源氏によって知らされた六条御息所は、娘の斎宮に付き従って伊勢に下向することを決意して、嵯峨野の野宮《ののみや》に籠もる。野宮は、斎宮が伊勢に下向する前に籠もって身を浄《きよ》める場所であった。重い腰をあげて野宮に出かけていった光源氏であるが、その野辺に分け入るや、何ともいえぬ情趣に包まれる。草木が枯れ果てた野には涸《か》れ涸《が》れの声で虫が鳴く。そこに松風の音が加わり、そのむこうからかすかな楽の音が絶え絶えに聞こえてくる。六条御息所は楽器を奏でさせながら光源氏を待っていたにちがいない。「いと艶なり」とされるこの野の描写は、六条御息所の心のありようを描くものなのであった。

しかし、ふたりの仲はもはやいかんともしが

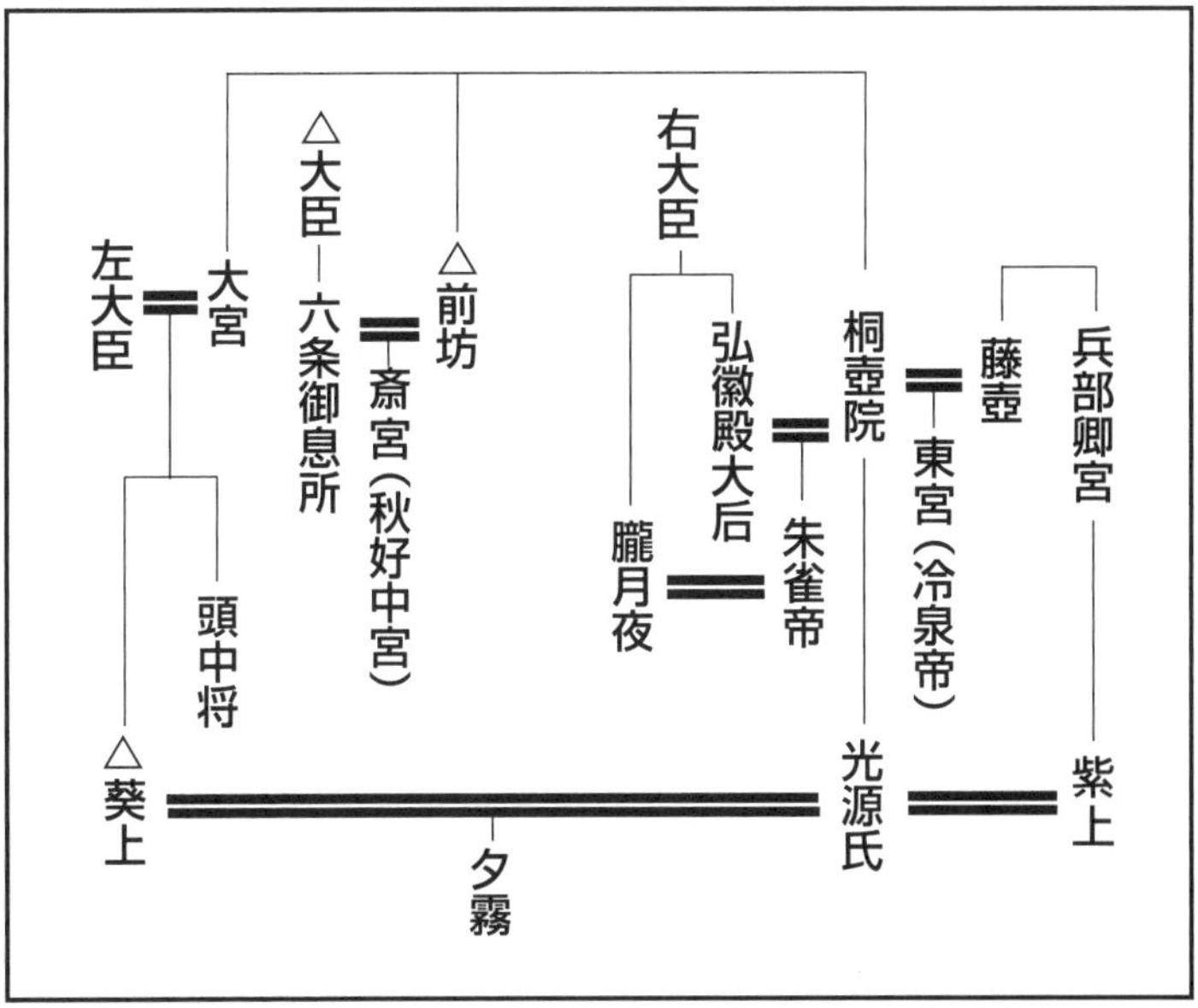

たい。榊《さかき》を手にしながら変わらない心を訴える光源氏に対して、六条御息所はここはあなたが訪れるべき場所ではないのにどうして榊を折ってやってきたのかと応じるが、光源氏はあなたをこそ求めてここにきたのだと告げる。艶なる情景のなか、心を乱しながら一夜を過ごすふたりであったが、六条御息所が都にとどまる決意をひるがえすことはない。この野宮の別れは、ふたりにその愛が終わったことをはっきりと知せるものなのであった。

二　藤壺の出家

【本文】

最終《はて》の日、わが御事を結願《けちぐわん》にて、世を背《そむ》きたまふよし仏《ほとけ》に申させたまふに、みな人々驚きたまひぬ。兵部卿宮《ひやうぶきやうのみや》、大将の御心も動きて、あさましと思《おぼ》す。親王《みこ》は、なかばのほどに、立ちて入《い》りたまひぬ。心強う思し立つさまをのたまひて、果つるほどに、山の座主《ざす》召して、忌《い》むこと受けたまふべきよしのたまはす。御をぢの横川《よかは》の僧都《そうづ》近う参りたまひて御髪《みぐし》おろしたまふほどに、宮《みや》の内《うち》ゆすりてゆゆしう泣きみちたり。

（「賢木」②一三〇～一三一頁）

【現代語訳】

法華八講《ほっけはっこう》の最後の日に、藤壺は、ご自身のことを結願として出家なさることを仏に申しあげさせなさるので、人びとはみなお驚きになった。藤壺の兄である兵部卿宮や大将の光源氏も動揺して驚きあきれたこととお思いになる。兵部卿宮は、法会の途中で、座をお立ちになって藤壺のいる御簾のなかにお入りになった。藤壺は、固いご決意のほどを口になさって、法会が終わるころに、比叡山の座主をお呼びになって、戒をお受けになるご意志をおっしゃる。御伯父の横川僧都《よかわのそうず》がお近くに参上なさって御髪をお切りになるときは、三条宮全体が大騒ぎをして不吉なほど泣き声に満ちあふれている。

【解説】

光源氏二十三歳の十月、桐壺院は朱雀帝に対して東宮（のちの冷泉帝）と光源氏とを重んじるべきことを遺言して崩御する。右大臣方が専横を強め、光源氏方が圧倒されていくなか、光源氏の藤壺への恋情は抑えきれないものとなり、寝所にまで忍び込むといった事態まで生じる。光源氏のこのようなふるまいが続けばそのうち秘密が露見してしまうだろう。けれども、東宮の後見のためには光源氏の力がどうしても必要である。藤壺は光源氏の恋情を避けつつ光源氏の協力を得るための手段として出家という道を選ぶ。それは来世の安寧を祈るものではなく、現世の、しかもきわめて政治的な選択であったという点において『源氏物語』のなかでも特異なものであったといえる。

藤壺は出家の日に法華八講の最終日を選んだ。『法華経』八巻を四日間朝夕に分けて講説する法会であり、藤壺はそれぞれの日のものを父の先帝や母后、そして桐壺院の追善供養として行う。親王や上達部たちを集め、桐壺院たちを供養したうえで出家することには桐壺院の遺言の遵守を人びとに訴える目的もあったのだろう。わが子東宮を守るため、藤壺の言動は政治的なものにならざるを得ないのである。

三　村雨のまぎれ

【本文】

紛《まぎ》らはすべき方《かた》もなければ、いかがは答《いら》へきこえたまはむ、我《われ》にもあらでおはするを、子ながらも恥《は》づかしと思《おぼ》すらむかしとさばかりの人は思し憚《はばか》るべきぞかし。されどいと急《きふ》に、のどめたるところおはせぬ大臣《おとど》の、思しもまはさずなりて、畳紙《たたうがみ》を取りたまふままに、几帳《きちやう》より見入《みい》れたまへるに、いといたうなよびて、つつましからず添《そ》ひ臥《ふ》したる男《をとこ》もあり。今ぞやをら顔ひき隠して、とかう紛らはす。

（「賢木」②一四五〜一四六頁）

【現代語訳】

ごまかすこともできないので、どのようにお答え申しあげなさることができようか、朧月夜が茫然自失の様子でいらっしゃるのを、わが子ながらどんなにか恥ずかしいと思っていらっしゃることだろうよと、右大臣ぐらいのほどの方であればさまざまに考えて遠慮なさるべきことだよ。しかし、まことに短気で、落ち着いたところがおありでない右大臣が、あとさきのことも思いめぐらしなさることもなくなって、懐紙を手にお取りになるや、几帳からなかをのぞきこみなさると、とてもたいそうなよなよとして、気後れすることなく物に寄りかかって臥している男もそこにいる。その男が、のぞかれた今になってそっと顔をひき隠してあれこれととりつくろっている。

【解説】

「花宴」巻において光源氏との出逢いが描かれた朧月夜であったが、桐壺院崩御の翌年には、内侍所の長官である尚侍《ないしのかみ》として朱雀帝に出仕していた。尚侍はもともとは女官であるが、女御や更衣に準じて妃のひとりとして遇されるようになっていた。光源氏とのことがあって女御とすることができなかった右大臣方としては、とりあえず尚侍として出仕させておいて、ほとぼりをさましてからあらためて女御にしようとしていたのであった。だが、光源氏と朧月夜の仲は今なお続いており、ことろもあろうに朧月夜の父右大臣よってその事実が露見することになる。

この日も光源氏は右大臣邸の朧月夜のもとに通ってきていたのであったが、激しい雷雨（村雨）のため、帰ることができないでいた。そこに右大臣が朧月夜の見舞いにやってくる。ずかずかと娘の部屋のなかに入る右大臣の足を止めるため、几帳の外へ出ていく朧月夜であったが、その衣に男物の帯が絡みつき、几帳の周りには手習を記した懐紙が落ちていた。短気な右大臣はのぞきこんだ几帳のなかにひとりの男の姿を発見することとなるが、その男こそ光源氏その人なのであった。

このことを聞いた弘徽殿大后は激怒する。そして、光源氏の追放を画策するのであった

第十一帖　「花散里」　花散里の訪問

【本文】

ほととぎす、ありつる垣根《かきね》のにや、同じ声にうち鳴く。慕《した》ひ来《き》にけるよ、と思《おぼ》さるるほども艶《えん》なりかし。「いかに知りてか」など忍びやかにうち誦《ずん》じたまふ。

「橘《たちばな》の香《か》をなつかしみほととぎす花散《はなち》る里《さと》をたづねてぞとふ

いにしへの忘れがたき慰《なぐさ》めにはなほ参りはべりぬべかりけり。……

（「花散里」②一五六頁）

【現代語訳】

ほととぎすが、さきほどの垣根で鳴いていたあのほととぎすであろうか、同じ声で鳴く。「わたしのことを追ってきたのだな」と思わずにはいらっしゃれないのも、優美であるよ。「昔のことを語り合っていると、それをどのように知ってか、ほととぎすが昔のままの声で鳴くことよ」などと、光源氏は、ひっそりと口ずさみなさる。

「昔のことを思い出させる橘の香りが心惹かれるので、ほととぎすのようにわたしは橘の花の散るこのお邸にやって来ました

麗景殿女御と語る光源氏（『源氏物語団扇画帖』より、国文学研究資料館所蔵）

昔の忘れがたさを慰めるためには、やはりこちらに参上するべきでございました。……

【解説】

政治的に厳しい立場に追いやられつつある光源氏は、亡き桐壺院に仕えていた麗景殿女御《れいけいでんにょうご》のもとを訪れる。麗景殿女御の妹の三君《さんのきみ》（花散里）とは、以前、宮中において逢ったことがあったが、その後は忘れるのでもなく、また熱心に思うのでもないという関係で、その人のことを思い浮かべると、じっとしてはいられなくなったのであった。

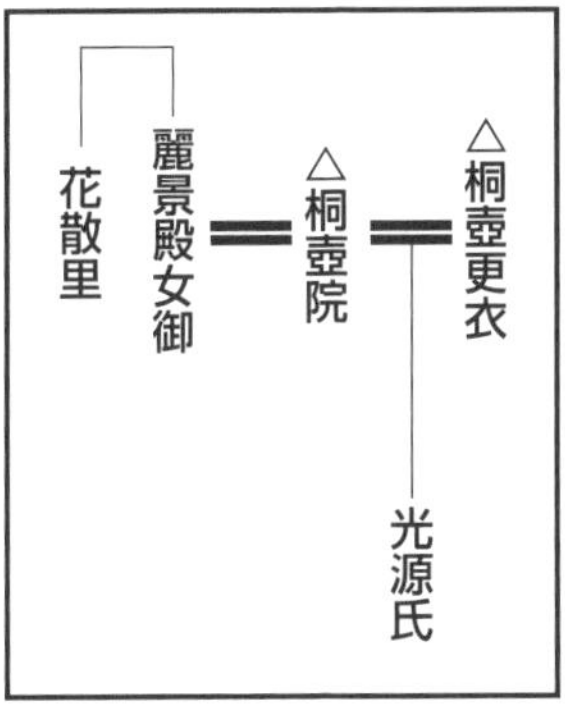

「橘」は、『古事記』や『日本書紀』では、垂仁《すいにん》天皇に命じられたタヂマモリが常世から

もたらしたものと語られ、『萬葉集』では花、実、葉に注目されながらその永遠性が歌われていたが、平安時代では、『古今和歌集』がよみ人知らずの歌として載せる「五月《さつき》待つ花橘《はなたちばな》の香《か》をかげば昔の人の袖の香《か》ぞする（五月を待って咲く花橘の香りをかぐと昔のあの人の袖の香りがすることだ）」（巻第三、夏、一三九）の影響によって、昔のことを思い出させるものとしてのイメージが定着する。

麗景殿女御と語り合っている折、匂ってきた橘の香りによって、桐壺院存命中の昔のことを思い出した光源氏は、「ほととぎす」の声を契機として、「橘の香をなつかしみ」の歌を口ずさむ。昔を恋い慕って訪れた「ほととぎす」は光源氏自身として歌われているが、そこにはすでに「花」はない。光源氏の目には荒涼とした自身の行く末が映っていたのだろう。

第十二帖「須磨」須磨のわび住まい

一　須磨の秋

【本文】

須磨《すま》には、いとど心づくしの秋風《あきかぜ》に、海はすこし遠けれど、行平《ゆきひら》の中納言《ちゅうなごん》の、「関吹き越《せきふこ》ゆる」と言ひけん浦波《うらなみ》、夜々《よるよる》はげにいと近く聞こえて、またなくあはれなるものはかかる所の秋なりけり。

（「須磨」②一九八～一九九頁）

【現代語訳】

須磨では、ますます物思いの限りを尽くす秋風が吹いて、海は少し遠いけれど、在原行平《ありわらのゆきひら》の中納言が、「旅人たるわたしには袂《たもと》が涼しく感じられるようになったことだ。関を吹き越えてくる須磨の浦風よ」と詠んだとかいう浦風による荒波が夜ごとに寄ってくる、その音がなるほどとても近くに聞こえて、またとなく心にしみじみと感じられるものは、このような所の秋なのであった。

須磨にわび住まいをする光源氏（『源氏物語団扇画帖』より、国文学研究資料館所蔵）

【解説】

二十六歳の春、右大臣方の画策によって、官位を剥奪された光源氏は、流罪となることを避けて、須磨に蟄居する。光源氏の須磨退去は、朧月夜の尚侍との密会の露見が契機となったことは疑いないが、尚侍はあくまでも女官であるため、帝の妃との密通にはあたらず、罪とはならない。右大臣方は、それを罪があるかのように喧伝《けんでん》し、光源氏の追放をはかったのであった。光源氏が繰り返し無実を口にする所以《ゆえん》である。しかし、光源氏は藤壺との密通を犯し、東宮までもうけている。むろん、そのことは物語世界においては人知れぬものとしてあるが、物語展開からすれば、光源氏の須磨流謫《るたく》はその

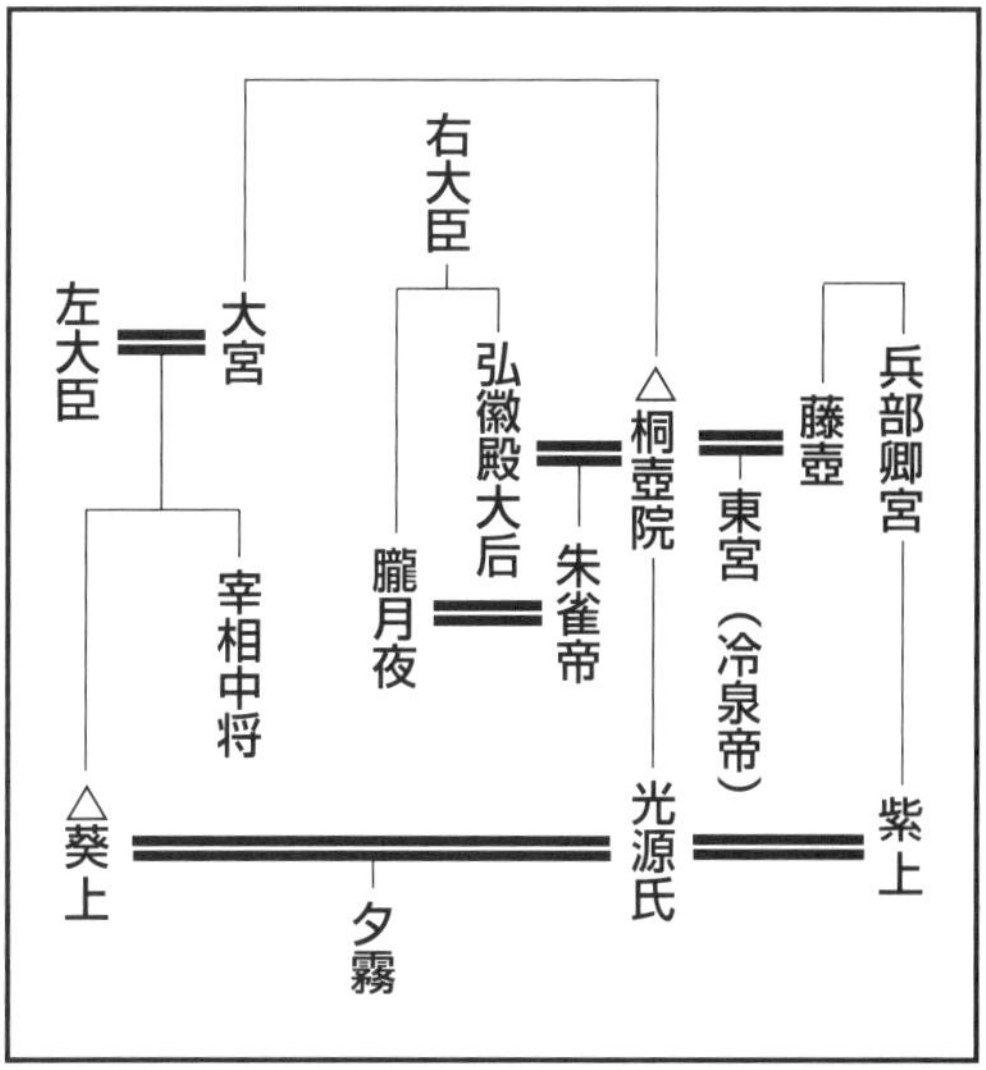

罪による流離ととらえることができる。貴人が罪を負って辺境をさすらい、死に至るか、あるいは転生する物語を、国文学者の折口信夫《おりくちしのぶ》は「貴種流離譚《きしゅりゅうりたん》」と呼んだが、光源氏の流離もそうした話型によってかたどられているのである。

須磨にむかう光源氏には、須磨に蟄居したという伝説をもつ在原行平、大宰府に左遷された菅原道真《すがわらのみちざね》や源高明《みなもとのたかあきら》、さらには古代中国の周公旦《しゅうこうたん》など、じつに多様な流離する人びとの悲劇的な姿が重ね合わされるとともに、その表現にも多くの和歌や漢詩が織り込まれ、光源氏の内面が抒情的に語られていくこととなる。なかでも「須磨には、いとど心づくしの秋風に」からはじまる須磨の秋の描写は、「木《こ》の間《ま》よりもりくる月の影見れば心づくしの秋は来にけり」（『古今和歌集』、秋上、よみ人知らず、一八四）、「旅人は袂《たもと》涼しくなりにけり関《せき》吹き越ゆる須磨の浦風」（『続古今和歌集』、羇旅、在原行平、八六六）などの歌を引用しつつ、「よるよる」に波が「寄る寄る」と「夜々《よるよる》」を掛けるなど和歌的な修辞を用いて、光源氏の憂愁を重層的に描き出しており、名文という名にふさわしいものである。

二　須磨の天変

【本文】

海の面《おもて》うらうらとなぎわたりて、行《ゆ》く方《へ》もしらぬに、来《こ》し方行《かたゆ》く先思《さきおぼ》しつづけられて、

八百《やほ》よろづ神もあはれと思ふらむ犯《をか》せる罪のそれとなければ

とのたまふに、にはかに風吹き出でて、空もかきくれぬ。御祓《はらへ》もしはてず、立ち騒ぎたり。肱笠雨《ひぢかさあめ》とか降りきて、いとあわたたしければ、みな帰りたまはむとするに、笠も取りあへず。

（「須磨」②二一七～二一八頁）

【現代語訳】

海面はうららかに一面に凪《な》いで、その果てもわからないので、光源氏はこれまでのことやこれからのことを思い続けないではいらっしゃれないで、

「八百万の神もわたしを哀れと思っていることでしょう。犯した罪がこれといってないのですから」

とおっしゃると、突然、風が吹き出して、空もまっ暗になってしまう。お祓いもし終えないで、人びとは立ち騒いでいる。肱笠雨とかいう急な雨が降ってきて、まことに気がせかれるので、みなお帰りになろうとするが、笠も手にすることができない。

【解説】

須磨にふたたび春がめぐってきた。光源氏は、海辺に出て、上巳《じょうし》の祓《はらえ》を行う。上巳の祓とは、三月の上旬にめぐってくる巳《み》の日に水辺に出て、穢《けが》れを移した人形《ひとがた》を流すという儀礼であったが、その折、光源氏が神々に対して身の潔白を歌うと、急に暴風雨が起こり、須磨の地を天変が襲うこととなる。激しい雨と風、雷までもが光源氏に迫り、少しまどろんだ夢のなかには「海の中の竜王」かとも思われる正体不明の霊物が現れる。「貴種流離譚」の話型では貴人の死がひとつの典型であったが、このとき、たしかに光源氏は生命の危機に瀕しているのであった。光源氏はこの危機をのり越えることができるのか。物語は大きな転機を迎えることになるのであった。

第二章　光源氏の復活

第十三帖　「明石」　明石君との出逢い

一　桐壺院の霊の出現

【本文】
終日《ひねもす》にいりもみつる雷《かみ》の騒ぎに、さこそいへ、いたう困《こう》じたまひにければ、心にもあらずうちまどろみたまふ。かたじけなき御座所《おましどころ》なれば、ただ寄りゐたまへるに、故院《こゐん》ただおはしまししさまながら立ちたまひて、「などかくあやしき所にはものするぞ」とて、御手《て》を取りて引き立てたまふ。「住吉《すみよし》の神《かみ》の導きたまふままに、はや舟出《ふなで》してこの浦《うら》を去《さ》りね」とのたまはす。

（「明石」②二二八〜二二九頁）

【現代語訳】
一日中、激しく荒ぶる雷の騒ぎによって、そうはいっても、光源氏はひどくお疲れになってしまったので、思わず少しの間浅くお眠りになる。畏れ多い粗末なご座所なので、ただ物に寄りかかって座っていらっしゃると、故桐壺院が、ただご存命でいらっしゃったときのお姿のままでお顕《た》ちに

明石君を訪れる光源氏（『源氏物語団扇画帖』より、国文学研究資料館所蔵）

なって、「どうして、このような見苦しい所にいるのか」とおっしゃって、光源氏のお手を取って引き立てなさる。「住吉神がお導きになるのに任せて、早く舟を出してこの浦を立ち去ってしまえ」とおっしゃる。

【解説】

須磨の天変は数日続く。住吉神に祈願してもいっそう雷は激しくなるばかりであった。三月十三日の夜には、少しまどろんだ光源氏の夢に故桐壺院の霊が現れ、住吉神の導きによって須磨を去るように諭し、それに呼応するように、その暁には明石の地から明石入道《あかしのにゅうどう》が舟を仕立てて迎えにくる。聞けば、明石入道も光源氏を迎えるようにとの夢告を受けていたのだという。光源氏がその舟に乗ると、そこにだけ風が吹き、明石の地に光源氏を運んでいくのであった。

光源氏を命の危機に陥れるかのように見えるこの天変は、しかし、神々による怒りではなく、むしろ光源氏の無実の訴えに応えるものであったといえよう。天変を契機として、須磨には故桐壺院の霊や住吉神の使いなど、さまざまな霊物が顕《た》ち現れてくるが、それらの霊物はそれぞれに関係しあいながら、光源氏を須磨から明石へと導いていくのであった。

　明石への移動は、畿内から畿外への越境にあたり、現政権への叛逆ともとらえられかねないものである。須磨から明石に移り、光源氏は生まれ変わる。そうした意味において、須磨の天変は、光源氏の死と再生をうながすものであったということができるのである。

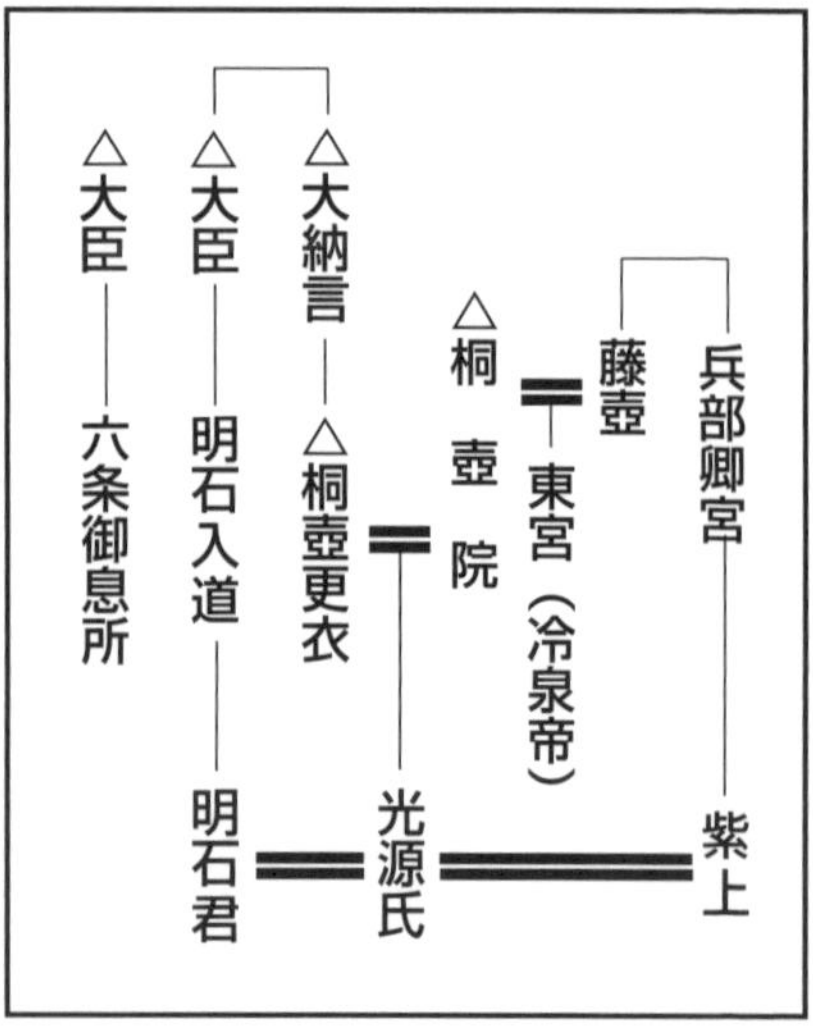

二　明石君との出逢い

【本文】

近き几帳《きちやう》の紐《ひも》に、箏《さう》の琴《こと》のひき鳴らされたるも、けはひしどけなく、うちとけながら掻《か》きまさぐりけるほど見えてをかしければ、「この聞きならしたる琴《こと》をさへや」などよろづにのたまふ。

むつごとを語りあはせむ人もがなうき世の夢もなかばさむやと

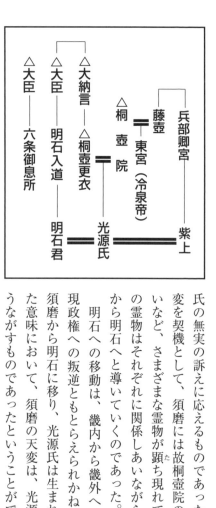

明《あ》けぬ夜《よ》にやがてまどへる心にはいづれを夢とわきて語らむ
ほのかなるけはひ、伊勢《いせ》の御息所《みやすどころ》にいとようおぼえたり。

（「明石」②二五七頁）

【現代語訳】

近くの几帳の紐に箏の琴が触れて自然に音を立てているのも、雰囲気が打ち解けており、明石君《あかしのきみ》がくつろいで琴を掻き撫でていた様子が思われておもしろいので、光源氏は「これまで噂に聞いてきたこの琴の音までも聞かせてくれないのですか」などとさまざまにおっしゃる。

「親しく語り合える相手がいたらよいですが。そうすれば、つらいこの世の夢も半ばは覚めるだろうかと思いまして」

「明けることのない闇の夜にそのまま迷っておりますわたくしには、どれが夢かなどと区別してお話しすることはできません」

そのように歌う明石君のかすかな感じは、伊勢に下向した六条御息所にとてもよく似ている。

【解説】

光源氏を明石に迎えた明石入道は、大臣の子息であり、都では近衛中将《このえのちゅうじょう》を務めていたが、播磨国の国司となってそのまま土着し、出家まで果たしてしまった人物であった。そうした明石入道のことを世間の人びとは「ひがもの」（変わり者）と噂していたが、明石入道は、娘の明石君《あかしのきみ》をなんとか都の貴人と結婚させたいと望んでいたのであった。そのために住吉神に十八年もの間祈り続けてきたのだと語る明石入道であったが、受領の娘としての「身のほど」を痛感する明石君にはその気持ちはない。だが、その態度に心惹かれた光源氏は、ついに明石君のもとを訪れることとなる。「うき世の夢」から目覚めさせてほしいと歌う光源氏に対して、わたくしにはそのような力はないと答える明石君。その様子は六条御息所を思い起こさせるものであったという。そこに両者の血縁関係を指摘する説もあるが、それほどまでに光源氏をひきつけるということであろう。明石君はやがて懐妊する。けれども、故桐壺院の霊ににらまれ目を病んだ朱雀帝によって、光源氏は都に呼び戻されることになるのであった。

第十四帖「澪標」光源氏の復活

一　宿曜の予言

【本文】

宿曜《すくえう》に「御子《みこ》三人、帝《みかど》、后《きさき》かならず並びて生《う》まれたまふべし。中《なか》の劣《おと》りは太政大臣《おほきおとど》にて位《くらゐ》を極《きは》むべし」と勘《かむが》へ申したりしこと、さしてかなふなめり。

（「澪標」②二八五頁）

【現代語訳】

宿曜の占いで「御子は三人で、帝と后がかならずそろってお生まれになるはずです。三人のうちの一番低い人は太政大臣として人臣の位を極めるにちがいありません」と考え申し上げたことが、ひとつひとつ実現するようである。

【解説】

二十八歳の秋、光源氏が帰京し、翌年の二月には朱雀帝が譲位して、冷泉帝が即位する。光源氏

歌を詠み交わす光源氏と花散里（『源氏物語団扇画帖』より、国文学研究資料館所蔵）

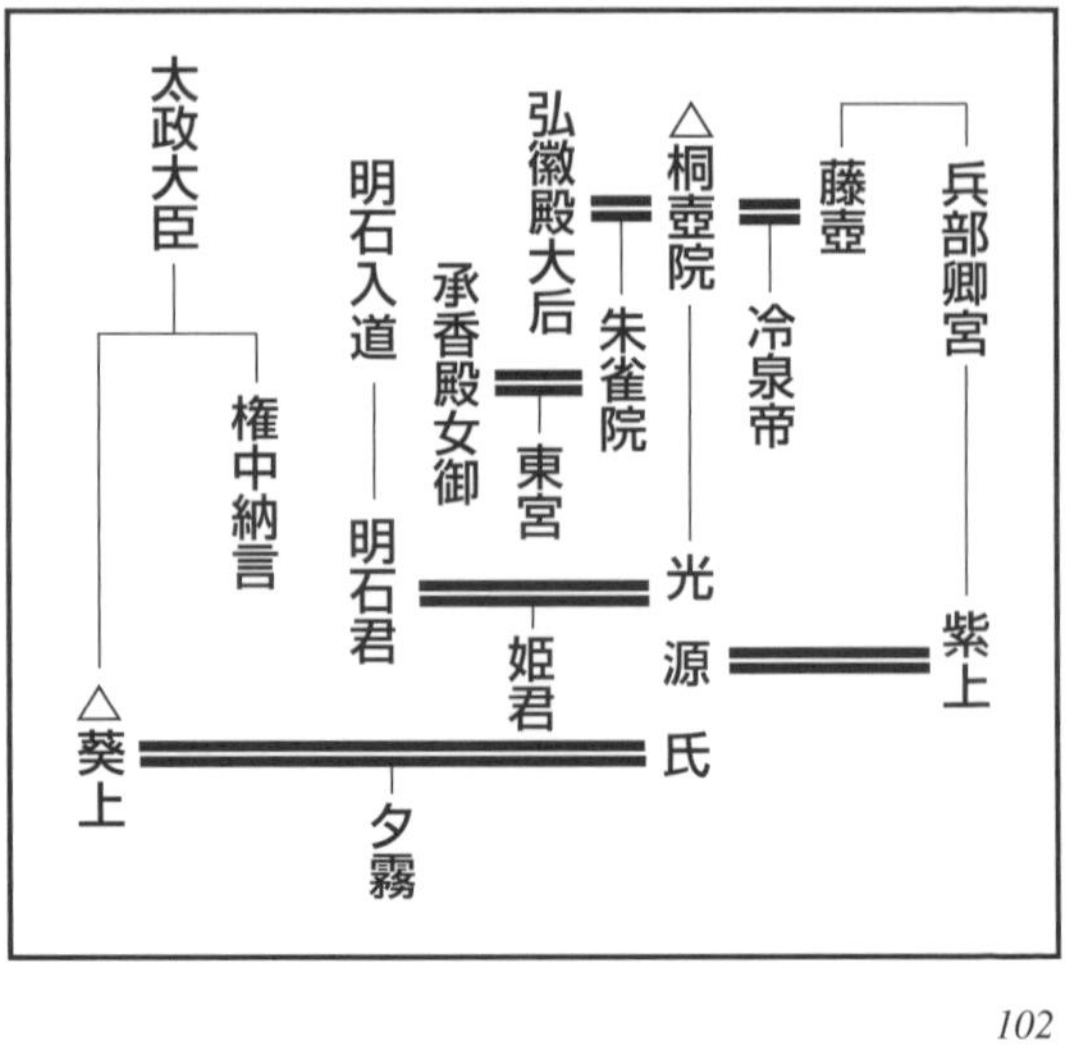

は内大臣に昇進し、政権の中核を担うこととなる。摂政太政大臣としてもとの左大臣を復帰させ、自身に権力が集中していないように見せつつ、須磨流謫時に冷淡に接した者たちをさりげなく排除したうえで実権を握る光源氏には老獪ともいえる政治家の姿を見て取ることができる。

都に復活した光源氏は、栄華の道を歩みはじめるわけだが、その行く末については、かねて宿曜(星の運行による占い)による予言を受けていた。それによれば、光源氏には三人の子どもが生まれ、それぞれ帝、后、太政大臣となるのだという。冷泉帝の実父であることは隠されてはいるものの、たしかに光源氏の子が帝となった。してみれば、明石君との間に生まれた姫君が后となり、葵上との子である夕霧が太政大臣となることになるのか。光源氏はそのように思いあわせるとともに、「宿世遠かりけり」と慨嘆し、帝となることはない自身の宿運をはっきりと自覚する。光源氏はここに自身の進むべき道を見定めるのであった。

冷泉帝はすでに帝になったため、さしあたり、予言を現実にしていくためには、明石に生まれた姫君をなるべく早く都に引き取らねばならない。都に離れた明石に姫君をとどめておくことは后となるための障害となりかねない。紫上に明石君のことを打ち明ける光源氏には、すでに姫君を紫上の養女に迎えるということも見据えられているのであった。

二　光源氏と明石君の住吉参詣

【本文】

をりしもかの明石《あかし》の人、年ごとの例の事にて詣《まう》づるを、去年今年《こぞ》はさはることありて怠《おこた》りけるかしこまりとり重ねて思ひ立ちけり。舟にて詣でたり。岸にさし着くるほど見れば、ののしりて詣でたまふ人けはひ渚《なぎさ》に満ちて、いつくしき神宝《かむだから》を持《も》てつづけたり。楽人十列《がくにんとをつら》など装束《さうぞく》をととのへ容貌《かたち》を選びたり。「誰《た》が詣でたまへるぞ」と問ふめれば、「内大臣殿《ないだいじんどの》の御願《ぐわん》はたしに詣でたまふを知らぬ人もありけり」とて、はかなきほどの下衆《げす》だに心地《ここち》よげにうち笑ふ。（「澪標」②三〇二～三〇三頁）

【現代語訳】

光源氏が住吉参詣をするその折も折、あの明石君が、毎年恒例として住吉に参詣しているのだが、去年今年と差し障りがあって参詣できなかったお詫びもかねて思い立ったのであった。舟で参詣した。その舟が岸に着くあたりで見ると、大騒ぎで参詣なさる人びとの喧噪《けんそう》が渚に満ちあふれていて、厳かな奉納品をもった行列が続いている。東遊《あずまあそび》を舞う楽人十人など、衣装を整え、顔だちのよい者を選んでいる。「どなたが参詣なさっているのですか」と供の者が尋ねるようだが、それに答えて「内大臣殿（光源氏）が御願ほどきに参詣なさるのを知らない人もいただなんて」といって、とるにたりない身分の低い者までもが気分よさそうに笑う。

【解説】

二十九歳の秋、光源氏は住吉に参詣する。表面的には須磨の天変の折に立てた願果たし（御礼参り）のためであったが、この参詣にも光源氏の政治的な思惑がにじむ。

都の貴人たちが民衆の前に姿をさらすことはめったにないため、こうした物詣では人びとに自身の権勢を示す絶好の機会ともなる。光源氏が上達部や殿上人を従え、物々しいありさまで住吉にむかうのは、世間の人びとに対して、世の中が変わったこと、そしてその中心に自身がいることを目に見えるかたちで喧伝《けんでん》することになる。事実、この行列は「はかなきほどの下衆」にさえ知るところとなっているのである。

そうしたなか、何も知らない明石君が姫君を伴って住吉に参詣する。光源氏の行列は、案の定、明石君を圧倒した。舟から見やる光源氏の姿は明石君からはあまりにも遠い。その遠さは内大臣となった光源氏と受領の娘に過ぎない自身の「身のほど」との決定的な懸隔を自覚させてあまりあるものであった。その行列のなかには大切に扱われる光源氏の子息（夕霧）の姿も見える。わが姫君の扱われ方とひき比べないではいられない明石君は、住吉の社の方を拝むほかはなかったのであった。

第十五帖 「蓬生」 末摘花との再会

一 末摘花の窮乏

【本文】

もとより荒れたりし宮の内、いとど狐《きつね》の住《す》み処《か》になりて、疎《うと》ましうけ遠《どほ》き木立《こだち》に、梟《ふくろふ》の声を朝夕に耳馴《な》らしつつ、人《ひと》げにこそさやうのものもせかれて影隠しけれ、木霊《こたま》など、けしからぬ物ども、所を得《え》てやうやう形をあらはし、ものわびしきことのみ数知らぬに、……

（「蓬生」②三二七頁）

【現代語訳】

もともと荒れていた故常陸宮《ひたちのみや》邸のなかは、ますます狐のすみかになって、気味わるく、人の気配から遠い木立に、梟の声を朝に夕に聞き慣れては、これまでは人のいる気配によってそのような狐や梟などといったものも妨げられて姿を隠していたのだが、今となっては木霊など、異様なものらが、幅をきかせてしだいに姿を現し、何とも困ったことばかりが数知らず増えていくので、……

荒廃した末摘花邸を訪れる光源氏（『源氏物語団扇画帖』より、国文学研究資料館所蔵）

【解説】

「蓬生」巻では、光源氏が須磨・明石に退去していたころの末摘花の物語が語られる。したがって、「蓬生」巻は「澪標」巻につづく巻でありながら、物語の時間としては「須磨」巻に遡り、内容的には「末摘花」巻の後日譚となっている。

「末摘花」巻において末摘花は光源氏の庇護を受けるようになったが、光源氏が都を離れて経済的基盤を失うと、末摘花は窮乏を極める。古代において狐は神霊に近いものと考えられ、梟は不吉な鳥とされていたが、末摘花が住む故常陸宮邸は、今ではそうしたものが住みつき、木霊といった木の精霊までもが姿を現すようになっていた。故常陸宮邸は、もはや人の住むべき場所ではなくなっていたのである。末摘花は、し

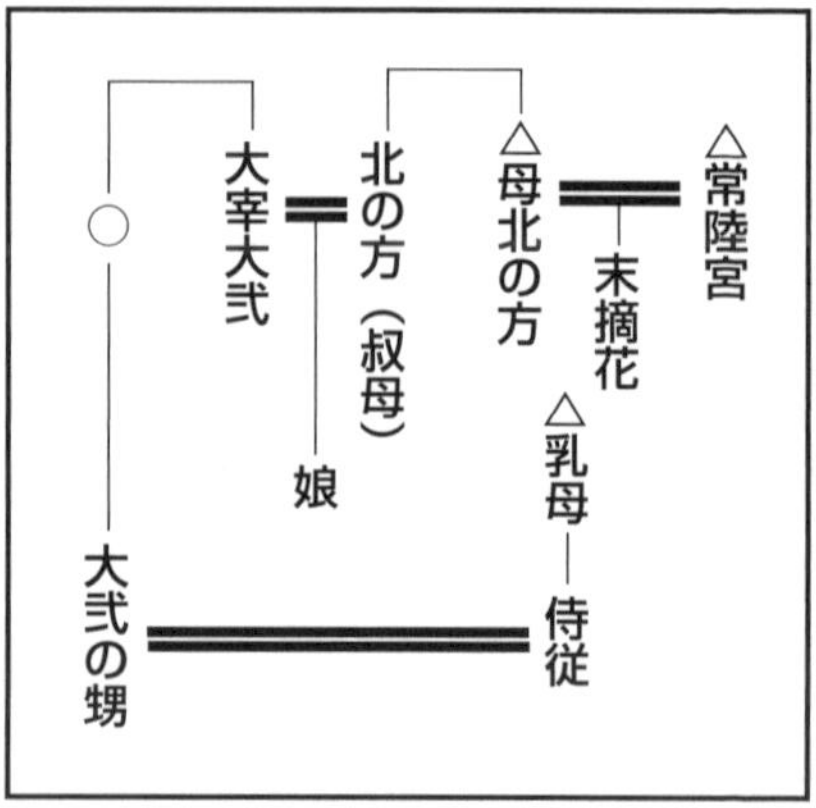

かし、この邸を「親の御影とまりたる心地する古き住《す》み処《か》」として動こうとはしない。末摘花にとって、ここは故常陸宮の魂が宿る邸なのであり、離れることなど考えることはできなかったのである。

　そうした折、かつて宮家から侮られていた叔母が末摘花を自分の娘の侍女にしようとして近づき、それに失敗するや、姫君を筑紫に伴おうとするが、末摘花は頑として拒絶し続ける。その末摘花の姿は哀れというよりも、むしろ神々しいともいうべきものである。「末摘花」巻の後日譚とはいえ、描かれる姿は大きく異なっている。そこには執拗に描かれていた醜貌も影を潜める。「蓬生」巻における末摘花は、変わっていく時勢のなか、変わぬ心をもって光源氏を待ち続けているのであった。

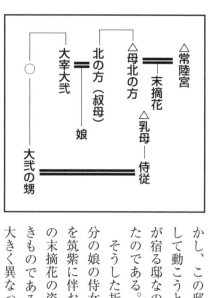

二　末摘花との再会

【本文】

大きなる松に藤《ふぢ》の咲きかかりて月影《つきかげ》になよびたる、風につきてさと匂《にほ》ふがなつかしく、そこはかとなきかをりなり。橘《たちばな》にはかはりてをかしければさし出《い》でたまへるに、柳もいたうしだりて、築地《ついぢ》もさはらねば乱れ伏したり。見し心地《ここち》する木立《こだち》かなと思《おぼ》すは、はやうこの宮なりけり。

（「蓬生」②三四四頁）

【現代語訳】

大きな松に藤が巻きついて咲いていて月の光に揺れている、それが風に乗ってさっと匂うのが親しみを感じる、ほんのりとした香りである。橘の香りとは違っていて興趣が感じられるので、光源氏は車の窓から顔をさし出してご覧になると、柳もたいそう長く垂れて、築地も邪魔にならないので乱れ伏している。以前見た覚えがある木立だなとお思いになるが、そこは、なんとこの故常陸宮邸なのだった。

【解説】

都に帰ってきた翌年の四月、光源氏は花散里のことを思い出して、訪問のために出かける。その途上、昔の忍び歩きのことを思い出しながら、見る影もなく荒れ果てた邸の傍らを通り過ぎようとした折、大きな松に巻きついた藤からほのかな香りが漂ってきて、光源氏はそこが末摘花の住む故常陸宮邸であったことを思い出すのであった。このあと、惟光に導かれて邸内に入った光源氏は末摘花と再会を果たし、その変わらぬ心に感嘆して手厚く庇護することとなるが、この再会ははたして偶然によるものであろうか。

光源氏は末摘花のことをまったく忘れていた。この日の外出の目的も花散里の訪問であった。光源氏はここで車を止めるのであったが、この直前、末摘花は故常陸宮の夢を見ている。光源氏がここにやってきたのは、故常陸宮の霊に導かれてのことなのであった。末摘花は、変わらぬ心をもってこの邸に留まるのであったが、この邸に留まった末摘花は、故父の霊に守られていたのであった。神霊は木に宿る。光源氏の目に映った「大きなる松」は、故常陸宮の霊の存在を強く印象づけていよう。

光源氏は、この末摘花を手厚く庇護することとなり、やがて二条東院に迎え取られることとなる。物語は、かつて末摘花を筑紫に伴おうとした叔母がその幸いに驚き、末摘花のもとを去った乳母子の侍従が恥じ入ったことを語り、人の世のうつろいを鋭くついてこの巻を語りおさめるのであった。

第十六帖　「関屋」　空蝉との再会

【本文】

御車は簾《すだれ》おろしたまひて、かの昔の小君《こぎみ》、今は衛門佐《ゑもんのすけ》なるを召《め》し寄せて、「今日の御関迎《せきむか》へは、え思ひ棄《す》てたまはじ」などのたまふ。御心の中《うち》いとあはれに思《おぼ》し出《い》づること多かれど、おほぞうにてかひなし。女も、人知れず昔のこと忘れねば、とり返してものあはれなり。

行《ゆ》くと来《く》とせきとめがたき涙をや絶えぬ清水《しみづ》と人は見るらむ

え知りたまはじかしと思ふに、いとかひなし。

（「関屋」②三六〇～三六一頁）

【現代語訳】

光源氏のお車は簾をお下ろしになって、あの昔の小君、今は右衛門佐である者をお呼び寄せになって、「今日わたしがこの逢坂の関にお迎えにきたのを、無視することはおできにならないだろう」などと伝言をおっしゃる。お心のなかではとてもしみじみとお思い出しになることが多いが、人目を忍んだ並一通りの伝言のため何のかいもない。空蝉も、人知れず昔のことを忘れていないので、あの頃のことを思い出してしみじみとする。

逢坂の関ですれ違う空蝉と光源氏一行（『源氏物語団扇画帖』より、国文学研究資料館所蔵）

「行く折も帰ってくる折もせきとめがたいわたくしの涙を、絶えず湧き出る関の清水とあなたは見ていらっしゃるのでしょう

わたくしの心はおわかりいただけないだろうよ」と思うと、ほんとうに嘆くかいもない。

【解説】

「関屋」巻では、「帚木」「空蝉」巻に語られていた空蝉物語の後日譚が語られる。桐壺院崩御後、伊予介が常陸介となったのに従い、空蝉も常陸に下っていた。光源氏が須磨に流謫したことを聞きながらも手紙を出す手立てさえなく過ごしていた空蝉であったが、光源氏が帰京した翌年に上京する途上、逢坂の関において

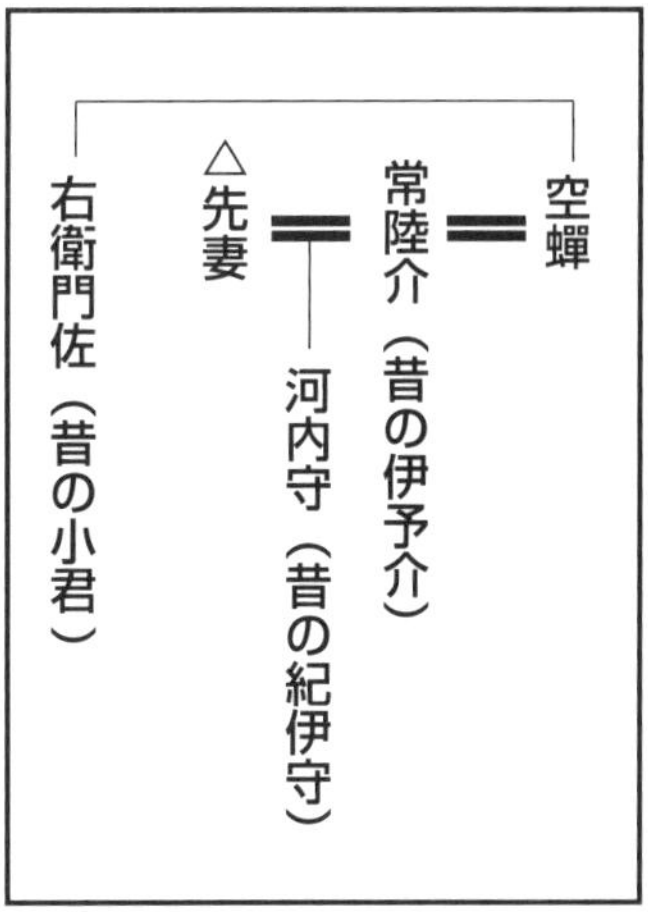

石山詣でをする光源氏の行列と偶然行き会うことになる。
　内大臣である光源氏の行列を先に通すため、常陸介一行は牛車から降りて木陰などに控えているところに、光源氏は、空蝉の弟である昔の小君を召し寄せて空蝉に伝言を託し、空蝉も昔のことを思い出すが、「かひなし」という語が繰り返されるように、ふたりの懸隔はいかんともしがたいものであった。このあと、このふたりは手紙を交わし、常陸介の死後に出家した空蝉を光源氏は二条東院に迎えることになるが、ふたりの関係が深まることはない。「逢坂の関」は、男女が逢い、別れていく場所として和歌に詠まれる場所であったが、光源氏と空蝉もまた、この「逢坂の関」において、もはや取り戻すことのできぬ昔を噛みしめるほかはないのであった。

第十七帖「絵合」絵合による勝利

一　絵を描く斎宮女御

【本文】

上《うへ》はよろづのことにすぐれて絵を興《きよう》あるものに思《おぼ》したり。たてて好ませたまへばにや、二《に》なく描《か》かせたまふ。斎宮《さいくう》の女御《にようご》、いとをかしう描かせたまひければ、これに御心移りて、渡らせたまひつつ、描きかよはさせたまふ。

（「絵合」②三七六頁）

【現代語訳】

冷泉帝は、ほかの何よりもとくに絵を興趣あるものとしてお思いになっている。取り立てて好んでいらっしゃるからであろうか、このうえなく上手にお描きになる。斎宮女御《さいくうにょうご》は、絵をまことに上手にお描きになるので、この女御の方にご寵愛が移って、お渡りになっては、絵を描き心を通わせ合っていらっしゃる。

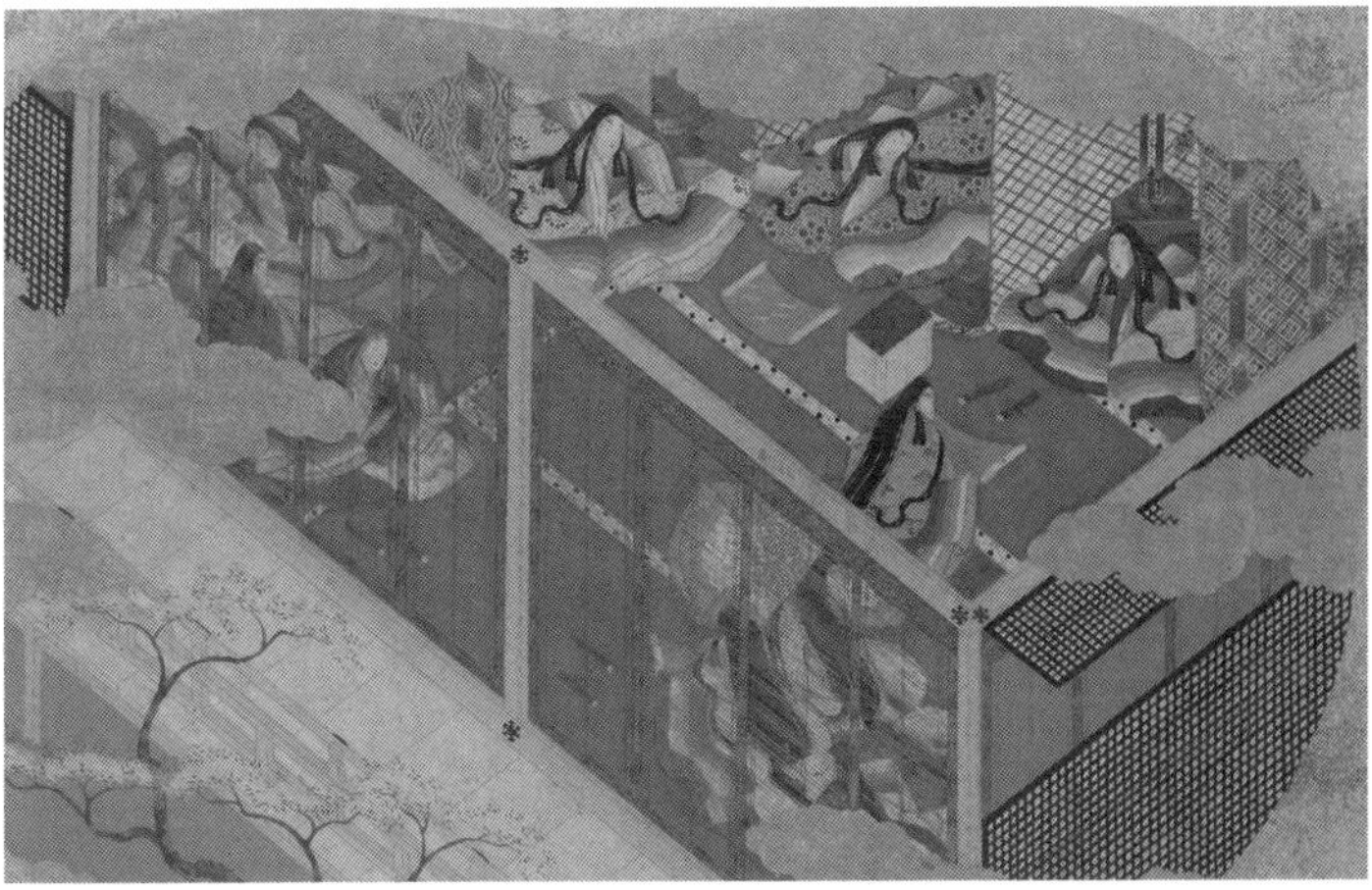

藤壺の前で行われた絵合（『源氏物語団扇画帖』より、国文学研究資料館所蔵）

【解説】

明石から帰京して中央政界に復帰した光源氏は、藤壺とはかりつつ、六条御息所の遺児である前斎宮（のちの秋好中宮）を冷泉帝に入内させる。ふたりの間に将来帝になるべき皇子が誕生すれば、冷泉政権を安定させるばかりか、次代を見据えた政権運営が可能となる。それは藤壺も望むことであった。ふたりは、前斎宮に寄せる朱雀院の愛情を知りながら、あえてそれを無視して前斎宮を入内させる。光源氏と藤壺は、政治的パートナーとして冷泉帝を支えていくことになるのであった。

そのような光源氏の前に立ちはだかることになるのが、権中納言（昔の頭中将）であった。権中納言は、娘である弘徽殿女御をすでに冷泉帝に入内させており、両者は馴れ親しむ間柄となっていた。前斎宮を入内させることはこのふたりの仲をも引き裂く結果とならざるを得ないが、光源氏はそれをも知らぬ顔で事を

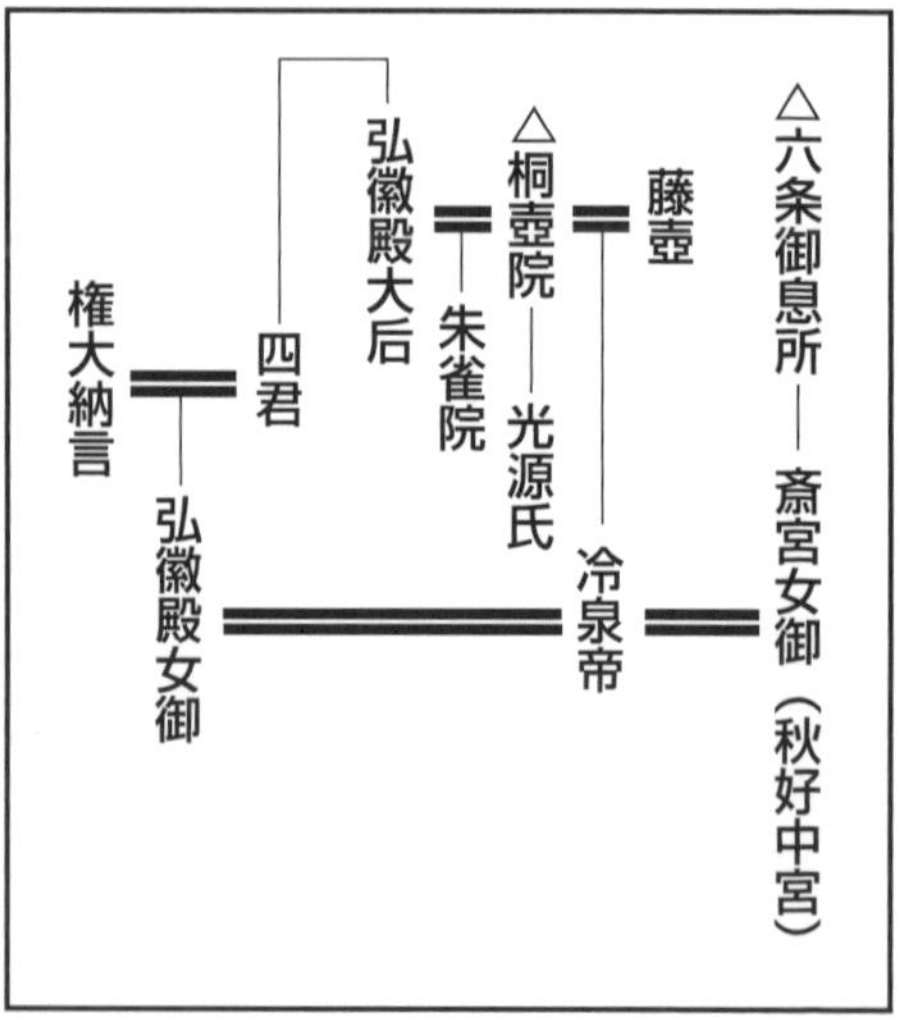

進める。

冷泉帝が十三歳。弘徽殿女御が十四歳であったのに対して、斎宮女御は二十二歳。年齢的にいっても弘徽殿女御に親しむのが当然に見えた冷泉帝の心を動かしたのが、絵であった。冷泉帝は絵を好み、絵心があった。そして、斎宮女御もまた画才があったのだった。冷泉帝の心を弘徽殿女御に引き戻すために権中納言は優れた絵師を集め、豪華な絵を製作させるが、一方の光源氏もまた伝来の絵を厨子から取り出して準備をする。かくして、後宮の覇権をかけた絵合が開催されることとなるのであった。

二　絵による勝利

【本文】

定めかねて夜《よ》に入《い》りぬ。左はなほ数《かず》ひとつある果《は》てに、須磨《すま》の巻出《まきい》で来《き》たるに、中納言《ちゅうなごん》の御心《こころ》騒《さは》ぎにけり。あなたにも心して、果ての巻は心ことにすぐれたるを選《え》りおきたまへるに、かかるいみじきものの上手《じやうず》の、心の限り思ひ澄《す》まして静かに描《か》きたまへるは、たとふべき方《かた》なし。
（「絵合」②三八七頁）

【現代語訳】

絵合の勝敗が決しないまま夜に入ってしまう。斎宮女御の左方から、さらに一番残っているその最後に、光源氏の須磨の絵巻が出てきたので、権中納言（昔の頭中将）のお心は騒いでしまうのだった。あちらの弘徽殿女御の右方でも綿密に準備して、最後の巻は格別に優れている絵を選んで残していらっしゃったが、このような光源氏というすばらしい絵の上手な方が、心ゆくばかり思いを澄ませて心静かにお描きになった絵は、たとえようもなくすばらしい。

【解説】

平安朝では、左方と右方の二組に分かれてさまざまな事物を比べ合い、優劣を競う「物合《ものあわせ》」が行われた。審判役の「判者《はんざ》」を置き、一番ずつ勝敗を決めていくが、「持《じ》」という引き分けもあった。「歌合《うたあわせ》」が著名であるが、「扇合」や「根合」などもあり、『源氏物語』でも「薫物合《たきものあわせ》」（「梅枝」巻）などが描かれている。この「絵合」巻における「絵合」は、天徳四年（九六〇）に村上天皇の御前で開催された天徳内裏歌合《てんとくだいりうたあわせ》をふまえながらも、絵を合わせるという、歴史上、前例のない趣向によるものであった。絵合の開催は、冷泉朝の文化的な高さを示すことになるが、やはり注目すべきはそうしたものを用いながら、そこに熾烈《しれつ》な政治的闘争が描き込まれていることであろう。

弘徽殿女御方と斎宮女御方は藤壺の前で絵の優劣を競うものの決着がつかず、帝の御前で雌雄を決することとなる。当日は、藤壺をはじめ、光源氏や権中納言も臨席し、諸芸に通じた蛍宮《ほたるのみや》が判者をつとめる、まさに盛儀というのにふさわしいものとなった。ここでもなかなか勝敗が決まらないなか、決着をつけたのが光源氏が須磨で書いた絵日記であった。まさに最後の切り札によって斎宮女御方は勝つということになるのだが、ここにいるもの誰もが光源氏の須磨流謫《るたく》があったからこそ、今この場所にいられることを思えば、そもそも光源氏の勝利は自明のことであったといえる。光源氏は結果を見据えて周到に準備をし、当然のごとく政治的勝利をわがものにするのであった。

第十八帖「松風」　明石君の上京

一　二条東院の完成

【本文】

東《ひむがし》の院《ゐん》造りたてて、花散里《はなちるさと》と聞こえし、移《うつ》ろはしたまふ。西の対《たい》、渡殿《わたどの》などかけて、政所《まどころ》、家司《けいし》など、あるべきさまにしおかせたまふ。東《ひむがし》の対《たい》は、明石《あかし》の御方《かた》と思《おぼ》しおきてたり。（「松風」②三九七頁）

【現代語訳】

光源氏は、二条東院《にじょうとういん》を造営して、花散里と申しあげた方を移住させなさる。西の対から渡殿などにかけて、政所や家司などを、しかるべきさまに設置なさる。東の対は、明石君の住まいにとご予定になっている。


【解説】

光源氏三十一歳の秋、二条院東院が完成する。この邸宅は、もともと故桐壺院から光源氏が伝領

大堰から去る折、乳母に抱かれた姫君に見送られる光源氏（『源氏物語団扇画帖』より、国文学研究資料館所蔵）

したものであったが、流離を経て帰京した光源氏は、愛する女性たちをひとつの邸宅に集めて住まわせることを構想したのであった。

光源氏は、西の対に花散里を据え、東の対には明石君《あかしのきみ》、北の対には末摘花や空蝉などの情けを交わした女性たちを住まわせることを予定していた。しかし、光源氏による要請に対して明石君は逡巡する。都の女性たちが集まる邸宅などに入ったら取るに足りない「身のほど」の自分などは見向きもされないに違いない。明石君は二条東院に入ることを拒み続ける。光源氏の二条東院構想は、明石君の「身のほど」意識のために挫折を余儀なくされ、のちの六条院構想へと発展していくことになる。

ただし、明石君は、姫君をいつまでも明石の地にとどめ置くことができないこともまた十分理解していた。そこで明石母子の上京先として選ばれたのが大堰という土地であった。大堰は、貴族た

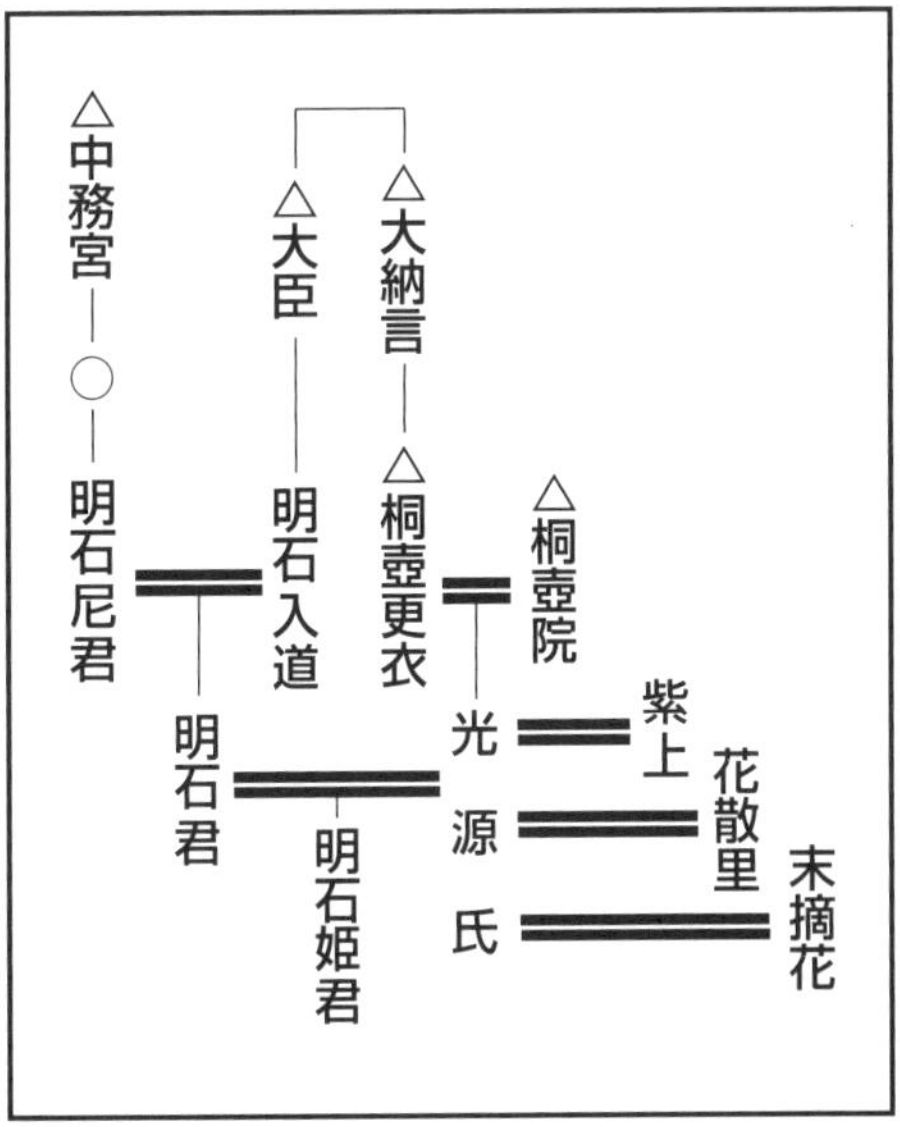

ちが別荘を営み、遊覧の地としても知られた都郊外の山里であった。明石母子は、ここに住まうことによって鄙のイメージを払拭し、山里の洗練させた雰囲気を身につけていく。大堰は明石尼君《あかしのあまぎみ》（明石君の母）の祖父である故中務宮《なかつかさのみや》が領有していた土地だともされているが、そのことも明石母子を受領の系譜から皇族の血筋につながるものへと位置づけ直すことになろう。明石母子は、光源氏の二条東院構想に取り込まれることを拒みつつ、実に周到に都世界へとにじり入ろうとしているのであった。

二　大堰の松風

【本文】

なかなかもの思ひつづけられて、棄《す》てし家居《いへゐ》も恋しうつれづれなれば、かの御形見《かたみ》の琴《きん》を掻《か》き鳴らす。をりのいみじう忍びがたければ、人離《ひとはな》れたる方《かた》にうちとけてすこし弾《ひ》くに、松風はしたなく

響きあひたり。尼君《あまぎみ》もの悲しげにて寄り臥《ふ》したまへるに、起きあがりて、

身をかへてひとりかへれる山里《やまざと》に聞きしに似たる松風ぞ吹く

御方、

ふる里に見し世の友を恋ひわびてさへづることを誰《たれ》かわくらん（「松風」②四〇七〜四〇八頁）

【現代語訳】

上京したのに光源氏の訪れもないため、明石君は、かえって物思いを続けないではいられないで、見捨てた明石の家も恋しく、何にも手がつかない心持ちがするので、あのお形見の琴《きん》の琴《こと》を掻き鳴らす。秋という折柄、たいそうこらえがたいので、誰もこない部屋で、くつろいで少し弾くと、松風がきまりわるいほど響き合っている。明石尼君は、もの悲しい様子で物に寄り臥していらっしゃったが、起きあがって、

「尼姿に身をかえてひとりで帰ってきたこの山里に、明石の地で聞いたのと似ている松風が吹くことです」

明石君は、

「明石の地で馴れ親しんだ人を恋いあぐねて弾く、この海人のさえずりのような琴の音を誰がそれだと聞き分けてくれるでしょうか」

【解説】

明石君たちが身を落ち着けた大堰は、大堰川に近く、松風が吹きよる山里であった。明石を捨ててここまでやってきたが、この先のことは何もわからない。はたして光源氏が都から通ってきてくれるのか。もし訪れがなければどうなってしまうのか。不安にかられた明石君は、光源氏が上京する折に形見として残していった琴《きん》の琴《こと》をかき鳴らす。その音に響き合う「松風」は、掛詞としての「待つ」を喚起させつつ、光源氏を待つほかはない明石君の姿をかたどるのであった。

明石尼君は「ひとり」で帰ってきたわが身を歌って明石で別れた入道のことを思い、明石君も「ふる里」に思いをはせる。明石母子は、明石の地を捨て、明石入道と別れることによってのみ、はじめて都世界に入ることが許される。姫君は将来后になることが予言されており、華やかな将来が約束されているともいえる。しかし、そのためには多くの別れを繰り返し、さまざまなものを捨てていかなくてはならなかったのである。

第十九帖　「薄雲」　藤壺の死

一　明石母子の別れ

【本文】

姫君は、何心《なにごころ》もなく、御車《くるま》に乗らむことを急ぎたまふ。寄せたる所に、母君《ははぎみ》みづから抱《いだ》きて出《い》でたまへり。片言《かたこと》の、声はいとうつくしうて、袖《そで》をとらへて「乗りたまへ」と引くもいみじうおぼえて、

末遠《すゑ》き二葉《ふたば》の松にひきわかれいつか木高《こ》きかげを見るべき

えも言ひやらずいみじう泣けば、……

（「薄雲」②四三三～四三四頁）

【現代語訳】

姫君は、何の屈託もなく、お車に乗ることをお急ぎになる。お車の寄せてある所に、母君（明石君）が自分で抱いて出ていらっしゃった。姫君は、ほんの片言で、声はとてもかわいらしい様子で、明石君の袖をしっかりと握って「お母《かあ》さまもお乗りになって」と引くのも、明石君は身をさかれる

ように感じて
「生い先遠い二葉の松のような姫君にひき別れて
いつ大きく成長した姿を見ることができるので
しょうか」
最後まで言いきることができず、嗚咽にむせぶので、
……

【解説】
明石姫君《あかしのひめぎみ》は后になることが予言されていた。だが、姫君の母が受領の娘であることはその障壁となる。光源氏が、姫君を引き取って紫上の養女とすることを明石君に提案するのは、光源氏としても苦渋の選択なのであった。大堰の雪景色のなか、思い悩む明石君であったが、姫君の将来を考えればもとより拒絶することなどはあり得ぬことなのであった。

姫君を光源氏に引き渡す当日、ふだんなら身のほどを憚って姿を見せない明石君が、みずから姫君を抱いて簀子《すのこ》まで出てくる。何も知らない姫君

二条院に移住後、光源氏の裾にまとわりつく明石姫君（『源氏物語団扇画帖』より、国文学研究資料館所蔵）

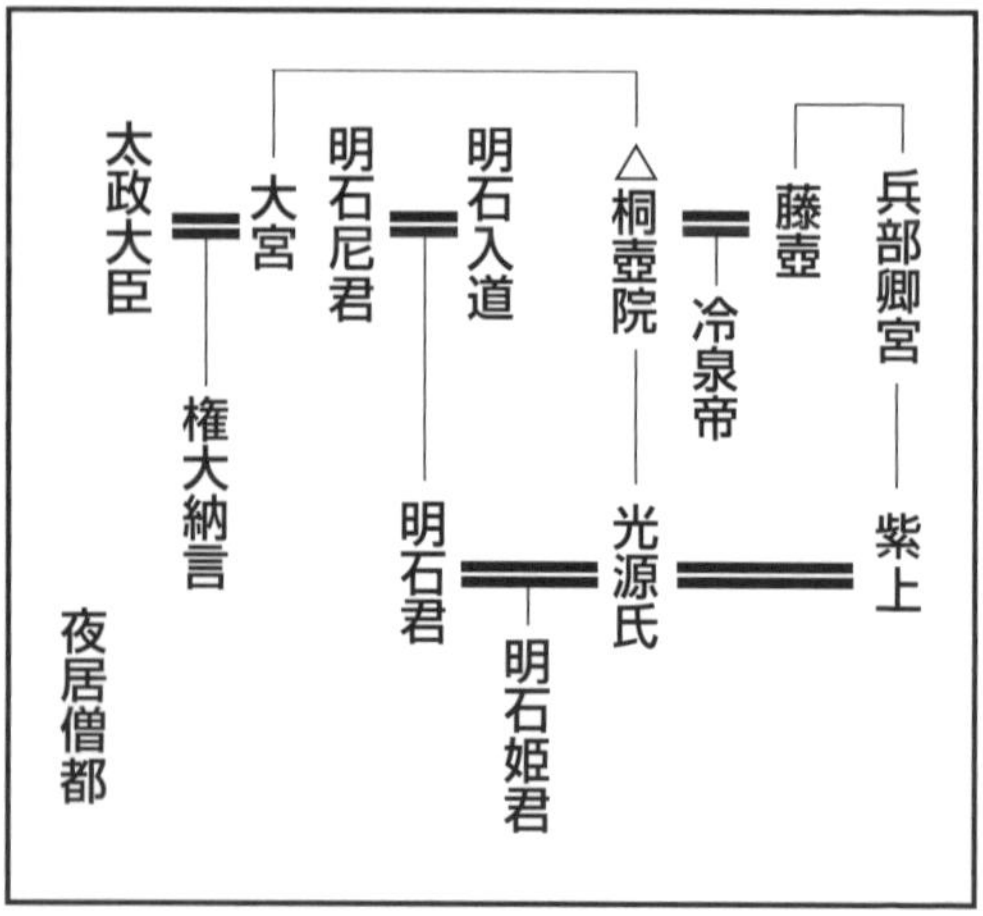

は、無邪気にはしゃぎ、一緒に牛車に乗ろうと明石君に呼びかけてその袖を引くが、その刹那、明石君は魂をもぎ取られるような痛切な思いに襲われる。「末遠き」の歌は子と別れなければならない母として真情を訴えるものであったが、こみあげる嗚咽によって明石君は、最後までことばにすることもできないのであった。明石君の歌に対して、光源氏は「生ひそめし根もふかければ武隈《たけくま》の松に小松の千代をならべん」と歌い、「武隈の松」という相生《あいおい》の松に明石君と自身とを喩えながら、三人で会える日がくることをいって慰めるが、明石君が姫君と再会を果たすのは、これから八年後、姫君が東宮に入内する折を待たなければならなかったのである。

二　藤壺の死

【本文】

「……太政大臣《おほきおとど》の隠《かく》れたまひぬるをだに世《よ》の中《なか》心あわたたしく思ひたまへらるるに、またかくお

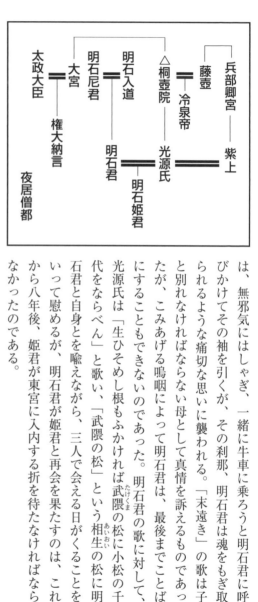

はしませば、よろづに心乱れはべりて世にはべらむことも残りなき心地《ここち》なむしはべる」と聞こえたまふほどに、灯火《ともしび》などの消え入《きい》るやうにてはてたまひぬれば、いふかひなく悲しきことを思《おぼ》し嘆く。

（「薄雲」②四四六～四四七頁）

【現代語訳】

光源氏が「……太政大臣がお亡くなりになりましたことだけでも、世の無常を気ぜわしく存じないではいられませんのに、さらにまた、あなたがこのようにお弱りでいらっしゃいますと、さまざま心が乱れまして、この世に生きておりますことも、残りがないような心持ちがいたします」などと申しあげていらっしゃるうちに、藤壺が灯火などが消えるようにしてお亡くなりになってしまうので、光源氏は、言いようもなく悲しい別れをお嘆きになる。

【解説】

光源氏三十二歳の年、太政大臣（昔の左大臣）が薨去《こうきょ》した。その年は天変地異が頻繁に起こり、世の人びとも不安に包まれていたが、三月になると藤壺が重態におちいった。三十七歳の厄年のことである。死の床についた藤壺は、自身のこのうえない宿運に思いを致す一方、冷泉帝が出生の秘密を知らないことを気がかりに思い、死後の妄執になりはせぬかと懸念するのであった。見舞いに訪れた光源氏に対しては、故桐壺院の遺言を守って冷泉帝の後見をしてくれたことについての感謝を述べるが、光源氏は流れてくる涙によって返事もできない。光源氏は、ようやく自分も生きていけそうにないと口にするが、そのことばを最後まで聞き届けることもなく、藤壺は「灯火などの消え入る」ように息を引き取るのであった。この死をめぐる表現は釈迦の入滅を想起させるものであることが指摘されるように、藤壺は、その死の瞬間までも理想的な女性として描かれる。そして、まるで天女のように、永遠に光源氏の手の届かないところに去っていったのであった。

藤壺の四十九日が過ぎたころ、藤壺の母后の代から近侍していた夜居僧都《よいのそうず》によって、冷泉帝に対して、光源氏が実父であることが密奏された。驚いた冷泉帝は光源氏に帝位を譲ろうとするが、光源氏は固辞する。もちろんそのことは以後も内密にされるが、冷泉帝は光源氏を父として遇することとなる。このことは光源氏の王者性に現実的な力を与えるものとなるのである。

第二十帖「朝顔」藤壺の死霊の出現

一　朝顔姫君への恋

【本文】

おとなびたる御文《ふみ》の心ばへに、おぼつかなからむも見知らぬやうにやと思《おぼ》し、人々も御硯《すずり》とりまかなひて聞こゆれば、

「秋はてて霧《きり》のまがきにむすぼほれあるかなきかにうつる朝顔《あさがほ》

似つかはしき御よそへにつけても、露《つゆ》けく」とのみあるは、何のをかしきふしもなきを、いかなるにか、置きがたく御覧《ごらん》ずめり。（「朝顔」②四七六〜四七七頁）

【現代語訳】

光源氏からのお手紙は落ち着いた趣《おもむき》なので、朝顔姫君は「返事をしないようなのももののの情理を解さないようであろうか」とお思いになって、女房たちも御硯を準備してお勧め申しあげるので、

「秋が終わりとなって、霧がかかる垣根にからまって、あるかないかわからないように色褪せ

雪まろばしをさせながら紫上を慰める光源氏（『源氏物語団扇画帖』より、国文学研究資料館所蔵）

ている朝顔こそ、わたくしなのです
わたくしに似つかわしい朝顔のお喩えにつけても、涙の露がこぼれまして」

とだけあるのは、何の興趣あるところもないが、どのようなわけか、光源氏は、下に置きがたく御覧になるようである。

【解説】

光源氏三十二歳の秋、朝顔姫君《あさがおのひめぎみ》が父桃園式部卿宮《ももぞのしきぶきょうのみや》の薨去にともなって斎院を退下した。「帚木」巻では、紀伊守邸の女房たちの間で、光源氏が朝顔の花につけて贈った歌が話題になっていたが、「朝顔」ということばは、朝顔の花のはかないイメージとともに、女

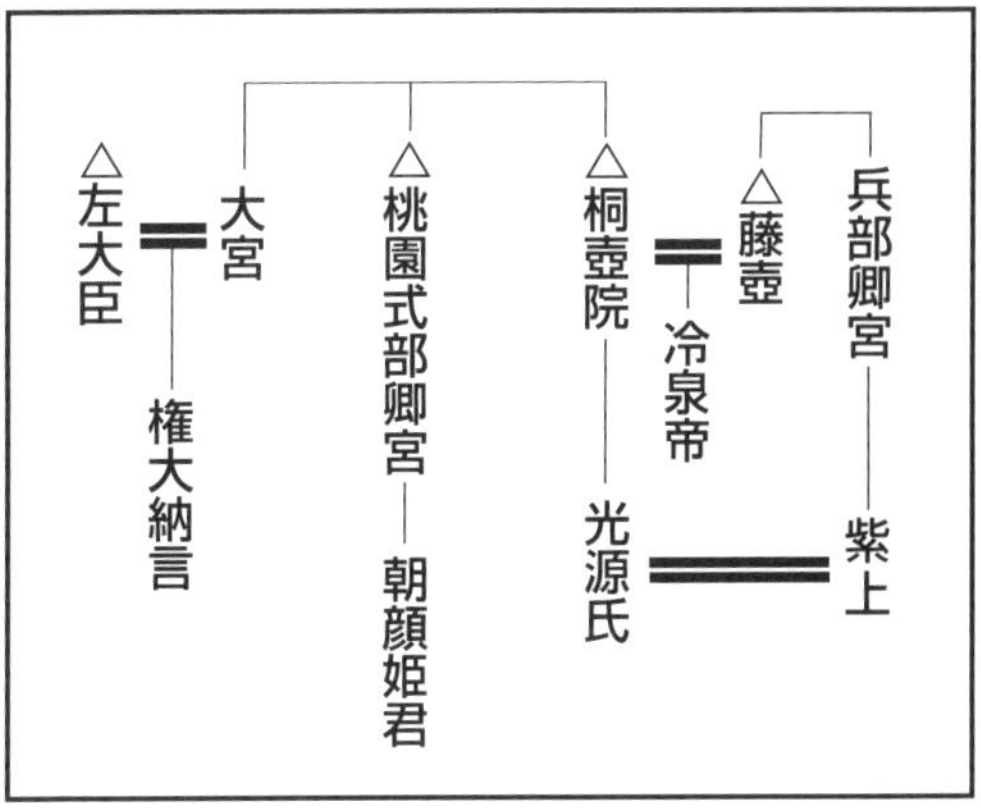

性の朝の顔を想起させるところから、男女の共寝のイメージをもつため、女房たちはふたりの間柄について噂していたことになる。しかし、朝顔姫君は光源氏の愛情を一貫して拒絶してきた。朝顔姫君の拒絶は、むしろ、光源氏への思いを美しいままもち続けようとしたことによるものであり、ただ一度の逢瀬も考え難い。光源氏は、朝顔姫君の固い決意を前に、意図的に何かあったかのような噂を流して状況を変えようとしたのではなかろうか。

それからおよそ十五年のときが流れた。朝顔姫君の変わることのない態度に光源氏は「見しをりのつゆわすられぬ朝顔の花のさかりは過ぎやしぬらん（昔逢った折のまったく忘れぬことのできないあなたの朝顔は今は盛りを過ぎてしまっているのでしょうか）」と呼びかける。ここでも昔の逢瀬を匂わせる光源氏であったが、朝顔姫君は、それにつよく反駁することもなく自身を色褪せた朝顔の花にたとえてみせる。それもまたひとつの切り返しの方法であろう。光源氏はその手紙を手放すことができない。朝顔姫君は拒絶され続けても諦めきれない魅力をもち続けていたのである。

二　藤壺の死霊の出現

【本文】

入《い》りたまひても、宮《みや》の御事《こと》を思ひつつ大殿籠《おほとのごも》れるに、夢ともなくほのかに見たてまつるを、いみじく恨《うら》みたまへる御気色《けしき》にて、「漏らさじとのたまひしかど、うき名の隠《かく》れなかりければ、恥《は》づかしう。苦しき目を見るにつけても、つらくなむ」とのたまふ。御答へ聞こゆと思《おぼ》すに、おそはるる心地《ここち》して、女君《をんなぎみ》の「こは。などかくは」とのたまふにおどろきて、いみじく口惜《くちを》しく、胸のおきどころなく騒げば、おさへて、涙も流れ出《い》でにけり。今もいみじく濡《ぬ》らし添《そ》へたまふ。

（「朝顔」②四九四〜四九五頁）

【現代語訳】

光源氏は、寝所にお入りになっても、亡き藤壺宮のことを思い思いしてお休みになっていると、夢ともなくかすかに藤壺のお姿を拝見するが、ひどくお恨みになっていらっしゃるご様子で、「漏らすまいとおっしゃいましたが、浮き名が隠れることがありませんでしたので、恥ずかしくて。苦しい目にあうのにつけましても、恨めしく」とおっしゃる。光源氏がご返事を申しあげるとお思いになると、霊物に襲われる心持ちがして、紫上が「これは。どうしてこのように」とおっしゃるのに、光源氏ははっと目を覚まして、とても残念で、胸がどうしようもなくどきどきと騒ぐので落ち着けていると、夢のなかで涙も流れ出ていたのだった。目覚めた今もさらにたいそう袖を濡らしなさる。

【解説】

朝顔姫君の拒絶によって、光源氏の恋情は落ち着きをみせるが、紫上にもたらした動揺は深刻であった。光源氏の愛情しか頼るものがないが、その愛情ははたして頼ることができるものなのか。そうした疑念は、紫上の胸の奥底に巣食い、しだいにどす黒く広がっていくこととなる。

雪の降り積もった日、光源氏は、童女たちに雪まろばし（雪をころがして丸くする遊び）をさせながら、女性たちのことを口にして紫上を慰めるが、その夜の夢枕に藤壺の死霊が顕《た》つ。生前ではけっして用いなかった「つらし」（恨めしい）ということばを用いながら光源氏を恨む藤壺には、理想的に描かれてきたこれまでの姿を覆すほどの凄みが感じられる。もし紫上が声をかけなければ光源氏の命もどうなったことかわからない。けれども夢を見ているうちから光源氏の目からは涙があふれてとどめようもない。光源氏にとって藤壺は、やはり永遠に理想の女性なのであった。

第三章　光源氏の栄華

第二十一帖 「少女」 六条院の完成

一 夕霧の幼恋

【本文】

「いでや、うかりける世かな。殿《との》の思《おぼ》しのたまふことはさらにも聞こえず、大納言殿《だいなごんどの》にもいかに聞かせたまはん。めでたくとも、もののはじめの六位宿世《すくせ》よ」とつぶやくもほの聞こゆ。ただこの屏風《びやうぶ》の背後《うしろ》に尋ね来て嘆くなりけり。男君《をとこぎみ》、我をば位《くらゐ》なしとてはしたなむるなりけりと思すに、世の中恨《うら》めしければ、あはれもすこしさむる心地《ここち》してめざまし。（「少女」③五六〜五七頁）

【現代語訳】

雲居雁《くもいのかり》の乳母《めのと》が「いやもう、なんとも情けない仲ですよ。内大臣殿がお考えになりおっしゃることは申しあげるまでもなく、大納言殿（雲居雁の母の再婚相手）におかれてもどうお聞きになるでしょうか。どんなにすばらしい方といっても、はじめてのお相手が六位ふぜいとのご縁とは」とつぶやくのもほのかに聞こえる。乳母はふたりがいるこの屏風の背後まで探しにきてため息をつくの

秋好中宮から紅葉などを贈られた紫上（『源氏物語団扇画帖』より、国文学研究資料館所蔵）

であった。夕霧は、「自分のことを位がないと侮蔑しているのだった」とお思いになると、こんな自分たちの仲が恨めしいので、愛情も少しさめる心持ちして不愉快である。

【解説】

光源氏三十三歳の年、故葵上《あおいのうえ》との子である夕霧が十二歳で元服する。光源氏は夕霧を四位にすることもできたが、六位にとどめ、大学寮に入学させる。五位以上（蔵人の場合は六位）の者が清涼《せいりょう》殿《でん》の殿上《てんじょう》の間に昇ることを許される「殿《てん》上人《じょうびと》」であったことを思えば、周囲の者たちにとって光源氏の決断は意外なものであった。光源氏は夕霧を愛育してきた大宮に対して、子が親に勝ることは

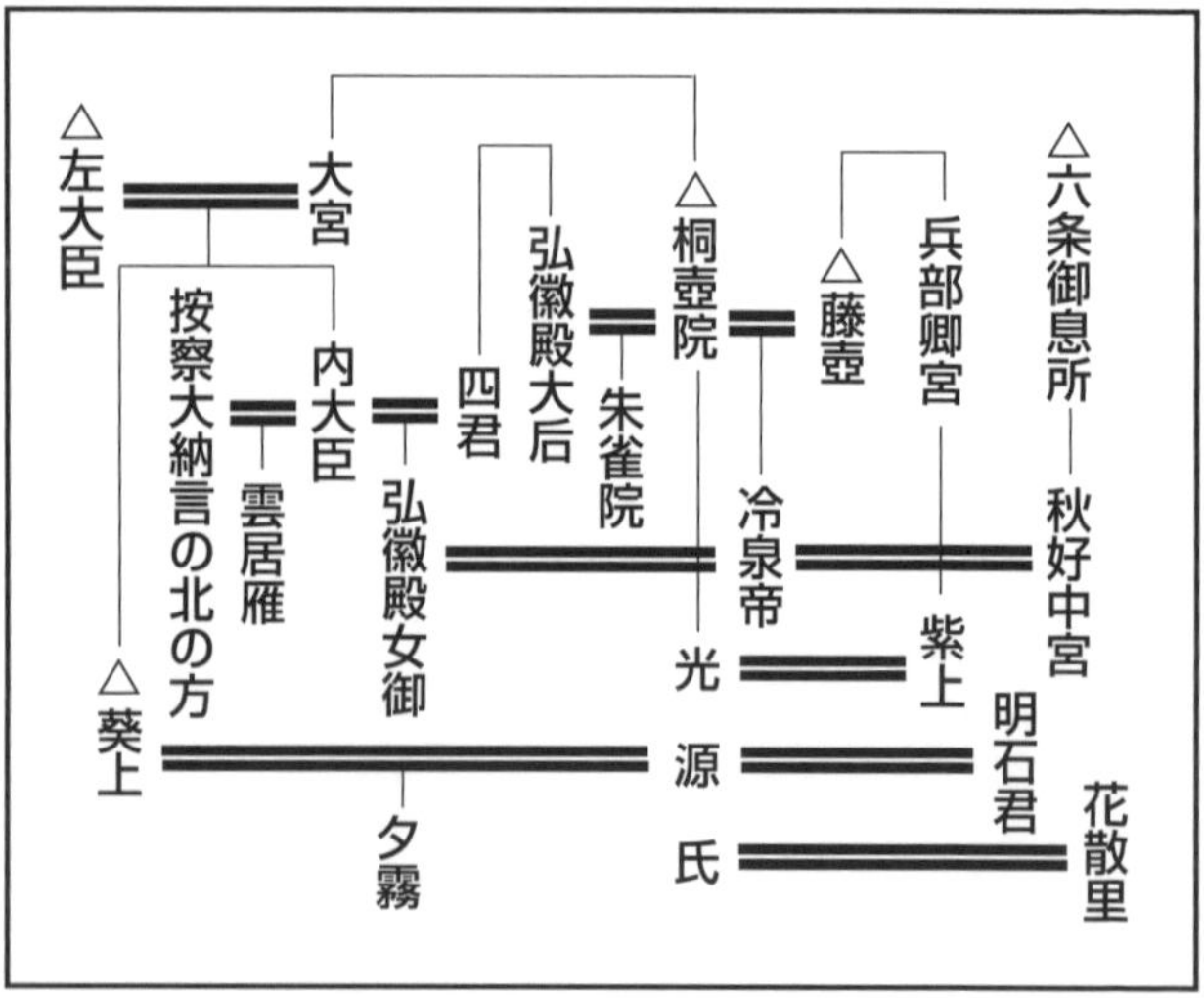

めったにないことを述べたうえで、名門の家に生まれた子は思いあがって学問をしないもので、将来国家の重鎮となるためには学問をする必要があることを説くが、大宮は嘆息するばかりであった。六位の者は浅緑色の袍《ほう》を身につけねばならなかった。周囲の者とは異なる袍の色に夕霧も落胆を隠せないが、それでも勉学に打ち込むのであった。

一方、夕霧は幼いころからともに育った雲居雁と恋仲になっていたが、それを知った内大臣（昔の頭中将）は激怒する。実は、この年の秋に光源氏の養女の前斎宮が立后し、后争いに敗れた内大臣は雲居雁を東宮に入内させようと考えていたのであった。弘徽殿女御が光源氏の養女に敗れ、雲居雁が光源氏の子息のために入内さえできない。怒りにかられた内大臣は雲居雁を自邸に引き取ることとするが、まだ若いふたりにはいかんともしがたい。雲居雁が内大臣邸に去る直前、夕霧はひそかに雲居雁に逢うが、雲居雁を探しにきた乳母に見つかり、「もののはじめの六位宿世よ」

と屈辱的なことばを浴びせかけられる。夕霧は、光源氏によって、光源氏とは異なる「まめ人」（まじめな人）としての人生を歩まされることになるが、しかし、それは光源氏と関係のない人生となるはずもないのであった。

二　六条院の完成

【本文】

八月にぞ、六条院造りはてて渡りたまふ。未申《ひつじさる》の町《まち》は、中宮の御旧宮《ふるみや》なれば、やがておはしますべし。辰巳《たつみ》は、殿のおはすべき町なり。丑寅《うしとら》は、東《ひむがし》の院に住みたまふ対《たい》の御方、戌亥《いぬゐ》の町は、明石《あかし》の御方《かた》と思《おぼ》しおきてさせたまへり。（「少女」③七八頁）

【現代語訳】

八月に、六条院が造営し終わって女君たちがお移りになる。西南の町は秋好中宮の御旧邸なので、そのままお住まいになる予定である。東南の町は、光源氏がお住まいになる心づもりの町である。東北の町は、二条東院にお住まいの花散里、西北の町は、明石君とお取り決めになっていらっしゃる。

【解説】

三十五歳の秋、光源氏は六条院を完成させる。六条京極あたりに四町を占める大邸宅であり、四町それぞれに四季の趣きをもたせつつ、その季節にゆかりの女性たちを住まわせる。東南の町は春の町で紫上、西南の町は秋の町で秋好中宮、東北の町は夏の町で花散里、西北の町は冬の町で明石君が居住する。

ただし、平安京の区画に添ったため、四季を東西南北に配置することにはならなかった。また、春夏秋冬という循環する構造にもなっておらず、南側に春と秋の町、北側に夏と冬の町が置かれた。これは紫上と秋好中宮を重んじるとともに、秋の町が秋好中宮の母六条御息所の旧邸であったためであろう。六条御息所は生前物の怪となった人物であり、その娘である秋好中宮をその旧邸に据えることは六条御息所の鎮魂をはかったものとも見られている。明石の町には御倉町の存在が記されているが、それは明石一族の莫大な財力を示すものと考えられている。

四方四季の邸宅としては、『源氏物語』に先行する『うつほ物語』における神奈備種松《かんなびのたねまつ》邸があるが、六条院は、たんなる豪奢な邸宅などといったものではなく、四季と女性たちとを支配する「いろごのみ」の王者の邸宅なのであった。

第二十二帖「玉鬘」　玉鬘の登場

一　大夫監の求婚

【本文】

大夫監《たいふのげん》とて、肥後国《ひごのくに》に族《ぞう》ひろくて、かしこにつけてはおぼえあり、勢《いきほ》ひいかめしき兵《つはもの》ありけり。むくつけき心の中《うち》に、いささかすきたる心まじりて、容貌《かたち》ある女を集めて見むと思ひける。

（「玉鬘」③九三～九四頁）

【現代語訳】

大夫監といって、肥後の国で一族が大勢いて、その地方としては名高くて、権勢を誇っている武士がいたのであった。無骨な気質のなかに少

女性たちの正月用の衣装を選ぶ光源氏（『源氏物語団扇画帖』より、国文学研究資料館所蔵）

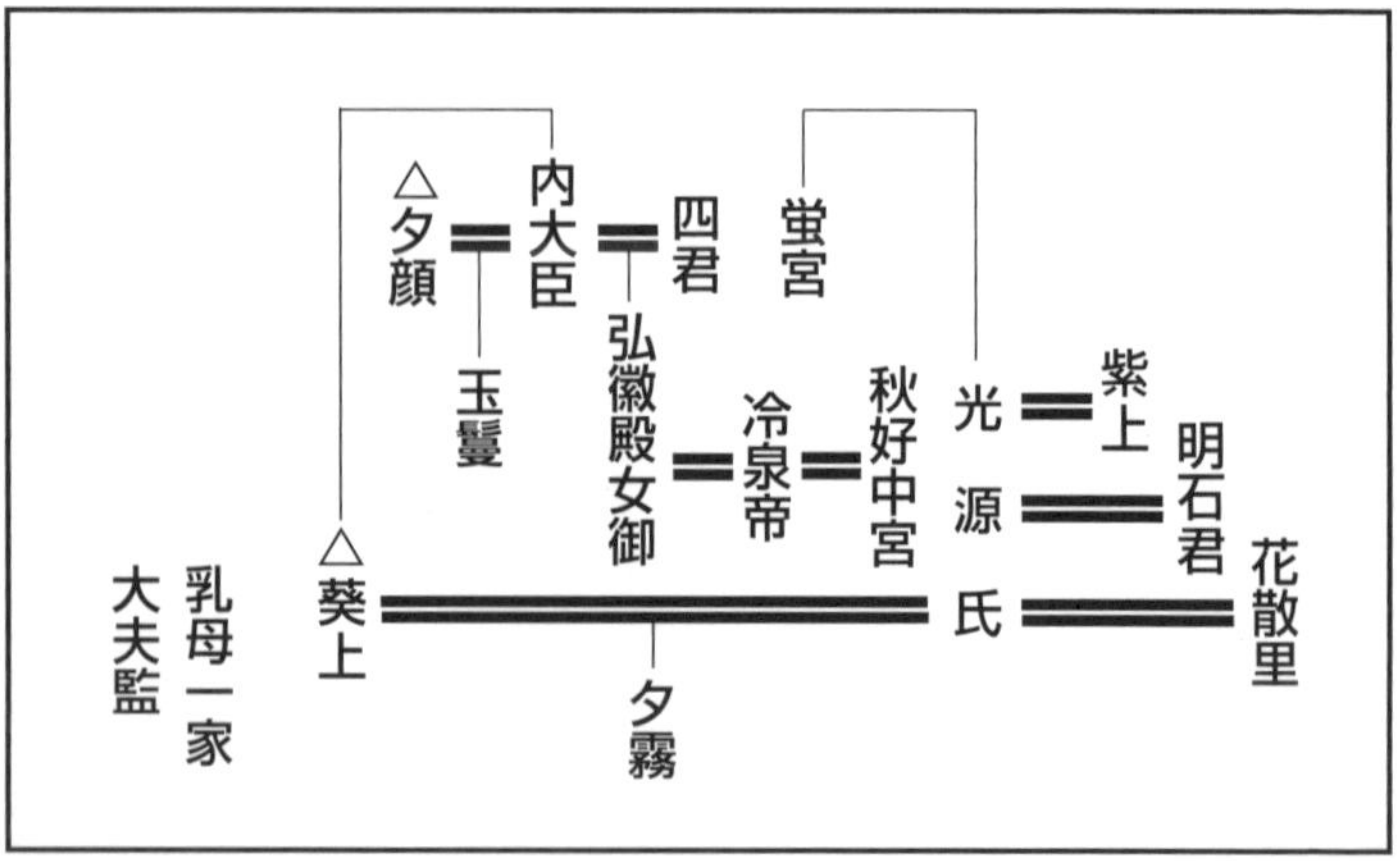

し好色な心が混じっていて、美しい容貌の女性を集めて妻にしようと思っていた。

【解説】

「玉鬘」巻から「真木柱」巻までの十帖は「玉鬘十帖」と呼ばれる。玉鬘をめぐって貴公子たちが求婚する玉鬘求婚譚が語られる。蛍宮《ほたるのみや》をはじめ、養父であるはずの光源氏までもが恋情を告白するようになるが、最後は玉鬘が意外な男性と結婚することとなって落着をする。六条院の四季の移ろいを背景として、いかんともしがたい情念が語られる光源氏壮年期の物語である。

玉鬘は夕顔の娘であるため、玉鬘十帖は「夕顔」巻の後日譚と位置づけることもできる。かつて「帚木」「空蝉」「夕顔」「末摘花」巻とそれらの後日譚にあたる「関屋」「蓬生」巻、そしてこの玉鬘十帖が、それら以外の巻が成立したあとに書かれて挟み込まれていったとする説もあったが、もとより『源氏物語』の成立過程は不明とせざるをえない。ただ、

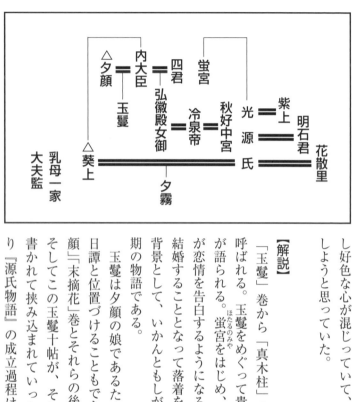

玉鬘十帖を含めたこれらの巻々を、中の品の女性たちとのかかわりを描くものとして位置づけることは可能であろう。いわば光源氏の「隠ろへごと」（隠しておきたい恋）を語る巻々なのであった。

玉鬘は内大臣（昔の頭中将）と夕顔との娘で、夕顔の死後、行方不明となっていたが、乳母一家に連れられて筑紫に下向し、美しく成長していたのであった。二十歳ほどになったころ、玉鬘の噂を聞いた肥後の豪族の大夫監という者が求婚してくる。財力や武力を有し、地縁や血縁によってその地域を支配していたこの人物は、美しい女性たちを手元に集めたいとの願望をもっており、異域の王者ともいうべき存在であったが、都世界への劣等意識が強く、和歌などの素養もない。強引に結婚を迫られた玉鬘は、乳母たちとともに、大夫監から逃れて、およそ十七年ぶりに都に帰ってくる。光源氏三十五歳の四月のことである。

二　長谷寺参詣

【本文】

「いかなる罪深き身にて、かかる世にさすらふらむ。わが親世《おや》に亡《な》くなりたまへりとも、我をあはれと思《おぼ》さば、おはすらむ所にさそひたまへ。もし世におはせば御顔見せたまへ」と仏を念《ねん》じつつ、ありけむさまをだにおぼえねば、ただ親おはせましかばとばかりの悲しさを嘆きわたりたまへるに、かくさし当《あ》たりて、身のわりなきままに、とり返しいみじくおぼえつつ、からうじて椿市《つばいち》といふ所に、四日といふ巳《み》の刻《とき》ばかりに、生《い》ける心地《ここち》もせで行《い》き着きたまへり。

（「玉鬘」③一〇四〜一〇五頁）

【現代語訳】

玉鬘は長谷寺へむかう道を歩きながら「わたくしはどのような罪深い身のために、このようにさすらっているのだろう。わたくしの母が亡くなっていらっしゃるとしても、わたくしをかわいそうだとお思いなら、今いらっしゃるところへお連れください。もしこの世に生きていらっしゃるならお顔をお見せください」と仏に祈り祈りしながらも、生きていらっしゃった姿をさえ覚えていないので、ただ、もし母が生きていらっしゃったらというそれだけの悲しさをずっと嘆いていらっしゃるが、今このようにさしあたってこの身がつらいので、あらためてたいそう悲しく感じては、ようやくのこと椿市という所に、京を出発して四日目という日の午前十時ごろに、生きている心持ちもしない様子でお着きになった。

【解説】

上京したとはいえ、玉鬘たちに頼る者はいない。神仏の霊験を頼み、石清水八幡宮に参詣したのち、玉鬘たちは長谷寺へとむかう。ご利益を願っての徒歩による参詣は、玉鬘にとって厳しいものであった。玉鬘は、さすらいの運命を思い、母である夕顔の面影を求めつつ、一歩一歩踏みしめて、ようやくのこと椿市《つばいち》までたどりつく。歩くことができなくなった玉鬘は休むが、そこで偶然に右近《うこん》と再会する。右近は夕顔の乳母子で、夕顔の最期を見届けたのち、紫上に仕えており、玉鬘との再会を祈願してたびたびこの長谷寺に参詣していたのであった。

母親を亡くした玉鬘は、父である内大臣に引き取られるという選択肢もあったが、そもそも夕顔は内大臣の正妻からの嫌がらせによって姿を隠していたのであった。玉鬘が内大臣家にいけば、継子《ままこ》いじめにあうことは確実であろう。『落窪物語』などに描かれる継子いじめの話型である継母子《けいぼし》譚《たん》の展開からすれば、玉鬘は継母のいじめを逃れてさすらっていると見ることができる。継子は神仏の霊験や実母の霊などによって救出されるが、玉鬘と右近の再会も長谷観音のご利益によるものなのであった。しかし、玉鬘は実母である夕顔を思いながら長谷寺への道を歩んでいった。その再会には亡き母、夕顔の導きも感知することができよう。

右近から話を聞いた光源氏は、玉鬘を養女として六条院に引き取ることとし、夏の町の西の対に迎え、花散里を後見とする。光源氏は、紫上にむかって、貴公子たちに玉鬘への恋心を抱かせ、その恋の風情を楽しむつもりだとの思惑を口にしているが、しかし、光源氏がこの美しい姫君に心動かさないはずもない。長い旅路の果てに六条院に落ち着いたかに見える玉鬘のさすらいの物語は、今はじまったばかりなのであった。

三　衣配り

【本文】

梅《むめ》の折枝《をりえだ》、蝶《てふ》、鳥飛びちがひ、唐《から》めいたる白き小袿《こうちき》に濃《こ》きが艶《つや》やかなる重ねて、明石《あかし》の御方《かた》に。思ひやり気高《けだか》きを、上《うえ》はめざましと見たまふ。

（「玉鬘」③一三六頁）

【現代語訳】

梅の折枝に、蝶や鳥が飛びちがっている模様で、唐風の白い小袿に、濃い紫色の艶のあるのを重ねて、明石君にご用意になる。明石君の気品が想像されるので、紫上は気にくわないとご覧になる。

【解説】

三十五歳の年末、光源氏は、紫上とともに、六条院や二条東院の女性たちの正月用の衣装を整えて贈る。女性たちそれぞれの年齢や容貌、人柄や性格にふさわしい衣装を選ぶのであるから、光源氏の女性を見る眼が試されているようにも見えるが、試されるのは、むしろ女性たちの方だといえる。女性たちは光源氏の選んだ衣装を身につけなければならない。光源氏が自身に対してもっているイメージに自身を合わせていかなければならなかったのである。年末に正月用の晴れ着を贈ることは「衣配り《きぬくば》」と呼ばれ、その始原には魂を分与する儀礼が指摘されているが、光源氏の衣配りは、衣を贈与することによって、女性たちを自身の美意識にもとづく秩序のなかに取り込む意義があったのである。

この衣配りのなか、紫上は、光源氏が明石君のために選んだ衣装を見て「めざまし」と思う。その衣装はそれを着るものの気品を想像させた。紫上は、その衣装をとおして、光源氏によってとらえられている明石君の存在の重さに嫉妬するのであった。

第二十三帖　「初音」　新春の六条院

一　六条院をめぐり歩く光源氏

【本文】

姫君の御方《かた》に渡りたまへれば、童《わらは》、下仕《しもづかへ》など御前《おまへ》の山の小松《こまつ》ひき遊ぶ。若き人々の心地《ここち》ども、おき所なく見ゆ。北の殿《おとど》よりわざとがましくし集めたる鬚籠《ひげこ》ども、破子《わりご》など奉《たてまつ》れたまへり。えならぬ五葉《ごえふ》の枝にうつる鶯《うぐひす》も思ふ心あらんかし。

「年月《としつき》をまつにひかれて経《ふ》る人にけふ鶯《うぐひす》の初音《はつね》きかせよ
音《おと》せぬ里の」と聞こえたまへるを、げにあはれと思《おぼ》し知る。

（「初音」③一四五～一四六頁）

【現代語訳】

光源氏が明石姫君のお部屋にお出かけになると、女童《めのわらわ》や下仕えの女房たちなどが、お庭先の築山の小松を引いて遊んでいる。若い女房たちの心持ちも、浮き立っているように見える。明石君の冬の町から、この日のためにわざわざ集めたかに見える多くの鬚籠（編み残した部分が鬚のように見

元日に明石君のもとを訪れた光源氏（『源氏物語団扇画帖』より、国文学研究資料館所蔵）

える竹籠）や、破子（食べ物を入れる器）などをさしあげなさっている。何ともいえぬすばらしい五葉の松の枝に移ってとまる鶯も何か思うところがあるのだろうよ。

「長い年月を待ち続けて過ごしているわたくしに今日は鶯の初音のようなあなたの初便りをお聞かせてください

便りがない里はかいのないものです」と申しあげていらっしゃるのを、光源氏は、なるほど気の毒なことだと身に染みてお思いになる。

【解説】

光源氏三十六歳の年があけ、六条院がはじめての春を迎えた。とくに紫上が住まう春の町は梅の香が匂い満ち、「生ける仏《ほとけ》の御国《みくに》」を思わせるものであった。光源氏は紫上と祝いのことばを交わすと、六条院の女性たちのもとを訪れる。新春の華やかな情景

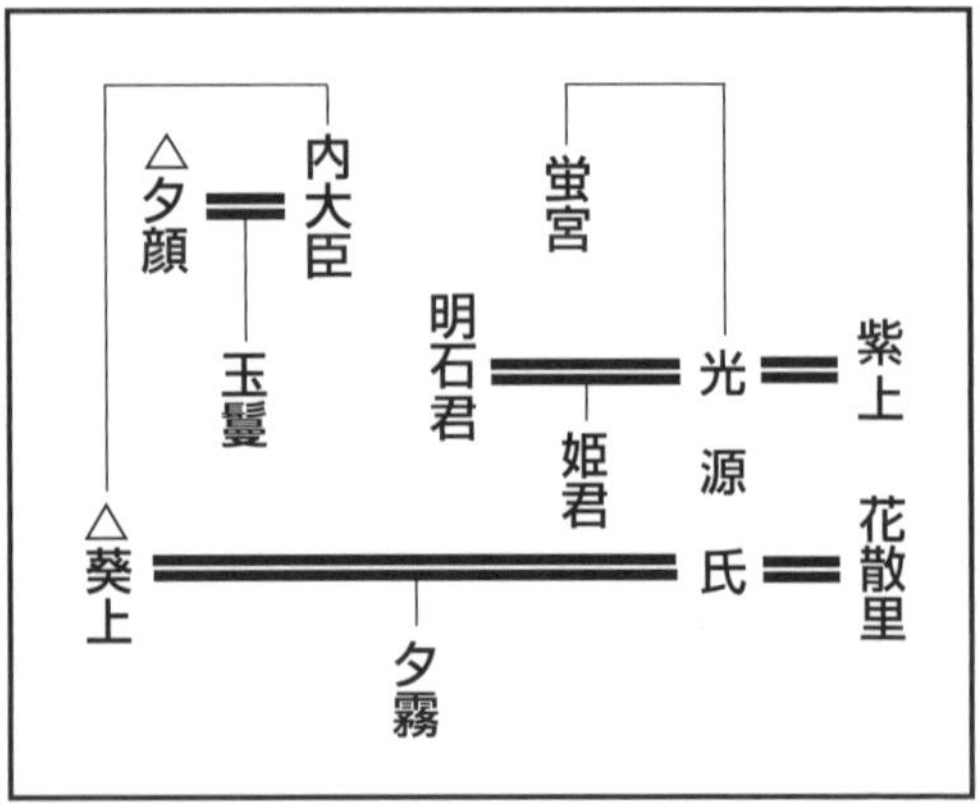

とあいまって、四季の町にすまう女性たちのもとをめぐり歩く光源氏の姿は、「いろごのみ」の王者の風格を感じさせるものである。ただその美しい秩序の底に沈められた軋《きし》みといったものも時折見え隠れするのも事実である。光源氏はまず明石姫君のもとを訪れる。この年は元日と子《ね》の日が重なったため、子の日に行うべき小松引きが行われ、姫君の実母からの贈り物も届けられていた。そのなかの鶯の作り物は松にとまっていたが、鶯は本来梅にとまるべきものであった。明石君はそこに姫君と別れて暮らさねばならない苦衷の心をこめ、「初音きかせよ」と姫君の便りを求める。どんなに華やかに見えても、そればかりに眼をむけるのではなく、影の部分も冷徹に見つめる。こうしたところがこの物語に深みをもたせることにつながっているのである。

二　元日の夜の明石の町

【本文】

筆さし濡《ぬ》らして、書きすさみたまふほどに、ゐざり出《い》でて、さすがにみづからのもてなしはかしこまりおきて、めやすき用意《ようい》なるを、なほ人よりはことなりと思《おぼ》す。白きに、けざやかなる髪のかかりのすこしさはらかなるほどに薄《うす》らぎにけるも、いとどなまめかしさ添ひてなつかしければ、新しき年の御騒《さわ》がれもやとつつましけれど、こなたにとまりたまひぬ。なほ、おぼえことなりかしと、方々《かたがた》に心おきて思す。南の殿《おとど》には、ましてめざましがる人々あり。（「初音」③一五〇～一五一頁）

【現代語訳】

光源氏が筆を少し濡らして気のむくまま書いていらっしゃるところに、明石君が膝をついて出てきて、そうはいっても自身の振る舞いは、慎み深いままで、感じのよい心づかいであるのを、光源氏は、やはり他の女性とは違うとお思いになる。白い小袿のうえにくっきりと黒髪がかかっているのが、少しさっぱりとする程度に薄くなってきたのも、ますます優美さが加わって魅力があるので、新年早々騒がれるかもしれないと遠慮されるが、元日の夜はこちらの明石の町にお泊まりになった。やはり、明石君に対するご寵愛は格別なのだよと、ほかの女性たちはおもしろくなくお思いになる。南の御殿の紫上のもとでは、それ以上に気にくわないと思う女房たちがいる。

【解説】

光源氏は、明石姫君のあと、夏の町の花散里、その西の対の玉鬘を訪れ、冬の町の明石君を訪問する。だが、光源氏が渡殿の戸を開けると、御簾のなかから優雅な香りが漂ってくるばかりで明石君の姿は見えず、光源氏がそこにあった紙にすさび書きをしていると、ようやく奥の方から進み出てくるのであった。そこに明石君の演出を読みとる見方もあるが、明石君は光源氏から贈られた正月用の白い小袿をしっかりと身につけ、慎み深い態度を崩すことはない。「なほ人よりはことなり」と光源氏が思うのは、身のほどをわきまえ、光源氏がつくりあげたみやびの秩序にわが身を合わせる明石君の心のもち方によるものであろう。この元日の夜に紫上のもとではなく、明石君のもとに泊まることは、光源氏自身が懸念したように、六条院に波紋をひろげる。ここでも「めざまし」がられる明石君は、徹底した「身のほど」意識によって、六条院に居場所を保ち続けるのであった。

第二十四帖「胡蝶」　養父・光源氏の告白

一　春の町の船楽

【本文】

竜頭鷁首《りようとうげきしゆ》を、唐《から》の装《よそ》ひにことごとしうしつらひて、楫《かぢ》とりの棹《さを》さす童《わらは》べ、みな角髪《みづら》結ひて、唐土《もろこし》だたせて、さる大きなる池の中にさし出《い》でたれば、まことの知らぬ国に来たらむ心地《ここち》して、あはれにおもしろく、見ならはぬ女房などは思ふ。

（「胡蝶」③一六六頁）

【現代語訳】

竜頭の舟と鷁首の舟とを、唐風の装飾に仰々しく飾りつけて、楫取りの棹をさす女童《めのわらわ》は、みな角髪を結って、唐風に仕立てて、こうした大きな池のなかに漕ぎ

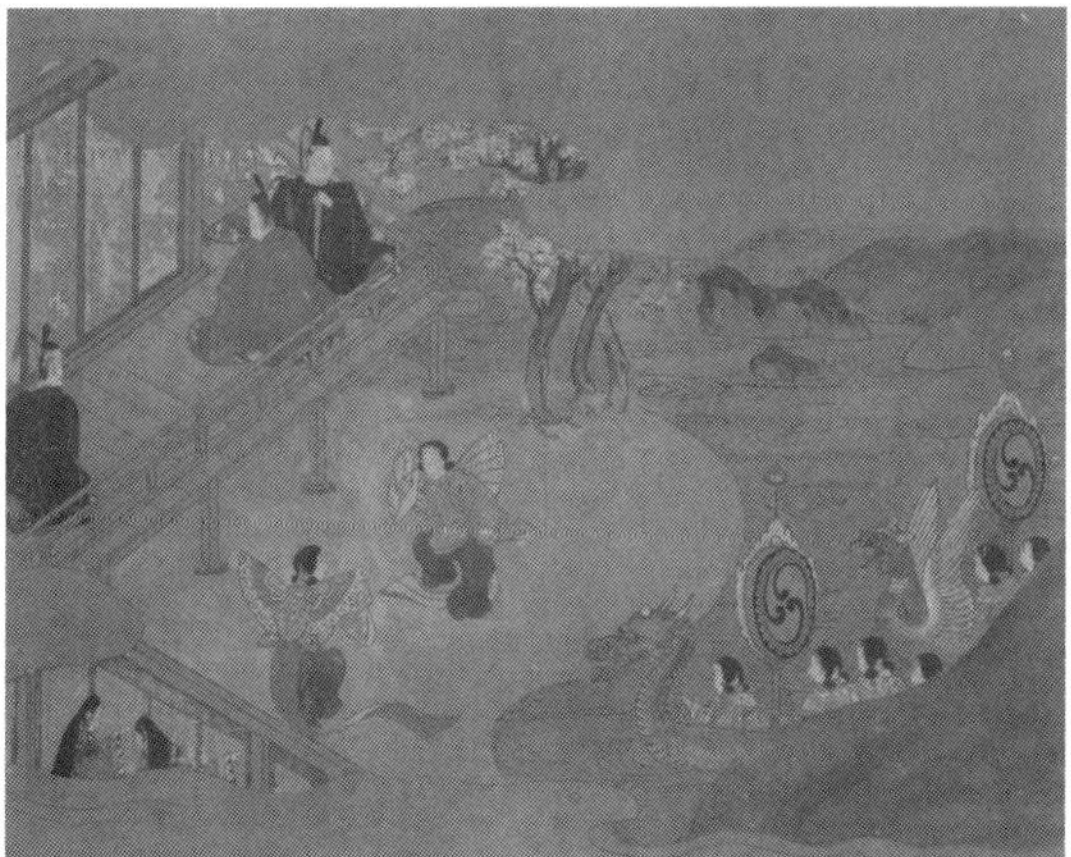

六条院春の町で行われた船楽（『源氏物語絵巻』より、国文学研究資料館所蔵）

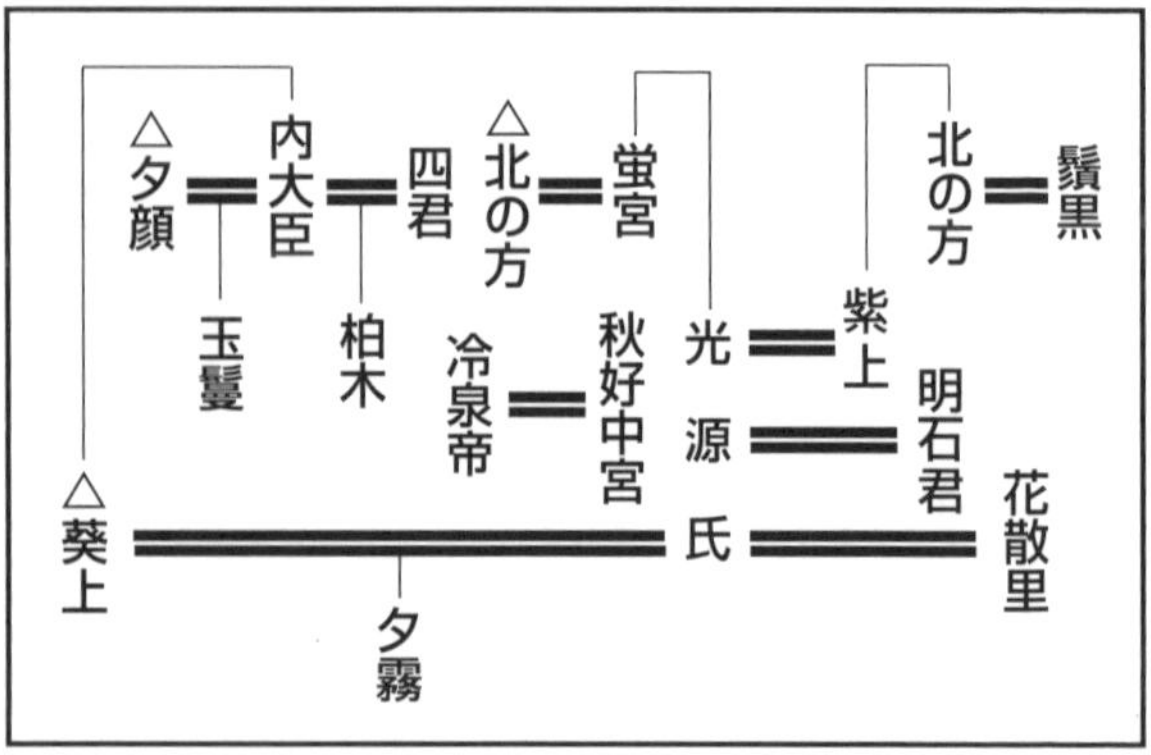

出たので、実際の異郷に来たかのような心持ちがして、しみじみとおもしろく、春の町を見馴れていない女房などは思う。

【解説】

光源氏三十六歳の年の三月下旬、紫上の春の町では船楽が催される。秋好中宮も秋の町に退下していたころであったため、光源氏は中宮の女房たちを舟に乗せ、春の町に招き寄せる。竜と鷁という空想上の生きものの首の彫り物を船首に飾りつけ、唐風に飾りつけた舟が、春爛漫の景色を映す池に漕ぎ回る様子を目の当たりにした女房たちが「まことの知らぬ国」にやってきた心持ちがしたというのは、まさに異郷にさまよい込んだごとき感慨であったといってよかろう。

日本には春と秋のどちらが優れているかという議論（春秋優《しゅんじゅうゆう》劣論《れつろん》）が古くからあり、『古事記』や『萬葉集』などでも見られるものであるが、『源氏物語』では紫上と秋好中宮とのあいだで描かれる。すでに「薄雲」巻では、母六条御息所の亡くなった秋を好む秋好中宮に対して、紫上は春に心を寄せていることが語られ、「少女」巻では秋好中宮から紫上に対して紅葉につけた手紙が届けられていた。この「胡蝶」巻で秋好中宮の女房たちが春の町に招かれるのもその一環のものであり、翌日、紫上から中宮に花と手紙が贈られた折、春の町の光景に感嘆した女房たちの口によって春が賞賛されることによって、『源氏物語』における春秋優劣論に決着がつくことになるのである。この春秋優劣論は、四季のうちでも春と秋とを重んじる姿勢を示しつつ、春に軍配をあげることによって、四季の町からなる六条院世界における紫上の比類のない立場を明らかにする。ここには、季節の優劣を論じることによって、六条院の女性たちをひとつの秩序のなかに位置づけていくというこの物語の方法を見ることができよう。

二　養父・光源氏の告白

【本文】

箱の蓋《ふた》なる御くだものの中に、橘《たちばな》のあるをまさぐりて、

「橘のかをりし袖《そで》によそふればかはれる身とも思ほえぬかな

世とともの心にかけて忘れがたきに、慰むことなくて過《す》ぎつる年ごろを、かくて見たてまつるは、夢にやとのみ思ひなすを、なほえこそ忍ぶまじけれ。思《おぼ》し疎《うと》むなよ」とて、御手をとらへたまへれば、女かやうにもならひたまはざりつるを、いとうたておぼゆれど、おほどかなるさまにてものしたまふ。

（「胡蝶」③一八五〜一八六頁）

【現代語訳】

光源氏は、箱の蓋にある御果物のなかに、橘の実のあるのをもてあそんで、

「橘の香りによって思い出す昔お目にかかった夕顔と比べてみますと、あなたが別の人とは思えないのです

いつまでもずっと心にかかって忘れることができないので、悲しみを慰めることとなくて過ごしてきた年月でしたが、こうしてお世話申しあげられるのは夢ではないかとばかり強いて思ってみますが、やはり堪えることができそうもありません。わたしのことを疎まないでおくれ」と言って、玉鬘のお手を握りなさったところ、玉鬘はこのようなことにも経験がおありではなかったので、とてもいやに感じるけれど、おっとりとした様子でいらっしゃる。

【解説】

四月の更衣のころ、玉鬘には求婚者たちからの恋文が日を追って増えていく。六条院に玉鬘を迎えた当初、光源氏は、恋の風情を知る貴公子たちに恋をさせてその様子をみようとしていたのだから、こうした状況は光源氏が考えていたとおりのものであったとはいえる。玉鬘への恋文を手に取りながら蛍宮をはじめとした貴公子たちを批評していく光源氏は、しかし、その胸に生じた玉鬘への恋心をすでに抑えがたくなっていたのだった。

光源氏は、橘の実をもてあそびながら、かつて愛した夕顔とは別人とは思えないといい、その人

の世話ができることを夢のようだとしながらも、堪えきれない恋情を口にして、わたしのことを疎まないでおくれといって玉鬘の手をとらえる。「うたて」とは受けつけがたい嫌悪感といったものを表していよう。養父と思ってきた光源氏その人が求婚者として名告りをあげることになったわけであり、玉鬘は困惑するほかはない。「玉鬘」巻にはじまった玉鬘求婚譚は、ここにきて独自の展開をとげていくのであった。

第二十五帖　「蛍」　蛍火のなかの玉鬘

一　蛍火のなかの玉鬘

【本文】

何くれと言《こと》長き御答《いら》へ聞こえたまふこともなく思《おぼ》しやすらふに、寄りたまひて、御几帳《きちやう》の帷子《かたびら》を一重《ひとへ》うちかけたまふにあはせて、さと光るもの。紙燭《しそく》をさし出でたるかとあきれたり。蛍を薄《うす》きかたに、この夕《ゆふ》つ方《かた》いと多くつつみおきて、光をつつみ隠《かく》したまへりけるを、さりげなく、とかくひきつくろふやうにて。にはかにかく掲焉《けちえん》に光れるに、あさましくて、扇《あふぎ》をさし隠《かく》したまへるかたはら目いとをかしげなり。

（「蛍」③二〇〇頁）

【現代語訳】

あれこれと蛍宮が長々とお訴えになるおことばに対して玉鬘がご返事を申しあげなさることもなくためらっていらっしゃるところに、光源氏がお寄りになって、御几帳の帷子を一枚横木におかけになるのにあわせて、ぱっと光るもの――。玉鬘は紙燭をさし出したのかと驚いている。蛍を薄い

菖蒲に結ばれた蛍宮からの手紙をみる玉鬘と光源氏（『源氏物語団扇画帖』より、国文学研究資料館所蔵）

ものに、この夕方とても多く包んでおいて、光をつつみ隠していらっしゃったのを、さりげなく、あれこれと整えるようにして放ちなさったのだった。急にこのように明るく光ったので、玉鬘が驚きあきれて、扇でお隠しになっていらっしゃる横顔はとても美しい様子である。

【解説】

光源氏の思いもよらぬ告白に玉鬘は困惑するが、気づかぬふりをしてやり過ごそうとする。一方、恋情をもてあます光源氏は、恋を演出する側にまわる。求婚者のなかでもとくに熱心だったのが蛍宮であったが、光源氏は蛍火によって玉鬘の姿を見せ、その恋情をかき立てようとするのである。蛍宮を玉鬘の側近くまで招き入れた光源氏は、集めておいた蛍を放つ。案の定、蛍宮は蛍火によって闇のなかに浮かびあがった玉鬘の姿に心を奪わ

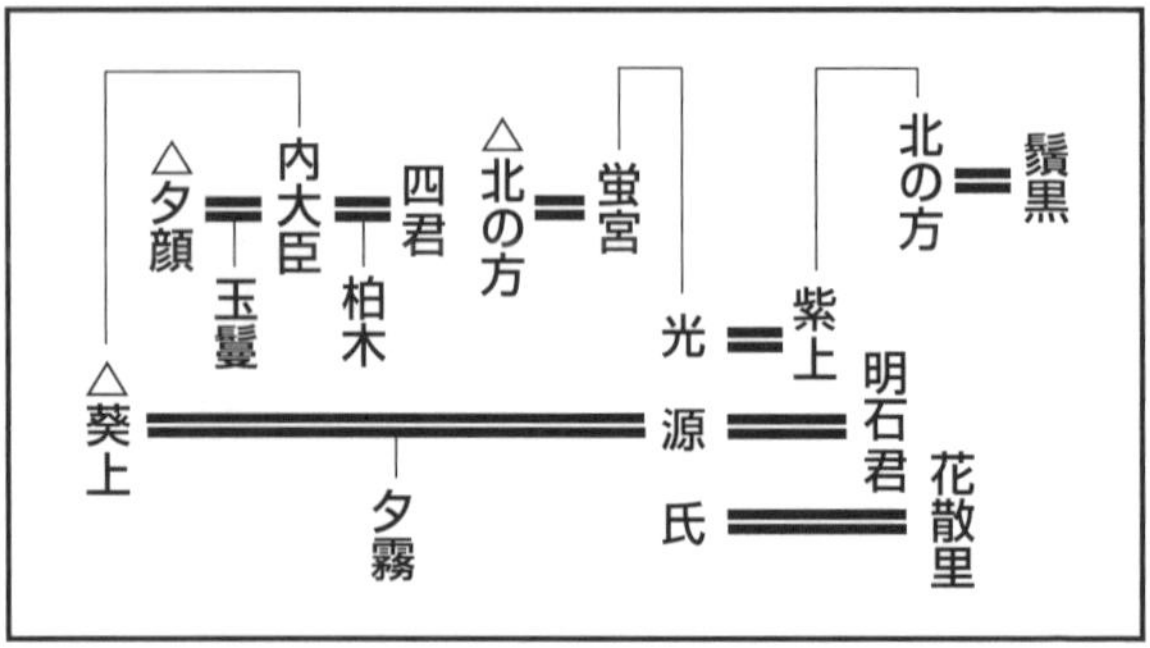

れ、歌を詠みあうが、光源氏はすでにその場をあとにしているのであった。

蛍火で女性を見るという趣向は、蛍の光によって書物を読むという「蛍雪の功」のもととなった故事をふまえたものであり、『伊勢物語』や『うつほ物語』にも見られる。しかし、光源氏の演出は、蛍を包んで女性の姿を見るいうものではなく、蛍を玉鬘にむかって放つというものであった。放たれた蛍は、玉鬘の周辺を飛び回り、光を明滅させながらその全身を照らし出す。蛍は『枕草子』で「をかし」とされているように、平安朝では風情のあるものとしてとらえられているが、和泉式部が「物思へば沢の蛍もわが身よりあくがれ出《い》づる魂《たま》かとぞ見る」（『後拾遺和歌集』巻第二十、一一六二）という歌を残しているように、蛍に魂を感じとってもいる。『日本書紀』では蛍が邪悪な神の形容に使われていることを思えば、むしろ、闇夜に青白い光を明滅させながら飛んでいく蛍を人魂《ひとだま》のように感じることは自然なことであるように思われる。光源氏が放ったのは玉鬘に惹かれる自身の魂だったのだろう。光源氏の思いが蛍火となって玉鬘と戯れている。蛍宮に光源氏が見せたかったのはそのような光景なのであった。光源氏の愛執は行き場を失い、暗く鬱屈していくのであった。

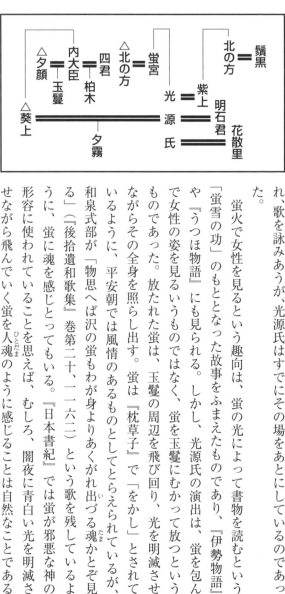

二　光源氏の物語論

【本文】

「骨《こち》なくも聞こえおとしてけるかな。神代《かみよ》より世にあることを記《しる》しおきけるななり。日本紀《にほんぎ》などはただかたそばぞかし。これらにこそ道々《みちみち》しくくはしきことはあらめ」とて笑ひたまふ。

（「蛍」③二一二頁）


【現代語訳】

光源氏は「どうもぶしつけな申しあげ方をして物語をけなしてしまいましたね。物語は、神代から この世の中に起こったことを書き記したものであるそうです。日本紀などに書いてあるのは真実のほんの一面なのですよ。物語にこそ道理にもかなった、しかもくわしいことが書いてあるのでしょう」と言ってお笑いになる。


【解説】

五月雨が続く六条院では女性たちが絵や物語によって所在なさを慰めていたが、なかでも玉鬘は物語に熱中していた。その玉鬘にむかって光源氏は、「物語論」を説く。物語はありもしないことを巧みにつくり出して書いているものだとしながら、歴史書に書かれているのは真実のほんの一面だけだともいう。そして、物語が虚構を用いて書いた内容は、この世の現実を描き出したものであり、すべてを作り事としてしまってはその本質を見失ってしまうと語る。とくに「日本紀などはただかたそばぞかし」ということばには、真実の一面しかとらえ得ない歴史書に対する物語の優位性が示されている。光源氏は、物語の虚構という方法によってこそ、人間の真実の姿をとらえ得ると述べているのであった。

この光源氏の「物語論」に作者紫式部の物語観が反映されているとする見方もあるが、もとより物語は作者の自己主張の場ではない。光源氏は物語の意義を語りながら、自分たちのことを「たぐひなき物語」にして後世に伝えようといい、「物語論」を口実として玉鬘に迫っていく。大仰に「物語論」を語ってみせる光源氏のことばには、本気とも冗談ともとれぬ老獪な好色者の口吻が感知できる。思えば、すでに光源氏も若き「いろごのみ」とはいえない年齢となっていたのであった。

第二十六帖「常夏」近江君の登場

一　釣殿での避暑

【本文】

いと暑き日、東《ひむがし》の釣殿《つりどの》に出《い》でたまひて涼《すず》みたまふ。中将の君もさぶらひたまふ。親しき殿上人《てんじやうびと》あまたさぶらひて、西川《にしかは》より奉《たてまつ》れる鮎《あゆ》、近き川のいしぶしやうのもの、御前《おまへ》にて調《てう》じてまゐらす。例の、大殿《おほいとの》の君達《きむだち》、中将の御あたり尋《たづ》ねて参りたまへり。「さうざうしくねぶたかりつる。をりよくものしたまへるかな」とて、大御酒《おほみき》まゐり、氷水《ひみづ》召して、水飯《すいはん》などとりどりにさうどきつつ食《く》ふ。

（「常夏」③二二三頁）

【現代語訳】

まことに暑い日、光源氏は六条院の東の釣殿にお出になってお涼みになる。夕霧もお側に控えていらっしゃる。この院に親しく出入りしている殿上人が大勢伺候《しこう》して、桂川から献上した鮎や、院に近い鴨川の川鰍《かわかじか》といったような魚を、御前で調理してさしあげる。いつものように、内大臣の

うたた寝をする雲居雁を注意する内大臣（『源氏物語団扇画帖』より、国文学研究資料館所蔵）

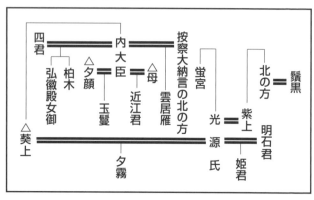

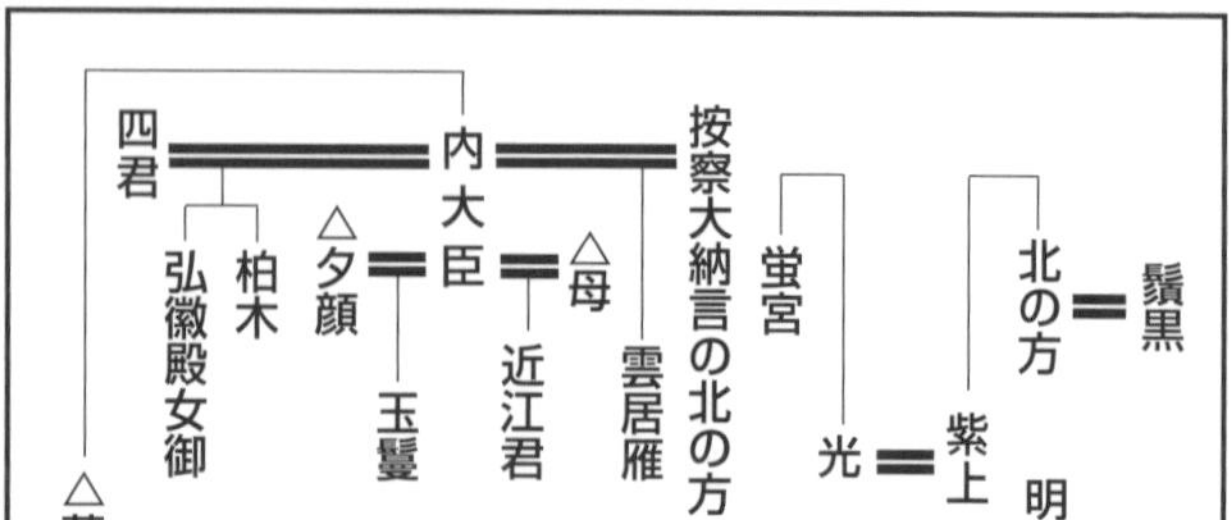

子息たちが、夕霧がいらっしゃる所を探し求めて参上なさっている。光源氏は「何をするのも物足りなく眠たかったことだ。ちょうどよい折にいらっしゃったな」とおっしゃって、お酒を召しあがり、氷水を取り寄せなさって、水飯などをそれぞれに騒ぎ立てながら食べている。

【解説】

三十六歳の夏、光源氏は暑さを避けて六条院の東の釣殿に出る。寝殿造りでは南側の庭園に池が造られるが、釣殿はその池に突き出したかたちで設けられる。始原的には祭祀のためのものであったと考えられるが、池に臨む立地から避暑に適していたようだ。

この日、釣殿の光源氏のもとには、夕霧のほか、六条院に出入する殿上人や内大臣の子息たちも参集し、魚や酒のほか、氷水を用いた水飯などを口にして楽しんでいる。『源氏物語』では食事をする人びとの姿があまり描かれないため、珍しい場面だといえるが、そこで口に運ばれているものは注目すべきであろう。たとえば、鮎は、古来、霊力のある魚とされ、鵜飼から帝に献上されるものであったが、とくに平安朝における桂川は一般の漁が禁じられていた禁河《きんが》であった。また、平安朝においては夏に氷を口にするためには、氷室で保存してきたものを入手するほかはない。季節を封じ込めたかのごときその氷を口にすることは、元来選ばれたものだけに許されたものなのであった。六条院に献上されたそれらの食物は、朝廷と比肩すべき光源氏の権威を示すものであり、人びとにそれらを振る舞う光源氏には帝にも劣らない威勢を見て取ることができるのである。

二　双六を打つ近江君

【本文】

やがて、この御方《かた》のたよりに、たたずみおはしてのぞきたまへば、簾《すだれ》高くおし張《は》りて、五節《ごせち》の君とて、されたる若人《わかうど》のあると、双六《すごろく》をぞ打ちたまふ。手をいと切《せち》におしもみて、「小賽《せうさい》、小賽」と祈《こ》ふ声ぞ、いと舌疾《したど》きや。あな、うたてと思《おぼ》して、御供の人の前駆追《さき》ふをも、手かき制《せい》したまうて、なほ妻戸《つまど》の細目なるより、障子《さうじ》の開《あ》きあひたるを見入《みい》れたまふ。（「常夏」③二四二〜二四三頁）

【現代語訳】

内大臣は、この弘徽殿女御のお部屋にいらっしゃったついでに、そのまま、ぶらついていらしゃって近江君《おうみのきみ》の部屋をおのぞきになると、近江君は、部屋の端近にいて部屋のなかから簾を高く押し出して、五節の君といって、気の利いた若い女房がそこにいるのだが、その者と、双六をお打ちになっている。手をしきりに揉んで、「小賽、小賽」と相手に小さい目が出るように祈る声は、とても早口なのだよ。内大臣は、ああ情ないことよとお思いになって、お供の人が先払いの声を出すのをも、手で合図をして制しなさって、そのまま妻戸の細目にあいた隙間から、襖のちょうど開いているところをのぞき込みなさる。

【解説】

釣殿で光源氏は内大臣の子息たちから、最近内大臣が迎えた姫君の噂話を聞く。近江君《おうみのきみ》と呼ばれるその姫君は、自分の方から名告《なの》り出てきた内大臣の落胤であったが、貴族の姫君らしからぬふるまいによって、家の恥となりそうだともされる。娘がひとりしかいない光源氏に比べて内大臣には複数の娘がいたが、后候補争いでは光源氏に敗北し続けていた。冷泉帝の后争いでは弘徽殿女御が光源氏の養女である秋好中宮に敗れ、雲居雁の東宮への入内も光源氏の息子である夕霧と恋仲になっていたために頓挫した。内大臣家から后を出すことは故左大臣の代からの家の悲願ともいうべきものであった。玉鬘がまだ自分の娘であることを知らない内大臣は、光源氏が新たな娘を迎えたことに焦り、近江君のような姫君を招じ入れてしまったのである。

近江君は、双六に熱狂し、早口で不平不満を並べたて、珍妙な歌をつくっては周囲をあきれさせる。しかし、そのふるまいは、体面ばかりを重んじる貴族社会の不合理さを暴き立てるものであり、単純に笑いとばせるものではない。そのふるまいを笑うものこそ笑われねばならない。近江君は、貴族的な価値観を鋭く問い詰める存在として物語に参入してきたのであった。

第二十七帖　「篝火」　篝火のなかの玉鬘

【本文】

五六日《いつかむゆか》の夕月夜《ゆうづくよ》はとく入りて、すこし雲隠《くもかく》るるけしき、荻《をぎ》の音《おと》もやうやうあはれなるほどになりにけり。御琴《こと》を枕《まくら》にて、もろともに添ひ臥《ふ》したまへり。かかるたぐひあらむやとうち嘆きがちにて夜ふかしたまふも、人の咎《とが》めたてまつらむことを思《おぼ》せば、渡りたまひなむとて、御前《おまへ》の篝火《かがりび》のすこし消え方《がた》なるを、御供なる右近大夫《うこんのたいふ》を召して、点《とも》しつけさせたまふ。

（「篝火」③二五六頁）

【現代語訳】

七月の五、六日の夕月はすぐに沈んで、空が少し雲に隠れた様子や、荻の葉音もしだいにしみじみとするころになったのだった。光源氏と玉鬘は、お琴を枕にして、一緒に添い臥していらっしゃる。光源氏は、このような間柄がほかにあろうかと、ため息がちで夜をふかしなさるが、それにつけても、女房が変だと目をとどめ申しあげるかもしれないとお思いになるので、お帰りになろうとして、お庭先の篝火が少し消えそうになっているのを、お供の右近の大夫をお呼びになって、焚きつけさせなさる。

琴を枕に寝る玉鬘と庭を眺める光源氏（『源氏物語団扇画帖』より、国文学研究資料館所蔵）

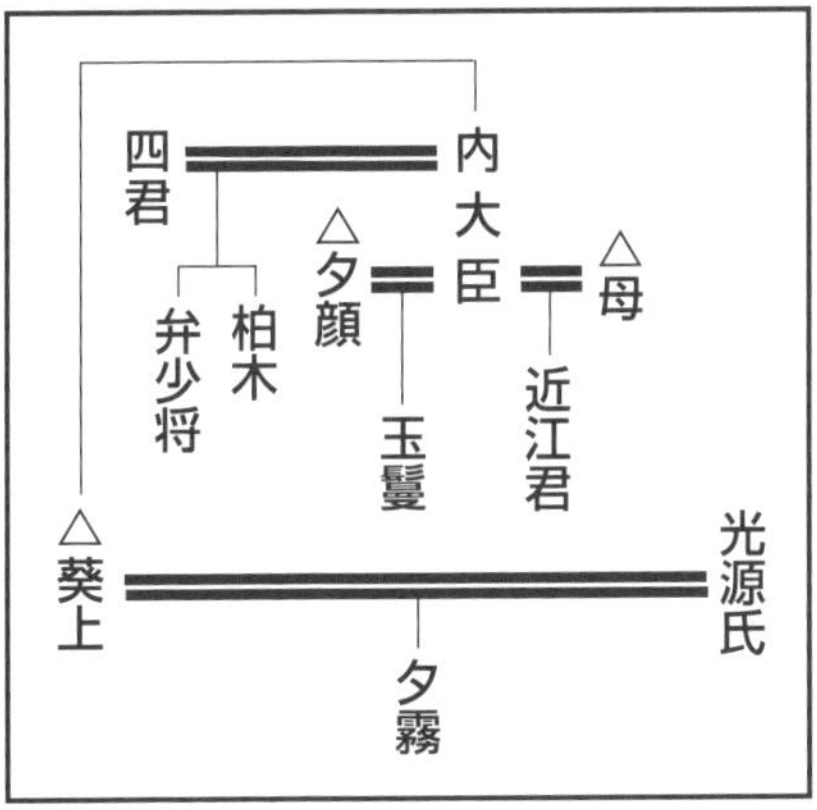

【解説】

光源氏三十六歳の七月となった。恋情を募らせる光源氏は、玉鬘のもとにたびたびやってきては琴を教える。玉鬘も近江君の悪評を耳にするにつけ、光源氏に感謝の念を抱き、その恋情を疎ましくは思うもののしだいに心を許すようになっていた。

夕月は沈むのが早い。秋の風情を感じつつ光源氏は琴を枕にして玉鬘に添い臥す。だが、ふたりの関係はそれ以上は進まない。光源氏は、恋する女性とともに臥しながらも一線を越えることのない玉鬘との関係に深く嘆息し、夜が更けると女房たちの視線を気にして自室へと帰っていくほかはない。女房たちの前では光源氏はあくまでも玉鬘の父親なのであった。

光源氏が玉鬘への恋情を自制するのは、もちろん、こうした人びとをはじめ、紫上や内大臣の視線を気にしていたためではあるが、玉鬘が夕顔の娘であることもその理由のひとつとなっていよう。『源氏物語』では恋人の娘との恋愛関係は禁忌であったとされる。玉鬘が夕顔の娘であったことは、玉鬘にひきつけるとともに玉鬘との間を隔てるのであった。それでも玉鬘への恋情を消すことはできない。衰えた篝火を目にした光源氏は供人を呼んで焚きつけさせ、その明かりで玉鬘の姿を見て、冷たい髪に触れる。なかなか玉鬘のもとから離れることができない光源氏。篝火の炎のなか、光源氏の情念はゆらめいているのであった。

第二十八帖「野分」夕霧の垣間見

一　六条院を吹き荒らす野分

【本文】

これを御覧《ごらん》じつきて里居《さとゐ》したまふほど、御遊《あそ》びなどもあらまほしけれど、八月は故前坊《こぜんばう》の御忌月《きづき》なれば、心もとなく思《おぼ》しつつ、明け暮るるにこの花の色まさるけしきどもを御覧ずるに、野分《のわき》例の年よりもおどろおどろしく、空の色変りて吹き出《い》づ。

（「野分」③二六三〜二六四頁）

【現代語訳】

秋好中宮は、六条院の秋の町の庭をお気に入りになって、宮中からこちらにお下がりになっていらっしゃる間に、管絃のお遊びなどもなさりたいところであるが、八月は父である故前坊の御忌月にあたるので慎みなさって、秋の花の盛りが過ぎてしまわないか気がかりになさりなさりして、日が過ぎるにつれてこの花の色が鮮やかになっていく様子を御覧になっていると、野分がいつもの年よりも激しく、空の色が変わって吹き出す。

野分のあと、庭に下り、虫籠に露を含ませる秋好中宮の女童たち（『源氏物語団扇画帖』より、国文学研究資料館所蔵）

【解説】

光源氏三十六歳の八月、六条院に野分が襲来する。八月は秋好中宮の父である故前坊《こぜんぼう》の忌月《きづき》であった。故前坊は今は亡き前東宮のことであるが、この人物をめぐっては議論があるところである。

「賢木」巻において六条御息所は十六歳でこの東宮に参入したと語られているが、「桐壺」巻の記述によれば、その時期には、のちの朱雀院が東宮となっている。したがって、故前坊が東宮であったのはのちの朱雀院の立太子以前ということになるが、それはいつのことか、また六条御息所はなぜ東宮ではない方に参入したのか、さらには故前坊はなぜ東宮を下りるこ

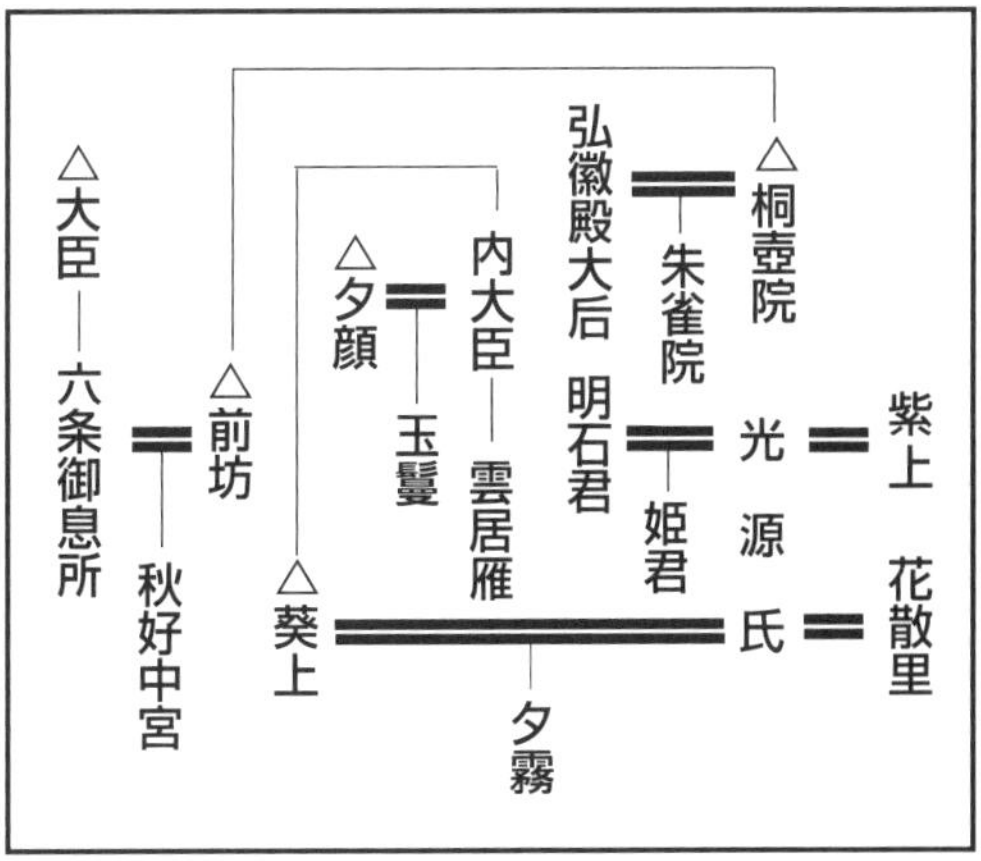

とになったかなど、さまざまな疑問が生じてくることとなる。そこで、この故前坊が廃太子となった事件などが想定されてもいるが、物語に語られていないかぎり、それは想像の域を出るものではない。ただ、廃太子の末に非業の最期をとげたものは御霊《ごりょう》として恐れられ、風はそもそも霊威の現れととらえられていた。この野分の襲来に荒ぶる故前坊の霊との関連も示唆される。秋の町は、物の怪となって葵上をとり殺した六条御息所の旧邸があった場所であり、そこに秋好中宮を据えたことには六条御息所の鎮魂の意義も読みとられている。

　六条院を吹きすさぶ野分は、光源氏が構築してきた六条院の秩序をその根柢から揺るがしかねない霊物のうごめきを感じさせるのであった。

二　紫上を垣間見る夕霧

【本文】

御屏風《びやうぶ》も、風のいたく吹きければ、押したたみ寄せたるに、見通しあらはなる廂《ひさし》の御座《おまし》にゐたまへる人、ものに紛《まぎ》るべくもあらず、気高《けだか》くきよらに、さとにほふ心地《ここち》して、春の曙《あけぼの》の霞《かすみ》の間《ま》より、おもしろき樺桜《かばざくら》の咲き乱れたるを見る心地す。あぢきなく、見たてまつるわが顔にも移り来るやうに、愛敬《あいぎやう》はにほひ散りて、またなくめづらしき人の御さまなり。

（「野分」③二六四～二六五頁）

【現代語訳】

御屏風も、風がひどく吹いたため、押したたんで隅に寄せていたので、夕霧はすっかり見通すことができるが、その廂の御座所に座っていらっしゃる人は、他の人と間違えるばずもない紫上その人で、気高く美しく、さっとにおい立つ感じがして、春の曙の霞の間から、美しい樺桜の咲き乱れているのを見る心持ちがする。あらがいようもなく、拝見している自分の顔にも移ってくるようで、その愛らしさは照り映えながら八方に散って、ほかにはいないすばらしいご容姿のお方である。

【解説】

野分の見舞いにやってきた夕霧は紫上の姿を垣間見ることとなる。風が強いため屏風が折りたたまれ、奥まで見通すことができるその廂の間の御座所に座っていた人こそ紫上その人であった。「にほふ」とは嗅覚的な匂いのほかに、視覚的な色つやをいうことばであるが、両者を判然と分けることは、むしろこの語の本質を見失ってしまうのではなかろうか。いま、夕霧は紫上を見ている。したがってこの場面の「にほふ」は視覚的な色つやと考えるのが合理的であるが、しかし、その美しさは夕霧の顔に移りくるようだともいう。照り映える匂いに包まれる夕霧。それは春という季節そのものであったともいえよう。

夕霧は紫上を咲き乱れる樺桜に喩えるが、『源氏物語』の桜が密通などの禁忌と深くかかわるかたちで語られていることはすでに指摘されている。紫上の美しさは、夕霧を全身的に包み込み、義母への狂おしいまでの恋情を醸成させる。かつて義母である藤壺と密通を犯した光源氏は、こうした事態を恐れて夕霧から紫上を遠ざけていたのであった。にもかかわらず紫上が垣間見られたことにも、六条院世界の秩序の綻びを見てとることができよう。結果として、夕霧は六条院世界を見る人（「視点人物」）にとどまり、紫上と密通することはない。しかしながら、物語の奥底に潜められたその密通のテーマは、のちの柏木と女三宮との事件に引き継がれていくことになるのであった。

第二十九帖　「行幸」　冷泉帝の大原野行幸

一　冷泉帝の大原野行幸

【本文】

蔵人《くらうど》の左衛門尉《さゑもんのじやう》を御使《つかひ》にて、雉一枝《きじひとえだ》奉《たてまつ》らせたまふ。仰せ言《おほせこと》には何とかや、さやうのをりのことまねぶにわづらはしくなむ。

雪ふかきをしほの山にたつ雉のふるき跡《あと》をも今日はたづねよ

太政大臣《おほきおとど》の、かかる野《の》の行幸《みゆき》に仕《つか》うまつりたまへる例《ためし》などやありけむ。大臣《おとど》、御使をかしこまり、もてなさせたまふ。（「行幸」③二九三頁）

【現代語訳】

冷泉帝は大原野から、蔵人の左衛門尉をご使者として、雉をつけた一枝を光源氏に献上なさる。帝からのおことばには何とあったか、そのような折のことをそのまま書き記すのは厄介でしてね。ただ帝の歌は次のようなものであった。

光源氏からの手紙を読む玉鬘（『源氏物語団扇画帖』より、国文学研究資料館所蔵）

「雪深い小塩山に飛び立つ雉の跡を追うように、あなたも古例にならって今日は参加してくだされればよかったのに」

太政大臣が、このような野行幸に供奉なさった先例などがあったのであろうか。光源氏は、ご使者を恐縮しておもてなしになる。

【解説】

光源氏三十六歳の十二月、冷泉帝の大原野行幸が行われる。野行幸《のぎょうこう》とは帝が狩りのために野に出かけることをいう。平安朝においては、桓武天皇から仁明

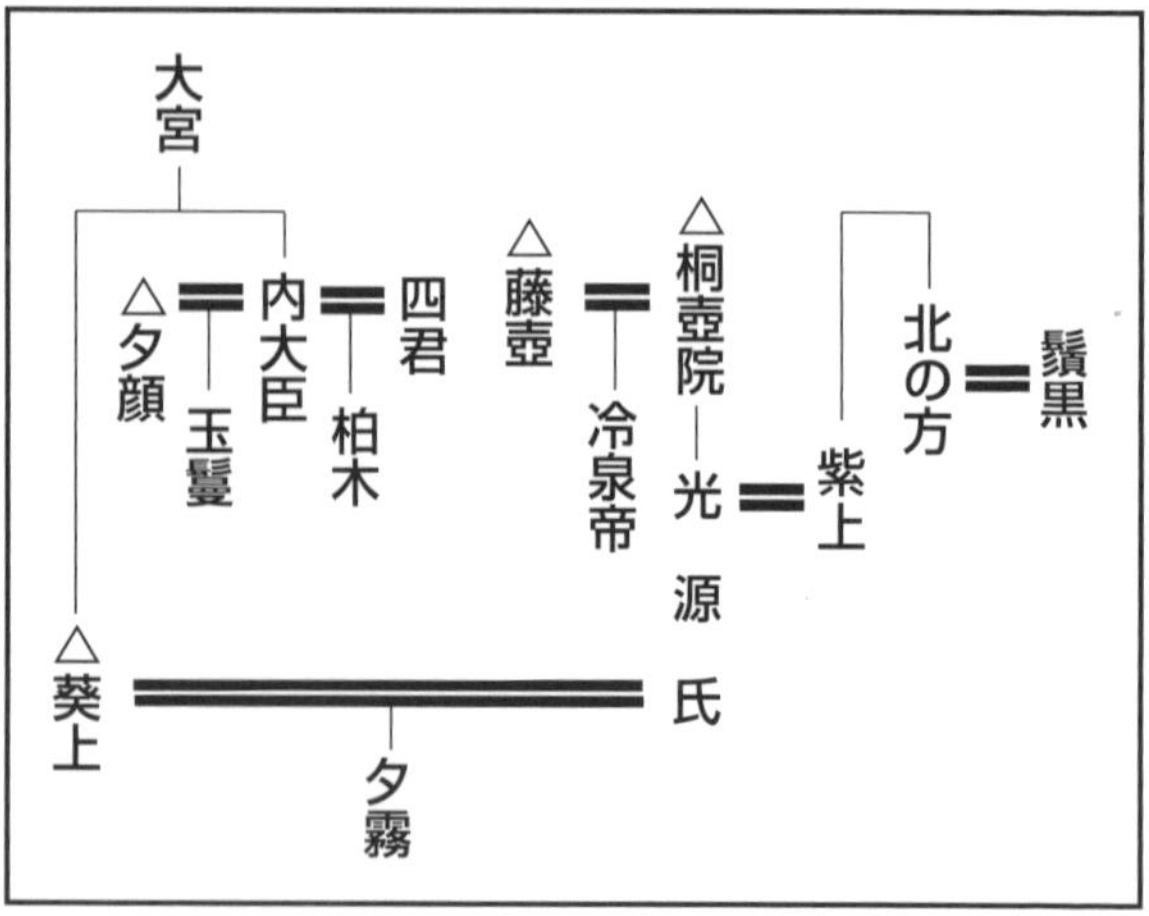

天皇まで頻繁に行われ、殺生を厭うなどの理由によって中断はされるが、光孝天皇の御代に復活し、醍醐天皇の時代までたびたび行われた。帝は内裏のうちにあるため、狩りに出かけ、雄々しい姿を見せることは、その存在を示す絶好の機会となった。平安朝の初期や天皇の血統が転換する折に野行幸が行われるのもその目的によるものと考えられる。

冷泉帝の大原野行幸は、延長六年（九二八）十二月五日に行われた醍醐天皇の野行幸に准じて描かれていることが古くから指摘されている。たしかに大原野にむかう冷泉帝の姿は雄々しく、聖代の到来を感じさせるものであった。けれども、冷泉帝は光源氏の子であり、本来帝になるべき人物ではない。この野行幸を企画したものがいるとすれば、光源氏をおいてほかにはなかろう。光源氏は、この大原野行幸によって冷泉帝の帝としての正統性を示しつつ、聖代の到来を人びとに印象づけようとしたのであった。だからこそ光源氏はこの野行幸に参加しない。光源氏は六条院に留まり、冷泉帝に人びとの視線を集めようとするのであった。

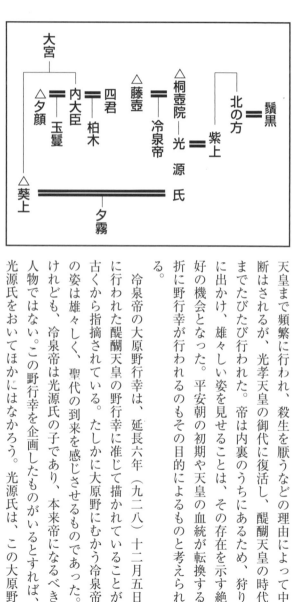

冷泉帝は大原野から光源氏に雉をつけた一枝を献上しつつ、光源氏の不参加を恨む歌を贈る。そこには父に課せられた試練に臨む子の不安げな様子もうかがわれる。野行幸におけるこうした雄々しさと若々しさこそ冷泉帝がおかれた独自のあり方を示しているのである。

二　玉鬘の裳着

【本文】
内大臣《うちのおとど》は、さしも急がれたまふまじき御心なれど、めづらかに聞きたまうし後《のち》は、いつしかと御心にかかりたれば、とく参りたまへり。儀式など、あべい限りにまた過ぎて、めづらしきさまにしなさせたまへり。げにわざと御心とどめたまうけることと見たまふもかたじけなきものから、様変《やう》りて思さる。

（「行幸」③三一六頁）

【現代語訳】
内大臣は、玉鬘の裳着《もぎ》の腰結役をつとめることを、はじめはそれほどお気持ちが進まなかったが、玉鬘が自身の娘だとの思いもしなかった話をお聞きになったあとは、早く玉鬘に会いたいとお心にかかっていたので、裳着の日は早速六条院に参上なさった。光源氏は、裳着の儀式など、しなければならない作法にさらに新たな趣向を加えて、めったにない立派なさまになさった。内大臣は、なるほどとくにお心をこめてくださったことだとご覧になるのにつけてももったいないと思うものの、実父でもないのにと何かわけがありそうに感じないではいらっしゃれない。

【解説】

玉鬘を尚侍《ないしのかみ》として入内させようと考えた光源氏はその前に裳着《もぎ》を行う。裳着は、成人した女性がそのしるしとして裳（腰から下にまとった衣装）を着ける儀礼である。十二歳から十四歳で行われるのが一般的であるとされ、『源氏物語』では、明石姫君の十一歳、女三宮の十三、十四歳、紫上の十四歳、夕霧の六君の二十二、二十三歳といった例が見られる。玉鬘は二十三歳で遅い方に属する。

裳着は成人儀礼ではあるものの、実質的には結婚を前提として行われるものであったため、光源氏は入内というかたちで玉鬘求婚譚にみずから決着をつけようとしたものと見られる。また、裳着の折に腰の紐を結ぶ腰結役を内大臣に依頼し、玉鬘が内大臣の実子であることを伝えてこちらにも区切りをつけようとする。光源氏は、自身ではいかんともしがたい玉鬘への愛執を儀礼によって断ち切ろうとするのである。一度は断りながらも実子であることを知って承引した内大臣であったが、養女の扱いを越えて盛大に裳着を行う光源氏に強い違和感を抱くのであった。

第三十帖「藤袴」求婚者たちの焦り

一　光源氏の本心の露呈

【本文】

御気色《けしき》はけざやかなれど、なほ疑《うたが》ひはおかる。大臣《おとど》も、「然《さ》りや。かく人の推しはかる、案《あん》におつることもあらましかば、いと口惜《くちを》しくねぢけたらまし。かの大臣《おとど》に、いかでかく心清《こころぎよ》きさまを、知らせたてまつらむ」と思《おぼ》すにぞ、「げに宮仕《みやづかへ》の筋《すぢ》にて、けざやかなるまじく紛《まぎ》れたるおぼえを、かしこくも思ひよりたまひけるかな」とむくつけく思さる。

（「藤袴」③三三七頁）

【現代語訳】

夕霧の疑惑を打ち消す光源氏のお顔つきは何の曇りもないが、やはり疑いは自然と残ってしまう。光源氏も、「そうであるか。自分と玉鬘のことについて何かあるように人が推量しているのに、もしそのとおりになることもあったら、とても残念でみっともないだろう。あの内大臣に、何とかしてこの身の潔白をお知らせ申しあげたい」とお思いになると、「夕霧のいうとおり、表向きは宮

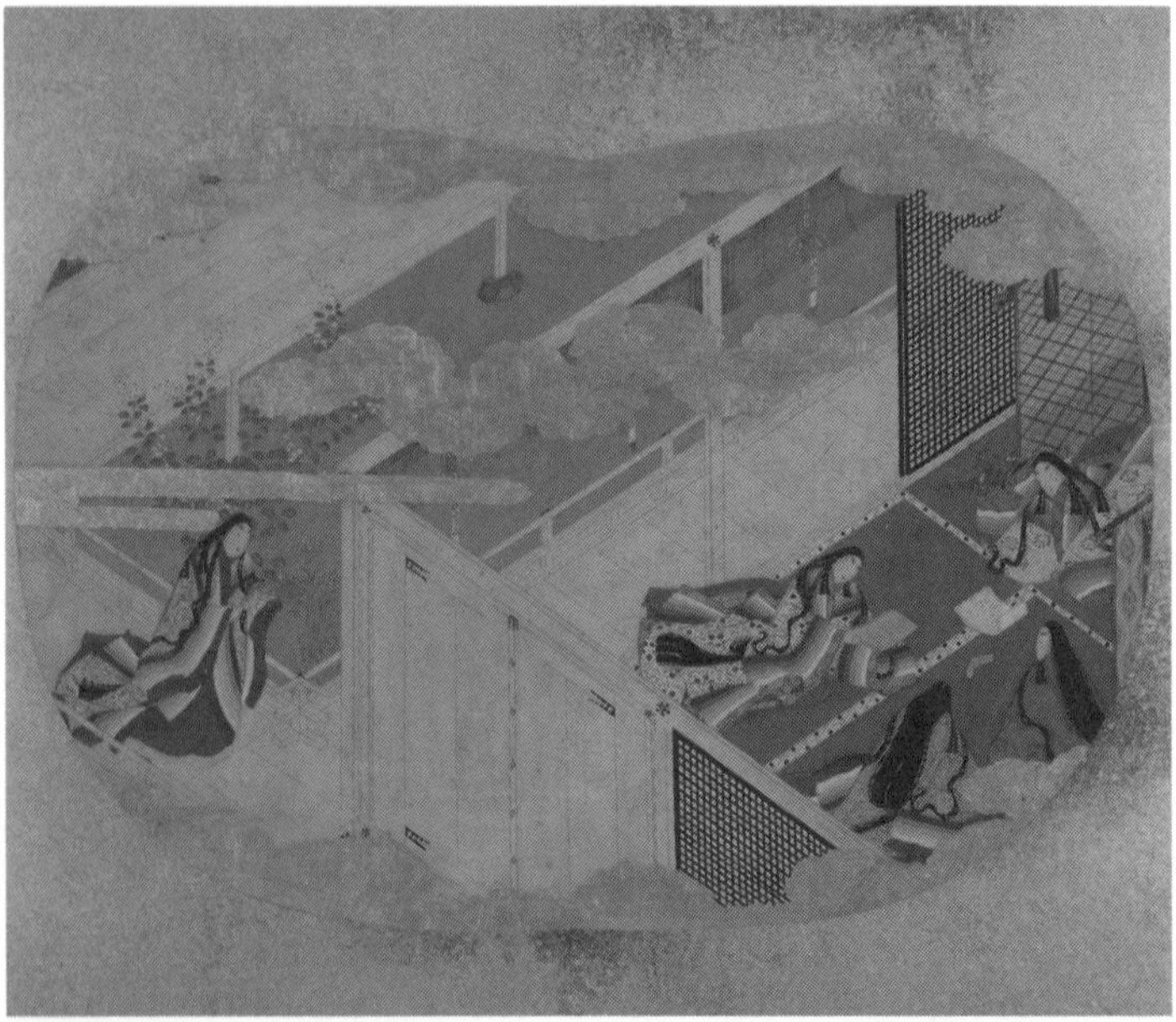

玉鬘のもとに届く求婚者たちからの手紙（『源氏物語団扇画帖』より、国文学研究資料館所蔵）

仕えということにして、はっきりとわかるはずもなくごまかしている玉鬘への恋情を、内大臣は賢明にもお見抜きになったことよ」と気味悪く思わずにはいらっしゃれない。

【解説】

光源氏が玉鬘を尚侍として入内させようとするのに対して玉鬘は悩む。冷泉帝にはすでに秋好中宮や弘徽殿女御がおり、帝寵を競うようになって疎まれたらどうすればよいのかという苦悩は、誰にも相談することができず、深まるばかりであった。

尚侍は、帝との取り次ぎや文書の伝達、宮中の儀式運営等にかかわる内侍所《ないしどころ》の長官であり、『源氏物語』のなかで尚侍と

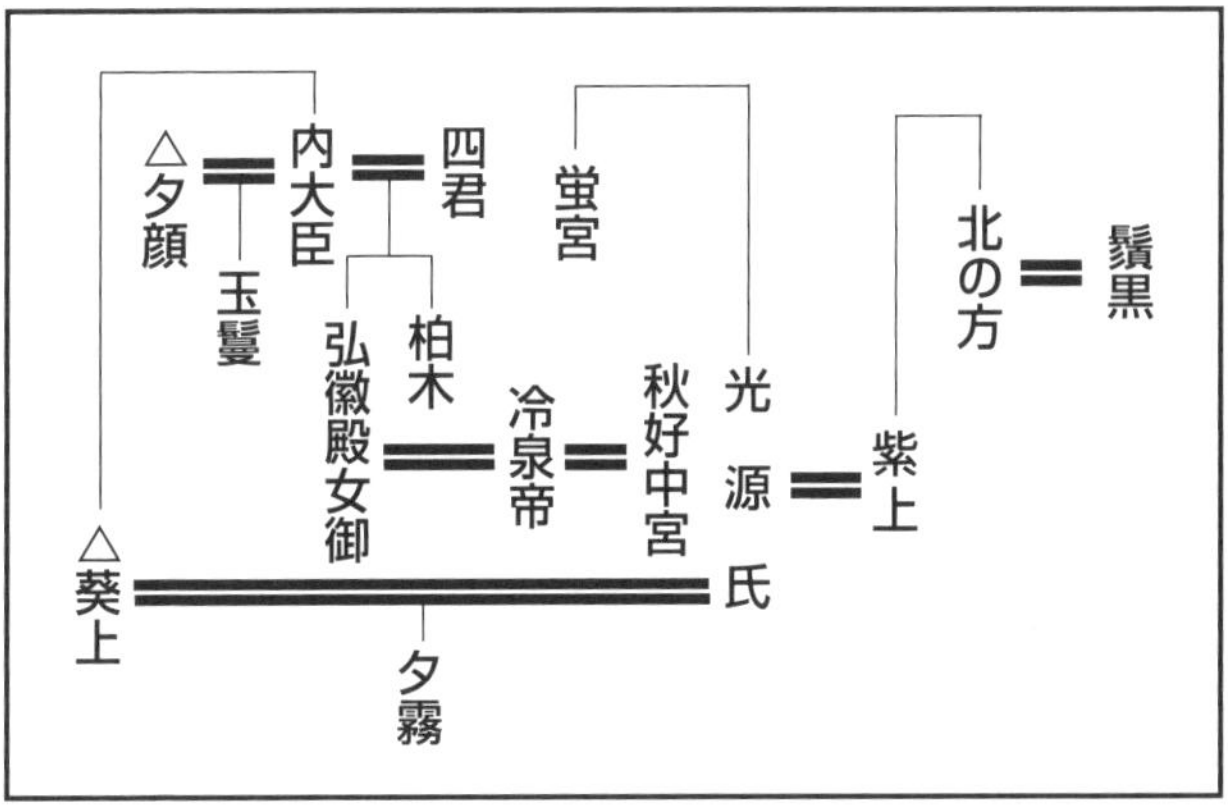

なった人物としては、玉鬘のほかに朧月夜が著名である。尚侍には藤原氏の女性が就任することが通例であり、藤原氏の氏神を祀《まつ》る大原野神社の祭祀に深くかかわっていたことも指摘されている。尚侍は、制度上は女官であるが、実質的には女御や更衣に準じる妃として扱われることもあり、玉鬘が懸念する状況も十分考えられるものだといえる。ただし、尚侍であった朧月夜が、光源氏との密会が露見した折、女御や更衣といった妃ではないという理由で特段咎められることもなかったように、女官である尚侍は、ほかに夫をもつことも許容されていたのであった。

　光源氏が玉鬘を尚侍として入内させようともくろんだのは、まさに尚侍のこうした特性を考慮してのことでもあった。光源氏が玉鬘をほかの求婚者と結婚させることなく、尚侍として入内させようとしているのは、あわよくば入内後に玉鬘に逢おうとしていたためなのである。光源氏のこの隠微な計略をいち早く見抜いたのが内大臣であり、夕霧はその真偽を光源氏に突きつける。光源氏は真っ向から否定してみせるが、内心ではその事実を認めざるを得ない。内大臣に見抜かれた以上、そのまま計略を実行すれば物笑いの種となる。光源氏は思い描いた計略を破棄せざるを得ない。光源氏が玉鬘と逢う道はここに完全に閉ざされるのであった。光源氏は計略を見抜いた内大臣を気味悪く思うのであったが、後宮政策で負け続け、辛酸をなめてきた内大臣には、光源氏の考えそうなことは手にとるようにわかった。むしろ光源氏の計略とはそれほどまでに浅薄なものなのであった。

二　求婚者たちの手紙

【本文】

九月にもなりぬ。初霜《はつしも》結ぼほれ、艶《えん》なる朝《あした》に、例の、とりどりなる御後見《うしろみ》どものひき側《そば》みつつ持《も》て参る御文《ふみ》どもを、見たまふこともなくて、読みきこゆるばかりを聞きたまふ。

（「藤袴」③三四四頁）

【現代語訳】

九月にもなった。初霜が降りて、優美な早朝に、いつものように、それぞれの懸想人のお世話役の女房たちが、ひき隠しひき隠ししては持参するいくつもの懸想文を、玉鬘は御覧になることもなくて、女房がお読み申しあげるのだけをお聞きになる。

【解説】

光源氏の秘かな計略は頓挫したが、玉鬘の入内の話はそのまま進み、光源氏三十七歳の十月と決まった。尚侍が女官であるといっても帝寵を受けたあとの結婚は、多くの貴公子たちにとってはさすがに困難であった。入内前に何とか玉鬘をわが妻としたい。求婚者たちの焦燥が激しくなっていく。玉鬘が内大臣の娘であることが明らかになり、内大臣の息子である柏木は求婚者から脱落するが、かわって夕霧が求婚者として名告りをあげる。そして、東宮の叔父にあたる鬚黒《ひげくろ》も玉鬘への取り次ぎを柏木に頼み込み、内大臣にも申し入れてくるようになる。

九月になると、求婚者たちの手紙がひっきりなしに届くようになるが、玉鬘はそれらを手にとることはなく、女房が読むのを聞くばかりであった。ただ、蛍宮にだけ返事を書いたことを記して「藤袴」巻は幕を閉じる。『竹取物語』のかぐや姫は貴公子たちの求婚を拒絶して月に帰り、『うつほ物語』のあて宮は東宮に入内した。はたして玉鬘はこのまま冷泉帝のもとに入内することになるのか、あるいは求婚者の誰かと結婚をするのか。読者の期待をひきつけつつ、物語はその意外な結末を語っていくことになるのであった。

第三十一帖 「真木柱」 玉鬘求婚譚の結末

一 鬚黒に灰をかける北の方

【本文】

正身《さうじみ》はいみじう思ひしづめてらうたげに寄り臥《ふ》したまへり、と見るほどに、にはかに起き上がりて、大きなる籠《こ》の下《した》なりつる火取《ひとり》をとり寄せて、殿《との》の背後《うしろ》に寄りて、さと沃《い》かけたまふほど、人のやや見あふるほどもなう、あさましきに、あきれてものしたまふ。さるこまかなる灰の目鼻《めはな》にも入《い》りて、おぼほれてものもおぼえず。払ひ棄《す》てたまへど、立ち満ちたれば、御衣《ぞ》ども脱ぎたまひつ。

（「真木柱」③三六五〜三六七頁）

【現代語訳】

鬚黒の北の方ご本人は、たいそう心を静めて可憐な様子で物に寄り臥していらっしゃる、と見るうちに、急に起きあがって、大きな伏籠《ふせご》の下にあった香炉を取り寄せて、鬚黒の背後に近寄って、さっと灰を浴びせかけなさるが、その間のことは、女房たちがほとんど見届ける間もなく、思ってもいないので、鬚黒は立ち尽くしていらっしゃる。あの細かな灰が目や鼻にも入って、ぼんやりとして何が何だかわからない。鬚黒は、灰を払い棄てなさるが、あたり一面に立ちこめているので、お召しになっていたお着物をお脱ぎになった。

【解説】

玉鬘を手に入れたのは、結局、鬚黒であった。鬚黒は侍女の手引きによって玉鬘と逢うことができたのである。光源氏は残念に思ったが、内大臣はこの結婚をむしろ無難なものと考える。たしかに鬚黒は、東宮（のちの今上帝）の母である承香殿女御《しょうきょうでんにょうご》の兄であり、将来は帝の外戚として権力を握るべき人物であった。だが、玉鬘にとっては不本意であった。「行幸」巻において鬚黒の色黒く鬚がちな姿を「心づきなし」（気にくわない）と嫌悪していたが、それは今も変わることはない。一方、鬚黒は有頂天であった。鬚黒には妻子があったが、もはや目にも入らない。ひたすら玉鬘に熱中し、足繁く通っていくのであった。

鬚黒の北の方は、式部卿宮（もとの兵部卿宮）の娘で、紫上の異母姉にあたる女性であったが、物の怪にとり憑かれて正気を失うことがしばしばであった。この日、雪が降っていたが、日が暮れると鬚黒は玉鬘のもとに出かけるため、うきうきと装束を整えて香を焚きしめていた。そうした鬚黒を横目に見ながら、北の方はそれでも心を静めて物に寄りかかっていた。が、突然、急に起きあがったかと思えば、香炉を取り寄せ、そのなかの灰を背後から鬚黒に浴びせかける。立ち尽くす鬚

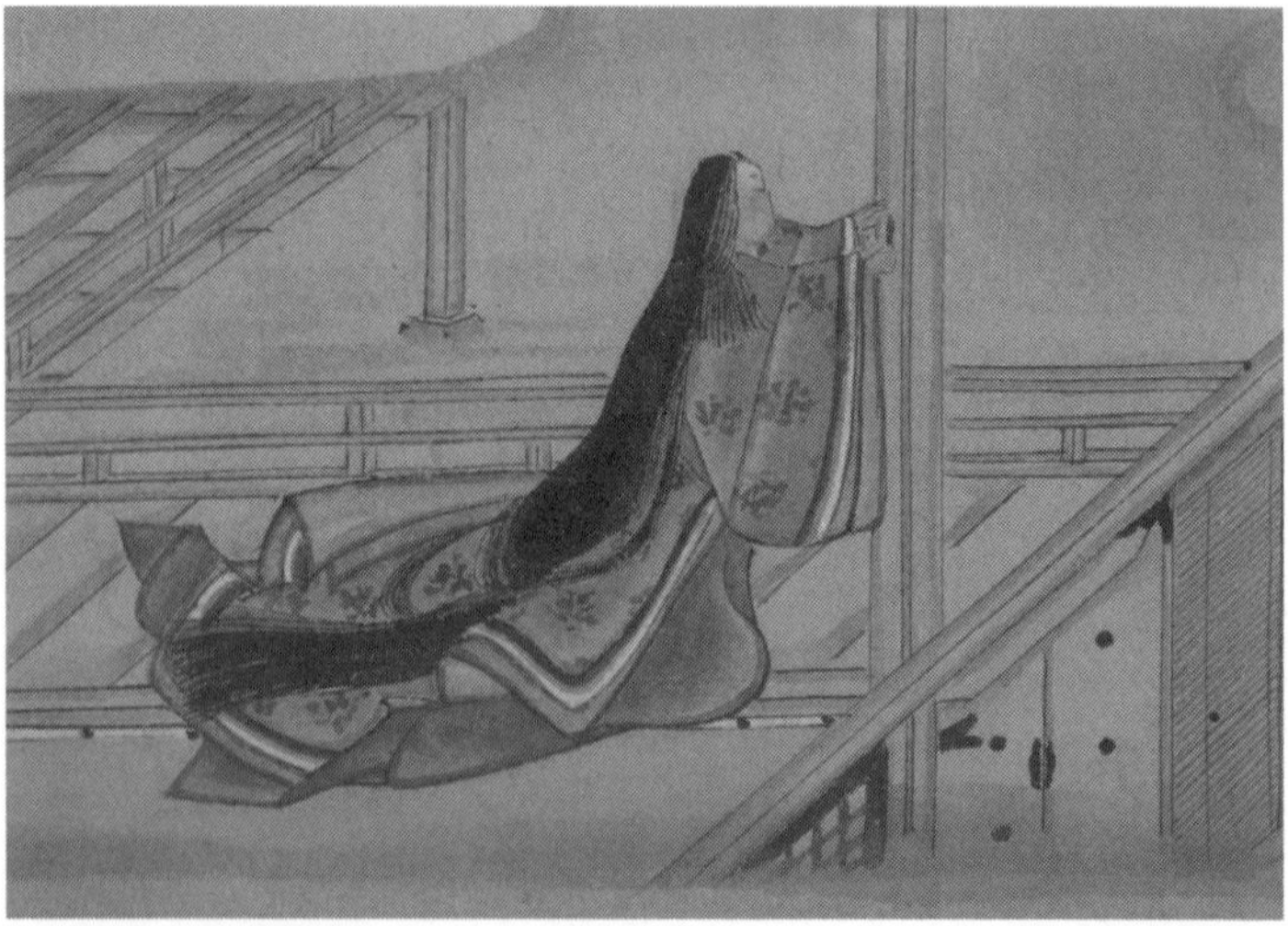

柱に歌を押し込む真木柱（『源氏物語絵巻』より、国文学研究資料館所蔵）

黒。灰は目にも鼻にも入り、整えた着物は下着も含めて脱ぎ捨てなければならなかったのである。

この事件ののち、鬚黒は玉鬘のもとに籠もったまま北の方のもとには訪れなくなり、それを聞いて激怒した式部卿宮によって北の方と子どもたちは引き取られていくのであった。

二　歌を柱に差し入れる真木柱

【本文】

常に寄りゐたまふ東面《ひむがしおもて》の柱を人に譲る心地《ここち》したまふもあはれにて、姫君《ひめぎみ》、檜皮色《ひはだいろ》の紙の重《かさ》ね、ただいささかに書きて、柱の乾割《ひわ》れたるはさまに、笄《かうがい》の先して押し入れたまふ。

今はとて宿離《か》れぬとも馴《な》れきつる真木《まき》の柱はわれを忘《わす》るな

えも書きやらで泣きたまふ。（「真木柱」③三七三頁）

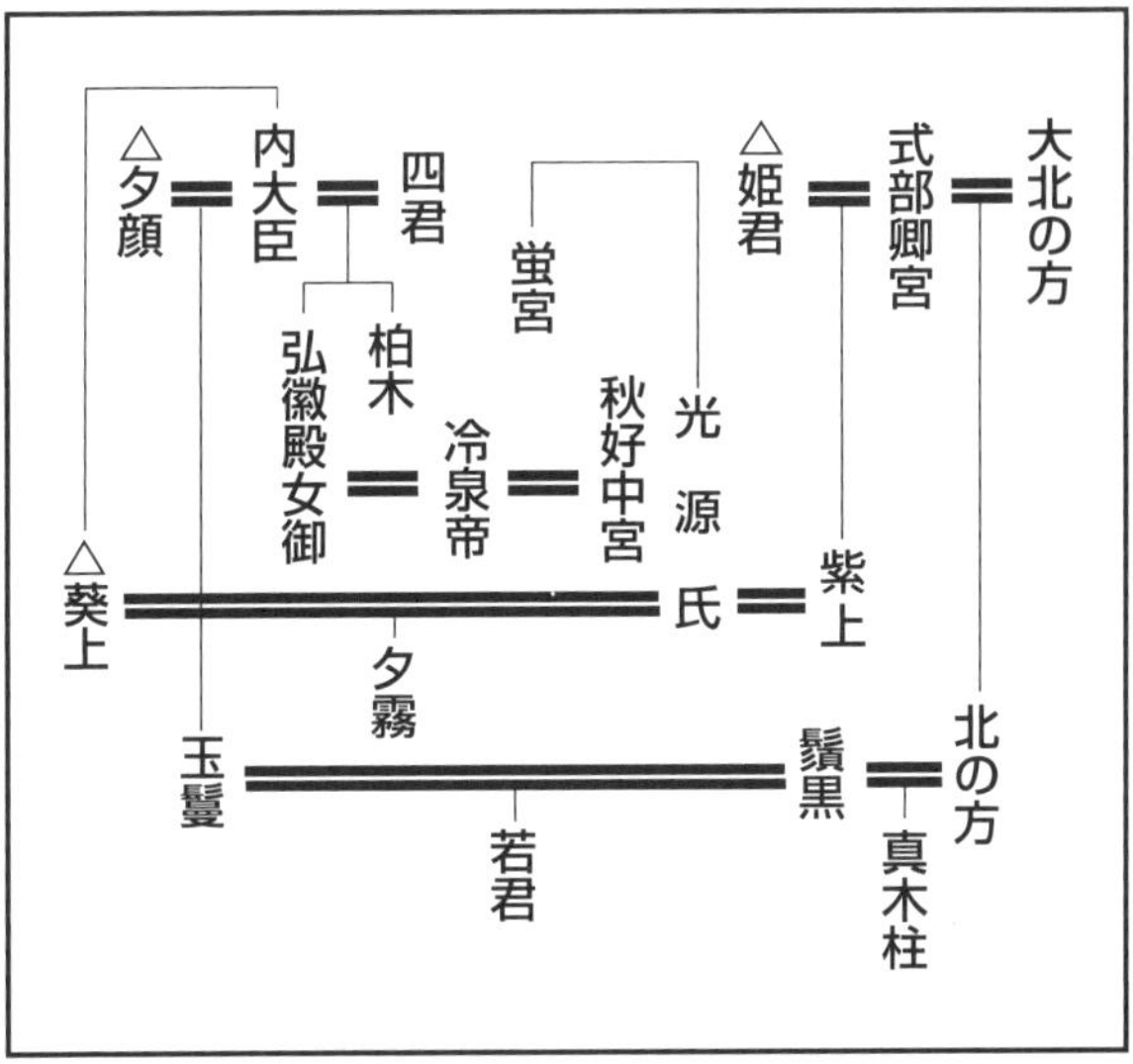

【現代語訳】

いつも寄りかかって座っていらっしゃる東面の柱を、他人に譲る心持ちがなさるのもしみじみとして、真木柱は、檜皮色の紙の重ねたのに、ほんの少しばかり書いて、柱のひび割れている隙間に、笄の先でお押し込みになる。

　今はこれまでということでこの家を離れてしまうとしても、わたくしが馴れ親しんできた真木の柱はわたくしを忘れないでおくれ

最後まで書き終えることもできないでお泣きになる。

【解説】

式部卿宮のもとから迎えがやってきた折、鬚黒の娘である真木柱は父親に一目なりとも会いたいといい、その帰りを待つものの、鬚黒が帰ってくるはずもなかった。真木柱はやむなく家の柱に歌を書いて押し込む。「真木の柱」の「真木」とは檜のことであるが、柱をほめることばでもあった。

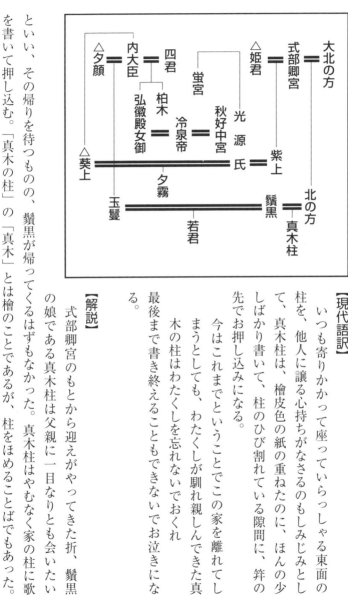

そもそも柱は神の寄り来るものであったことを思えば、真木柱のふるまいは、家の神に再会を祈念するものであったとも考えられるが、鬚黒がいくら真木柱の引き取りを願い出ても、式部卿宮がそれを許すことはなかった。真木柱は入内すれば中宮にもなれる可能性をもっており、鬚黒にとって真木柱を失ったことは政治的な意味においても大きな打撃となったのである。また、今般の件をめぐって、紫上の継母にあたる式部卿宮の北の方（大北の方）は、光源氏を「昔の仇敵《あたかたき》」とののしる。式部卿宮家から見れば、婿である鬚黒が光源氏家に奪われたとも映ったのであった。

かくして玉鬘十帖は人びとの胸に苦々しい思いを残して結末を迎えるのであった。

第三十二帖　「梅枝」　明石姫君の裳着

一　朝顔姫君からの薫物

【本文】

沈《ぢん》の箱に、瑠璃《るり》の坏《つき》二つ据《す》ゑて、大きにまろがしつつ入《い》れたまへり。心葉《こころば》、紺瑠璃《こんるり》には五葉《ごえふ》の枝、白きには梅を彫《ゑ》りて、同じくひき結びたる糸のさまも、なよびかになまめかしうぞしたまへる。「艶《えん》なるもののさまかな」とて、御目《め》とどめたまへるに、

花の香《か》は散りにし枝にとまらねどうつらむ袖《そで》にあさくしまめや

ほのかなるを御覧《ごらん》じつけて、宮はことごとしう誦《ず》じたまふ。

（「梅枝」③四〇六頁）

【現代語訳】

朝顔姫君は、沈の香木の箱に、瑠璃の香壺《こうご》を二つ据えて、薫物《たきもの》を大きく丸め丸めして入れていらっしゃる。心葉は、紺瑠璃の壺には五葉の枝を、白い壺には白梅を彫って、どちらも同じように結んである糸の細工も、もの柔らかで優美に作っていらっしゃる。蛍宮は「優雅な出来映えであること

薫物を贈ってきた朝顔姫君に返事を書く光源氏（『源氏物語団扇画帖』より、国文学研究資料館所蔵）

よ」とおっしゃって、お目をとどめていらっしゃると、

花の香りは花が散ってしまった枝には残っていませんが、香りが移る袖には深く染みつくことでしょう

ほんのりと薄く書いてあるのを見つけなさって、蛍宮は仰々しく口ずさみなさる。

【解説】

三十九歳の正月末、明石姫君の入内を念頭に裳着の準備を進める光源氏は、姫君に持参させる薫物《たきもの》の調合を朝顔姫君や六条院の女性たちに依頼し、紫上とは別の部屋で自身も調合に熱中する。朝顔姫君からは、二月十日、散り透いた梅の枝につけた手紙とともに届けられ、折しも光源氏のもとを訪れていた蛍宮の目にとまる。それは蛍宮

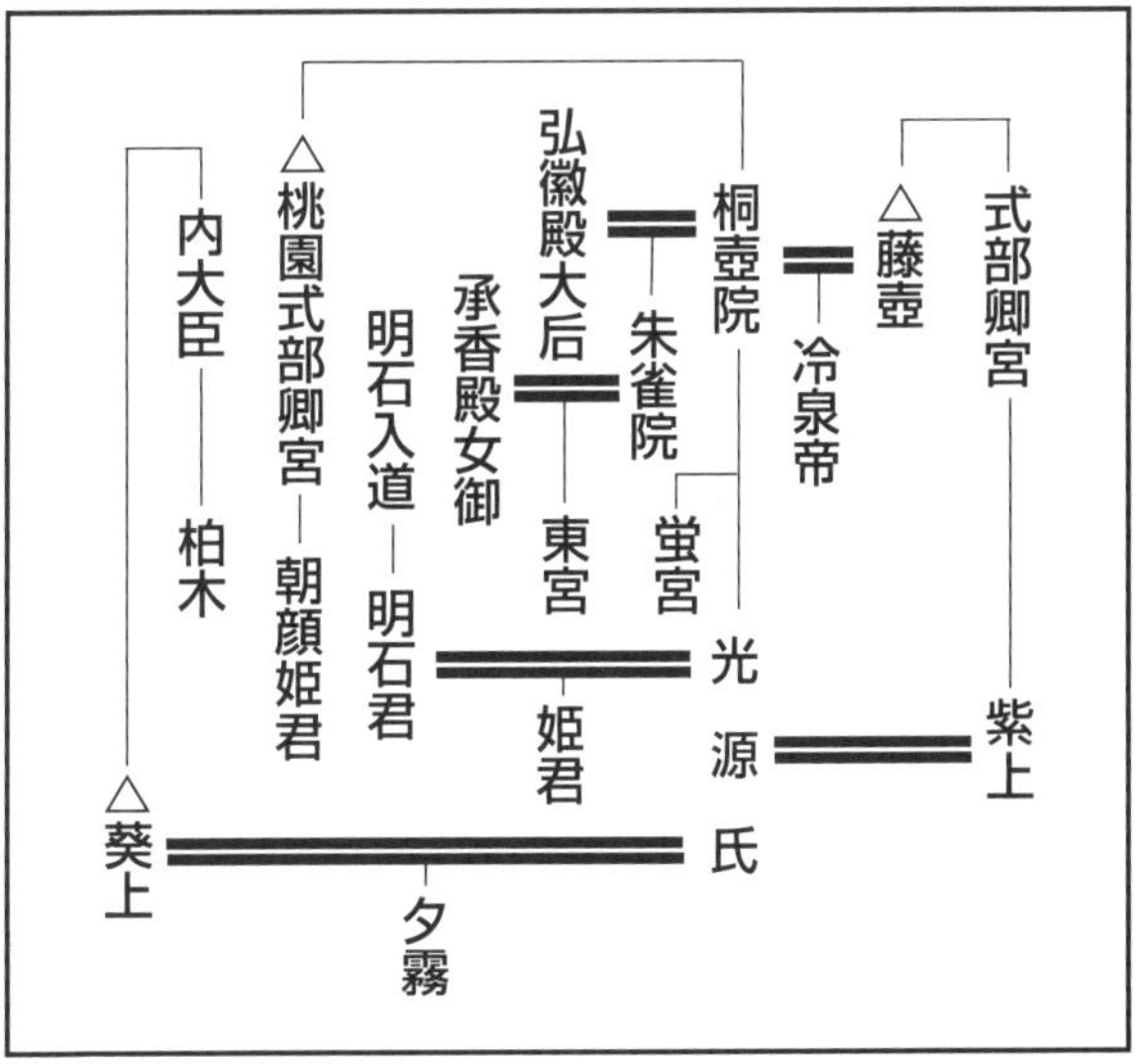

をして感嘆せしめるほどのものであったが、そこには一首の歌が書かれていたのだった。花の香りは花が散った枝にはとどまらないとするこの歌には、朝顔姫君の老いが歌い込められているとも解されるところではあるが、この歌は、花の香りはすべてこの薫物に籠めたと歌う、薫物を贈る折につけた挨拶の歌と理解するべきものである。

この朝顔姫君の歌に対して、光源氏は「花の枝《え》にいとど心をしむるかな人のとがめむ香をばつつめど」との歌を満開の梅の枝につけて返す。花が散った枝に対して、満開の枝で返すことには、枯れた枝を満開にするかのごとき演出が見て取れる。朝顔姫君と光源氏は、蛍宮を前にして、姫君の裳着の祝いの儀礼を二人して行って見せているのであった。

たしかに、人が見咎める香りを隠す花の枝にますます心がひきつけられると詠じる光源氏の歌は、ふたりの間の秘めた恋を想起させるものである。だが、それも光源氏の演出であろう。光源氏はそのようにして朝顔姫君との間に特別な関係があるかのように装っているのであり、これが朝顔姫君に対する一貫した態度なのであった。明石姫君の裳着が行われたのはこの翌日のことであった。

二　明石姫君の入内の準備

【本文】

春宮《とうぐう》の御元服《げんぷく》は、二十余日《よひ》のほどになんありける。いとおとなしくおはしませば、人の、むすめども競《きそ》ひ参らすべきことを心ざし思《おぼ》すなれど、この殿《との》の思しきざすさまのいとことなれば、なかなかにてやまじらはんと、左大臣《ひだりのおとど》なども思しとどまるなるを聞こしめして、「いとたいだいしきことなり。宮仕《みやづかへ》の筋《すぢ》は、あまたある中に、すこしのけぢめをいどまむこそ本意《ほい》ならめ。そこらの警策《きやうざく》の姫君《ひめぎみ》たち引き籠《こ》められなば、世に栄《はえ》あらじ」とのたまひて、御参り延《の》びぬ。（「梅枝」③四一四頁）

【現代語訳】

東宮（のちの今上帝）の御元服は、二月二十日過ぎのころに行われたのだった。東宮は、とても大人びていらっしゃるので、貴顕《きけん》たちが、娘たちを競って入内させたいと望んでいらっしゃるそうであるが、光源氏が明石姫君の東宮への入内を思い立たれている様子が際立っているので、中途半端な宮仕えはしないほうがよいだろうと、左大臣なども、思いとどまっていらっしゃるとかいうことを光源氏はお聞きになって、「それはまことにもってのほかのことだ。宮仕えというものは、大勢女性たちがいるなかで、わずかな優劣の差を競い合うのが本来の姿であろう。大勢の美しく優れた姫君たちが家のなかに引き籠められてしまうとすれば、実に見栄えがしないことだろう」とおっしゃって、姫君の御入内が延期となった。

【解説】

東宮の元服に合わせて姫君の裳着を行った光源氏であったが、他家の姫君の入内を促すために、姫君の入内を延期させる。かつて桐壺帝の後宮も妃たちが大勢仕えていたと語られていたように、華やかな後宮こそ聖代の証《あかし》だと考えられていたのである。大勢の女性をひきつけてやまない偉大な魂をもつこと。これこそが「いろごのみ」であり、理想の帝王の資質なのであった。

第三十三帖「藤裏葉」光源氏の栄華

一　夕霧と雲居雁との結婚

【本文】

御時《とき》よくさうどきて、「藤《ふじ》の裏葉《うらば》の」とうち誦《ず》じたまへる、御気色《けしき》を賜《たまは》りて、頭中将《とうのちゆうじやう》、花の色濃くことに房《ふさ》長きを折りて、客人《まらうど》の御盃《さかづき》に加ふ。取りてもて悩むに、大臣《おとど》、

紫《むらさき》にかごとはかけむ藤の花まつよりすぎてうれたけれども

宰相《さいしやう》、盃を持ちながら、気色ばかり拝《はい》したてまつりたまへるさま、いとよしあり。

（「藤裏葉」③四三八〜四三九頁）

【現代語訳】

内大臣は、よい頃合いを見計らってにぎやかにはやし立てて、「藤の裏葉の」と口ずさみなさった、そのご内意をいただいて、柏木が、藤の花の色濃く、とくに花房の長いのを折って、客人である夕霧のお盃にお添えになる。夕霧が受け取って、その扱いに戸惑っていると、内大臣が、

「藤の花の紫（雲居雁）に恨み言は申すことにしてわたしはもう何も言いますまい。あなたからの申し出を待ち過ぎて腹立たしいけれども」

夕霧が盃をもったまま、ほんのかたちだけ御礼の拝舞をなさる姿は、まことに風情がある。


【解説】

光源氏三十九歳の四月、雲居雁との結婚を許すことにした内大臣は、夕霧を自邸で行った藤の花の宴に招待する。夕霧の縁談のことを耳にして思案した内大臣は、もはや雲居雁の結婚相手は夕霧しかいないことを悟ったのであった。けれども内大臣にもプライドがある。そこで夕霧を藤の花の宴に客人として招き、客人の求めに応じるという体裁をとって、ふたりを結婚させようと考えたのであった。宴がすすむなか、内大臣は「春日《はるひ》さす藤の裏葉のうらとけて君し思はば我も頼まん」（『後撰和歌集』巻第三、

夕霧と雲居雁の新居を訪れた太政大臣（『源氏物語団扇画帖』より、国文学研究資料館所蔵）

春下、よみ人知らず、一〇〇）という歌を朗詠する。「春日さす」は「藤」の枕詞、「藤の裏葉の」は「うらとけて」の序詞であり、心を許してあなたがわたしのことを思ってくれるのであればわたしもあなたのことを頼りとしようというものであった。

　これは内大臣が雲居雁の立場に立って結婚の承諾を告げるものであり、内大臣の意向を受けて、柏木は夕霧の盃に房の長い藤の花を添える。その藤の花は雲居雁その人の象徴である。夕霧は軽く拝舞して受け取り、これによって、夕霧と雲居雁の結婚はようやく認められたのであった。

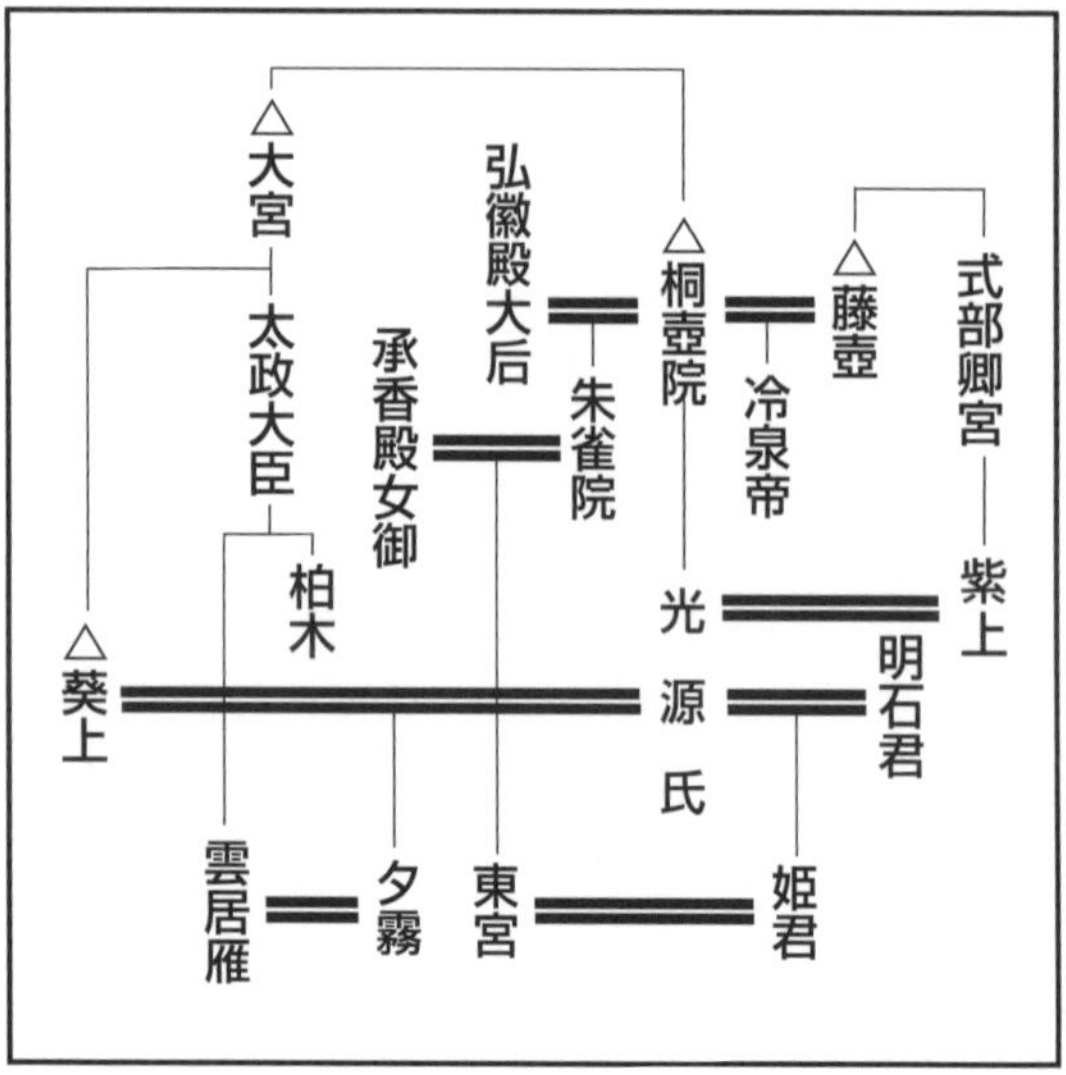

二　六条院行幸

【本文】

大臣《おとど》、そのをりは同じ舞《まひ》に立ち並びきこえたまひしを、我も人にはすぐれたまへる身ながら、なほこの際《きは》はこよなかりけるほど思《おぼ》し知らる。時雨《しぐれ》、をり知り顔なり。

「むらさきの雲にまがへる菊の花にごりなき世の星かとぞ見る
時《とき》こそありけれ」と聞こえたまふ。

（「藤裏葉」③四六一頁）

【現代語訳】

太政大臣（もとの内大臣）は、あの紅葉賀で青海波を舞った折は、光源氏と同じ舞を肩を並べ申しあげてお舞いになったのだが、ご自分のご身分も他の人よりはまさっていらっしゃる身であるものの、やはり光源氏の准太上天皇というご身分は比類のないものなのだったとその希有な宿運の程度を思い知らないではいらっしゃれない。時雨が、降るべき折を知っているかのようにさっと降る。太政大臣は、

「聖代に現れるという紫の雲に見間違える菊の花は濁りのない御代の星ではないかと見えますますますの栄華をお祝いします」と申しあげなさる。

【解説】

光源氏三十九歳の秋、冷泉帝は光源氏に「太上天皇になづらふ御位」を与える。太上天皇は譲位した帝のことをいうが、臣下の光源氏を太上天皇にすることはできないため、それと同等の待遇を受ける准太上天皇《じゅんだじょうてんのう》としたのであった。しかし、歴史上、准太上天皇という「御位」は存在しないため、冷泉帝はそのような位を創出し、歴史上はじめて与えたということになる。「薄雲」巻においい

て、光源氏が実父であることを夜居僧都《よいのそうず》から聞いた冷泉帝は、可能なかぎり帝位に近い地位に光源氏をつけることを願ってきたのであり、ようやくここでそれを果たすことができたのであった。一方、准太上天皇という地位は、「桐壺」巻において高麗の相人によって帝にも臣下にもふさわしくない相であることが占われていた光源氏の運命を具体的に示すものとなっており、「藤裏葉」巻が物語のひとつの画期であることが了解される。

光源氏の栄華は、冷泉帝の六条院行幸に極まる。冷泉帝にとっては帝が父のもとに出向く朝覲《ちょうきん》行幸《ぎょうこう》を実現したものであるが、朱雀院も加わることによってその権威は一層高まる。この場で冷泉帝は光源氏の座を帝と院と同列とし、太政大臣は光源氏を聖代の星に喩えながらその栄誉を讃仰する。

こうして光源氏の栄華への道を語ってきた物語は大団円を迎えたのである。

第四章　光源氏の晩年

第三十四帖　「若菜上」　女三宮の降嫁

一　女三宮の降嫁

【本文】

女宮《をんなみや》は、いとらうたげに幼きさまにて、御しつらひなどのことごとしく、よだけく、うるはしきに、みづからは何心もなくものはかなき御ほどにて、いと御衣《ぞ》がちに、身もなくあえかなり。ことに恥ぢなどもしたまはず、ただ児《ちご》の面嫌《おもぎら》ひせぬ心地《ここち》して、心やすくうつくしきさましたまへり。

（「若菜上」④七三頁）

【現代語訳】

女三宮《おんなさんのみや》は、まことにいかにもかわいらしく幼い様子で、お部屋のお飾りつけやご調度品などが仰々しく、おおげさで、立派であるのに対して、ご自身は無邪気でどことなく頼りないご様子で、まことにお召し物に埋もれているといったありさまで、身もないかのようにか弱い。とくに恥じらいなどもなさらず、ただ幼い子どもが人見知りをしないといった感じで、親しげでかわいらしい容姿を

蹴鞠の際、女三宮の姿を垣間見る柏木（『源氏物語団扇画帖』より、国文学研究資料館所蔵）

していらっしゃる。

【解説】

「若菜上」巻は、出家を考えた朱雀院が溺愛する女三宮《おんなさんのみや》の将来を案じ、その降嫁先について思いをめぐらすところから語り始められる。さまざまな候補者のなかから朱雀院が選んだのは准太上天皇となった光源氏であった。女三宮を託すのに十分な身分であることに加えて、朱雀院は、「いろごのみ」の光源氏であれば、女三宮にもあふれるほどの愛情を与えてくれるだろうと考えたのであった。一度は辞退する光源氏であったが、結局は故藤壺の姪にあたる女三宮の後見を承諾してしまう。だが、それは女三宮を正妻として六条院に迎えることを意味した。紫上は光源氏の愛情を疑い、苦悩を深

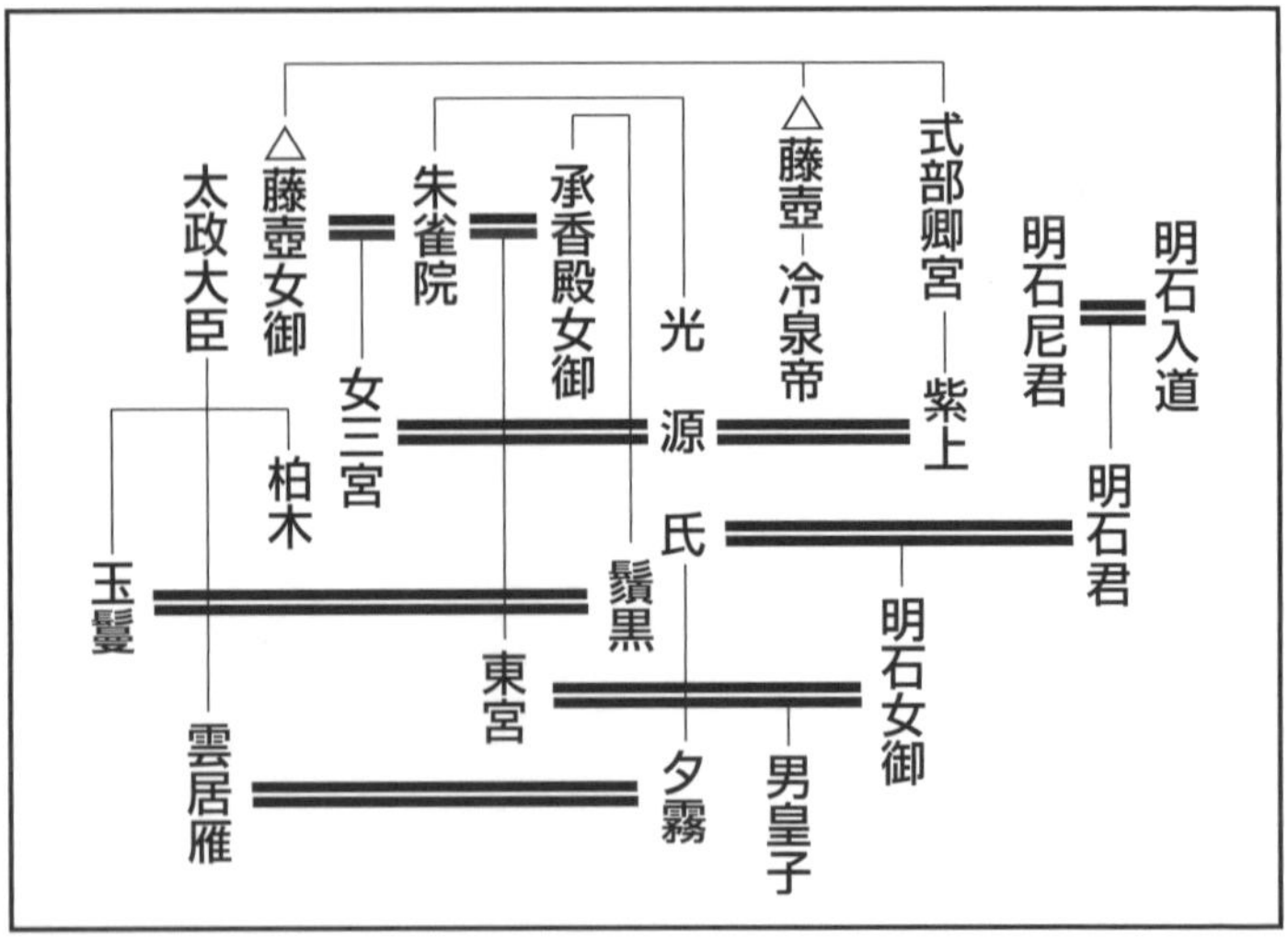

め、やがて死に至る病を得ていく。

光源氏四十歳の年を迎える。玉鬘による四十賀《しじゅうが》が催されたその翌月、女三宮が六条院に降嫁する。自ら牛車から抱き下ろして迎えた光源氏であったが、その幼さに愕然とする。朱雀院によって身の回りは豪華な唐物に満たされていたが、女三宮は衣に埋もれるほどであった。期待が外れた光源氏はあらためて紫上のすばらしさを思うが、紫上の胸深くに生じた不信感は打ち消せるものではない。六条院の女性たちをひきつけてやまない光源氏の「いろごのみ」は女三宮の降嫁によって、厳しく問い直されていくのである。

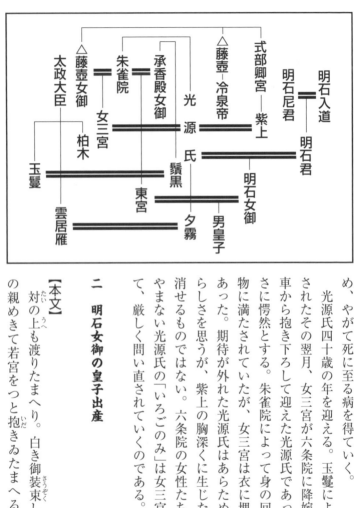

二　明石女御の皇子出産

【本文】

対《たい》の上《うへ》も渡りたまへり。白き御装束《さうぞく》したまひて、人の親めきて若宮をつと抱《いだ》きゐたまへるさまいとをかし。みづからかかること知りたまはず、人の上にても見ならひたまはねば、いとめづらかにうつくしと思ひきこえたまへり。むつかしげにおはするほどを、絶えず抱きとりたまへば、まことの祖母《おば》君《ぎみ》は、ただまかせたてまつりて、御湯殿《ゆどの》のあつかひなどを仕《つか》うまつりたまふ。

（「若菜上」④一〇九頁）

【現代語訳】

紫上も明石の町においでになっている。白い御装束をお召しになって、いかにも母親らしい態度で若宮をじっとお抱きになりながら座っていらっしゃる姿はとても美しい。ご自身はこのような出産といったことを経験なさらず、ほかの方のこととしてもご覧になったことがないので、とても目新しくかわいらしいとお思い申しあげていらっしゃる。若宮のお扱いもむずかしそうでいらっしゃるところを、紫上は手放すことなく抱きとりなさっているので、実の祖母君である明石君は、ただもうお任せ申しあげて、御湯殿の儀のお世話などにお仕え申しあげなさる。

【解説】

光源氏四十一歳の三月、明石女御（明石姫君）が男皇子を生む。明石女御は紫上に養女として育てられ、「藤裏葉」巻において東宮に入内したが、その際、生母である明石君とも再会し、明石君が女御の後見をすることになっていた。陰陽師たちの進言もあり、女御は、六条院の春の町から明石君たちが居住する冬の町に移って出産する。男皇子の誕生は、明石一族の宿願であった。明石入道の夢によれば将来帝になるべき男皇子が誕生するはずであり、そのために一族の人びとは多くの苦衷に堪えてきたのであった。男皇子の誕生に明石君も自身の宿運を見た思いであったことだろう。けれども明石君はここでも身のほどをわきまえたふるまいに徹する。赤子に湯を使わせる御湯殿の儀の場において、紫上が男皇子を抱き続けているのに対して、明石君はその儀礼を主導する。その姿はこの男皇子が明石一族の宿願を負うべき存在であることを示すとともに、それとはかかわりのない紫上の孤絶を印象づけるのである。

明石入道は、夢の実現にすべてをかけてきた半生をしたためた手紙と住吉神への願文を封じ込めた箱とを明石君たちのもとに送り、山の奥深くに入って姿を消す。それは死を意味しない。むしろ、明石入道は、山のかなたで夢の実現を見守り続けていこうとするのであった。

三　柏木による女三宮の垣間見

【本文】

御几帳《きちやう》どもしどけなく引きやりつつ、人《ひと》げ近く世づきてぞ見ゆるに、唐猫《からねこ》のいと小さくをかしげなるを、すこし大きなる猫追ひつづきて、にはかに御簾《みす》のつまより走り出《い》づるに、人々おびえ騒ぎてそよそよと身じろきさまよふけはひども、衣《きぬ》の音《おと》なひ、耳かしがましき心地《ここち》す。猫は、まだよく人にもなつかぬにや、綱《つな》いと長くつきたりけるを、物にひきかけまつはれにけるを、逃げむとひこじろふほどに、御簾のそばいとあらはに引き上げられたるをとみに引きなほす人もなし。

（「若菜上」④一四〇頁）

【現代語訳】

御簾に添えた御几帳をしまりなく隅のほうに引きやり引きやりして、女房が端近にいるようで世慣れた様子に見えるが、そこに、唐猫でとても小さくかわいらしいのを、少し大きな猫が追いかけて、急に御簾の端から走り出るので、女房たちがおびえ騒いで、ざわざわと身じろぎ右往左往する雰囲気や、衣ずれの音も、耳にうるさい心持ちがする。唐猫は、まだよく人にもなつかないのであろうか、綱がとても長くついていたが、それを物にひっかけからみついてしまったので、逃げようとして引っぱるうちに、御簾の端がとてもはっきりとなかが見えるくらいに引き開けられたのだが、それをすぐに引き直す人もいない。

【解説】

同じ三月、光源氏は、六条院の春の町で夕霧をはじめとした貴公子たちに蹴鞠《けまり》をさせる。そのなかに太政大臣（かつての内大臣）の長男である柏木の姿もあった。女三宮の降嫁を望んだものの身分の低さからその候補から漏れた柏木は、それでも諦めることはできなかった。この日も、蹴鞠もそこそこに女三宮の居所の方に目をやっていたが、そのとき、唐猫が飛び出して御簾を引き上げたのであった。まだなついていない唐猫の首には紐がつけられており、大きな猫に追いかけられて逃げる際に、その紐が御簾に引っかかってしまったのである。このとき、柏木は、袿姿で立っている人をはっきりと見た。長く糸を縒《よ》りかけたような髪。ほっそりと小柄で衣があまっている姿。そして髪がかかっている横顔。上品でかわいらしい女三宮の姿に、この瞬間、柏木の魂は虜《とりこ》となったのである。光源氏から期待はずれとされたその幼さが、柏木にはこのうえない美質としてとらえられる。それが恋というものであった。柏木は引き寄せた唐猫の香りにも女三宮のそれを思って恍惚とするのである。ただし、その唐猫は、女三宮の所在なさを慰めるために光源氏が贈ったものと考えられる。すべての出来事は起こるべくして起こっていくのである。

第三十五帖「若菜下」柏木と女三宮と密通

一　明石一族の幸い

【本文】

世の中の人、これを例《ためし》にて、心高くなりぬべきころなめり。よろづのことにつけてめであさみ、世の言種《ことぐさ》にて、「明石《あかし》の尼君《あまぎみ》」とぞ、幸ひ人《さいはびと》に言ひける。かの致仕《ちじ》の大殿《おほいとの》の近江《あふみ》の君は、双六《すごろく》打つ時の言葉《ことば》にも、「明石の尼君、明石の尼君」とぞ賽《さい》はこひける。

（「若菜下」④一七六頁）

【現代語訳】

光源氏の住吉参詣ののち、世間の人びとは、明石一族を例として、望みを高くもとうとする時勢であるように見える。さまざまなことにつけて人びとは驚嘆し、世間の言いぐさとして、「明石の尼君」と、幸い人のことを名づけた。あの致仕大臣（もとの太政大臣）の娘である近江君は、双六を打つときの言葉にも、「明石の尼君、明石の尼君」と言って、賽のよい目を望むのであった。

懐に唐猫を入れて話しかける柏木（『源氏物語団扇画帖』より、国文学研究資料館所蔵）

【解説】

四年の空白を置き、光源氏四十六歳の年となる。冷泉帝が退位して東宮が即位し、明石女御腹の第一皇子が東宮となった。これによって明石入道の夢の実現がほぼ確実となったため、光源氏は、紫上、明石女御、明石君、明石尼君などを伴って、住吉に参詣して願ほどきを行う。盛大な参詣において人びとの注目を集めたのが、重々しくもてなされる明石尼君であった。

明石尼君は、中務宮の血筋を継ぐものとして都で生活していたが、明石君を出産したのち、夫である明石の入道の播磨下向に同行して明石に住みつくこととなる。だが、明石君と姫君が上京する際は入道と別れてふたたび都に戻り、大堰では姫君とも別れてこれまで生きてきた。明石入道の夢と偏屈な入道とに振り回され、さすらいの人生を余儀なくされた明石尼君は、明石の人びとがここまで味わってきた苦衷を最も知っ

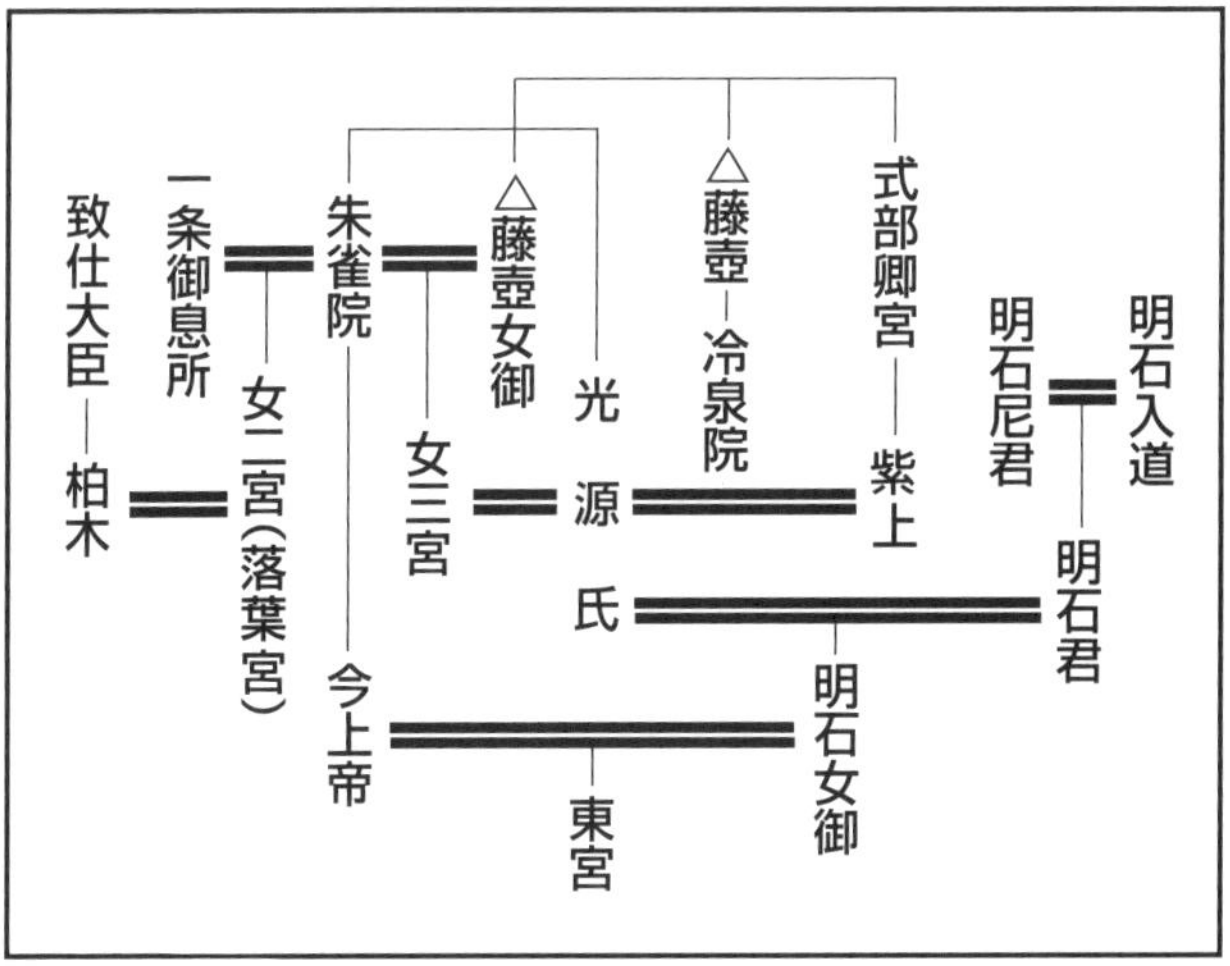

ている人物なのであった。しかし、住吉参詣の目的を知らされていない世間の人びとに、この年老いた尼君が重んじられる理由がわかるはずもない。人びとは明石一族のあり得ない幸運にただただ驚嘆し、「明石の尼君」を幸い人の代名詞として用いて、近江君などは双六の折によい目が出る呪文のようにして唱えていたのだという。世間の人びとのこうした明石一族についての羨望には、強い侮蔑が含まれていよう。

物語は、一族の栄達に対する不審や批判を尼君ひとりに受けとめさせ、物語から排除することによって、さらに入道の夢を実現へと進めていくのであった。

二　柏木と女三宮との密通

【本文】

宮は、何心もなく大殿籠《おほとのごも》りにけるを、近く男《をとこ》のけはひのすれば、院《ゐん》のおはすると思《おぼ》したるに、うちかしこまりたる気色《けしき》見せて、床《ゆか》の下《しも》に抱《いだ》きおろしたてまつるに、物におそはるるかとせめて見開《みあ》けたまへれば、あらぬ人なりけり。
（「若菜下」④二二三～二二四頁）

【現代語訳】

女三宮は無邪気にお休みになっていたが、近くに男の気配がするので、光源氏がお越しだと思っていらっしゃっていると、その男は、恐縮している態度を見せて、御帳台の下に女三宮を抱きおろし申しあげるので、物の怪におそわれたのかとしいて目をお開けになったところ、それは別人なのであった。

【解説】

四十七歳の正月二十日ごろ、朱雀院の五十賀《ごじゅうが》で演奏させるために女三宮に琴《きん》の琴を教えた光源氏は、六条院の女性たちを集めて女楽《おんながく》を行うが、その翌日、紫上が病に倒れる。二月を過ぎても紫上の病状は快方にむかわず、二条院に移して光源氏もそちらで看病にあたることとなった。六条院は火を消したようになるが、その隙をついて女三宮のもとに現れたのが柏木であった。女三宮の姉にあたる女二宮（落葉宮）の降嫁を受けたものの、ますます女三宮への恋情をつのらせていた柏木は、四月の賀茂祭の御禊の日、女三宮の乳母子である侍従の手引きによって密通をはたす。御帳台の下に抱き降ろされておびえる女三宮にして、「あはれ」とさえいってもらえれば大人しく退出すると口にしながら、いっそのことここから連れ去ってしまおうかとも思う柏木は、正気と狂気のあいだに揺れうごいている。以後、柏木は、何かに憑かれたかのようにたびたび現れるようになり、女三宮は柏木の子を身籠もることになるのであった。

三　柏木をにらむ光源氏

【本文】

主《あるじ》の院《ゐん》、「過《す》ぐる齢《よはひ》にそへては、酔泣《ゑひな》きこそとどめがたきわざなりけれ。衛門督《ゑもんのかみ》心とどめてほほ笑《ゑ》まるる、いと心恥づかしや。さりとも、いましばしならむ。さかさまに行《ゆ》かぬ年月《としつき》よ。老《おい》は、えのがれぬわざなり」とてうち見やりたまふに、……

（「若菜下」④二八〇頁）

【現代語訳】

光源氏は、「年をとるのにつけて、酔い泣きはとどめにくいものなのであった。柏木が気がついて嘲笑なさるのが、まことに気恥ずかしいよ。そうはいっても、それももうしばらくのことだろう。逆さまには流れないのが年月なんだね。老いは、逃れることができないものなのだ」とおっしゃって、柏木にふっとお目をおむけになると、……

【解説】

柏木と女三宮の密通の露見にはそれほど時間を要しなかった。一時仮死状態に陥ったものの何とか蘇生した紫上が小康を保つようになり、六条院の女三宮を見舞った光源氏が、女三宮にあてた柏木の手紙を発見するのであった。女三宮の懐妊を不審に思う光源氏は、それによってすべてを理解する。光源氏はこの手紙に憤るが、それは密通を犯したことよりも、柏木がこの事実をはっきりと手紙に記していたこと対してであった。昔、わたしは他人に読まれることも懸念してぼやかして書いたものだとしながら、光源氏は柏木の分別のなさを見下すのであった。光源氏が密通よりもその書き方に怒りを感じるのは、柏木が貴人の倫理を逸脱しているためである。貴人はつねに体面を清らかに保たねばならない。どんなにおどろおどろしい状況や感情を抱えていてもそれを人に悟られてはならない。貴人は美しくあって、女性をひきつけてやまない「いろごのみ」でなければならなかったのである。そうした倫理観からすれば、密通の事実を洗いざらい記すのは自身の醜悪さをさらすことなのであり、貴人として失格なのであった。光源氏はこの秘密を誰にも話すことなく、その怒りを誰にも悟られぬようにするが、それもまたこの倫理観によるものなのであった。

しかしながら、その抑え込まれた怒りは、その分、ゆがんだかたちで女三宮と柏木を追い込んでいくこととなる。秘密を知られたことを知って女三宮と柏木はひどく恐れるが、光源氏はふたりをあからさまに責めることはしない。ただ、朱雀院からの手紙になかなか返事を書かない女三宮に対しては、光源氏は、老い先短い朱雀院に心配をかけてはいけない、往生の妨げになったら取り返しがつかないなどと訓戒しつつ、わたしのことをさぞ醜い翁と思っていることだろうと卑下しながら、硯の墨をすり、紙を選んで女三宮の前に置き、書くべきことばまでも教えて書かせるのであった。柏木に対しても同様である。試楽の饗宴の折、久しぶりに姿を見せた柏木に対して、柏木は老いたわたしを笑っているようだがそれもしばらくのことだ、老いからは誰も逃れられないのだと言ってじっとにらみつけながら盃をさす。みるみるうちに柏木は弱り、そのまま死の床についてしまう。結果として光源氏が柏木を死へ追いやるように見えるが、それはけっして私怨というものではなく、貴人の倫理に従ったものなのであった。

第三十六帖 「柏木」 柏木の死

一 死にゆく柏木

【本文】

いみじうわななけば、思ふこともみな書きやめて、

「いまはとて燃えむ煙《けぶり》もむすぼほれ絶《た》えぬ思ひのなほや残らむ

あはれとだにのたまはせよ。心のどめて、人やりならぬ闇《やみ》にまどはむ道の光《ひかり》にもしはべらむ」と聞こえたまふ。

（「柏木」④二九一頁）

【現代語訳】

たいそう手が震えるので、柏木は、思うこともみな途中で書きやめて、

今はもう最期ということでわたしを葬るために燃える煙も滞って、絶えることのないあなたへの思いの火はやはりこの世に残ることでしょうか

せめてあわれとだけでもおっしゃってください。それによって心を静めて、誰のせいでもなくみず

五十日の祝いの日に薫をみる光源氏（『源氏物語絵屏風』より、国文学研究資料館所蔵）

から求めた闇に迷う道を照らす光にもしましょう」と申しあげなさる。

【解説】

光源氏四十八歳の春、病み続けていた柏木は、女三宮に手紙を書く。このように病んでいることを知りながら気にもとめてくださらないのはあまりにもひどいことではないですかなどと書いているうちに、手がふるえてくる。のちの手紙では柏木の筆跡は「あやしき鳥の跡《あと》のやう」とされ、連綿もおぼつかない筆跡となっており、その症状は深刻さを増していくことがわかる。光源氏に睨まれた折にも頭が痛く感じていたが、光源氏に睨まれることを契機として身体が瓦解していくのである。『源氏物語』でも「明石」巻で故桐壺院の霊に睨まれた朱雀帝は目を病み、政治を執ることができなくなったように、

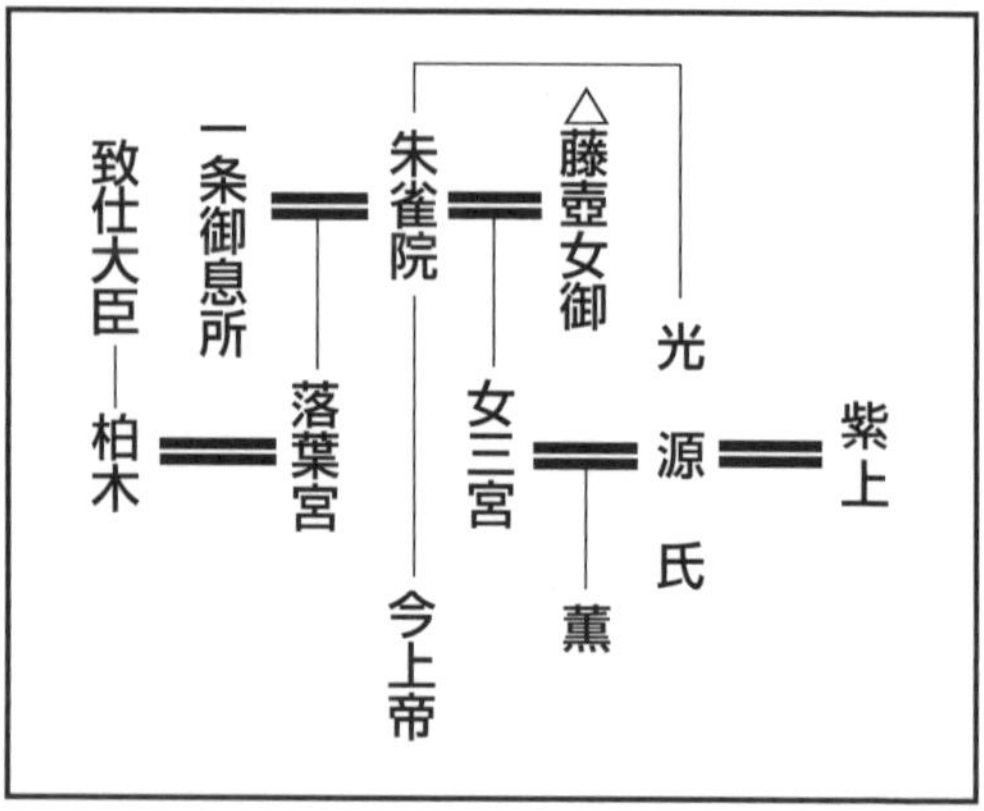

目には呪的な力があったのである。古代には、見ることによって国を治める「国見《くにみ》」という儀礼があったが、見ることが支配し、見られることが支配されることを意味したのもこの目の呪力によるものである。男性に姿を見られることが結婚に直結するからこそ、女性たちは姿を隠して生活をしているのであった。

光源氏の視線は、たしかに柏木の身体をとらえた。柏木は、崩れていく身体を自覚しながら、自身の葬儀を思い浮かべ、死してなお女三宮への思いが留まることを歌って、女三宮に「あはれ」ということばを求める。柏木は、そのことばを自分がこれからむかっていく闇の道を照らす光としたいとする。もはや柏木に生きる意志も力もない。ただ女三宮への執着が残っているばかりなのであった。

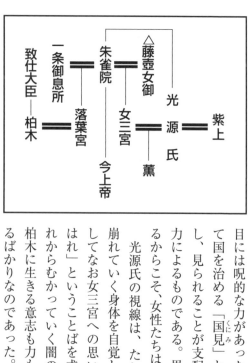

二　女三宮の出家

【本文】

大殿《おとど》は、いとよう人目《ひとめ》を飾《かざ》り思《おぼ》せど、まだむつかしげにおはするなどを、とりわきても見たてまつりたまはずなどあれば、老《お》いしらへる人などは、「いでや、おろそかにもおはしますかな。めづらしうさし出でたまへる御ありさまの、かばかりゆゆしきまでにおはしますを」とうつくしみきこゆれば、片耳《かたみみ》に聞きたまひて、さのみこそは思し隔《へだ》つることもまさらめと恨《うら》めしう、わが身つらくて、尼《あま》にもなりなばやの御心つきぬ。

（「柏木」④三〇〇〜三〇一頁）

【現代語訳】

光源氏は、とても上手に人目をとりつくろっていらっしゃるが、まだ親しみにくい様子でいらっしゃる生まれたての若君のことなどを、とりたててお世話申しあげなさることなどもないので、年老いた女房などは、「いやもう、疎略なお扱いでいらっしゃることよ。久方ぶりにお生まれになった若君のご様子が、こんなに不吉なほどまでにお美しくていらっしゃるのに」とかわいがり申しあげるので、女三宮はちょっとお耳になさって、これからは、ただもうこのように疎々《うとうと》しいお扱いも増していくのだろうと恨めしく、わが身が情けなくて、尼にでもなってしまいたいとのお気持ちにとらわれてしまった。

【解説】

女三宮は柏木との子どもである薫を出産する。だが光源氏はその子に冷淡であった。それを耳にした女三宮はひたすら尼になりたいと思うようになる。しかし、光源氏はそれを許さない。体面を考えてのことであったが、下山した朱雀院の手によってその出家の願いはかなえられることになる。出家後、六条御息所の死霊が現れて女三宮にとり憑いていたといって去っていくため、女三宮の出家は、物の怪に憑かれてのことだったとも考えられるが、女三宮が光源氏とのこれからの生活に何の希望ももてないと感じて出家をこころざしたことは確かである。女三宮ははっきりと自分の意志をもって光源氏との関係に区切りをつけたのであった。

女三宮の出家のことを聞いた柏木は、枕もとに夕霧を呼んで後事を託して「泡《あわ》の消え入るやうにて」亡くなっていく。こうして密通の当事者のふたりが、光源氏の世界から去り、そこにはもとのとおりの平穏さが戻ってきたかのようにも見えるが、そうではない。五十日《いか》の祝いの日、光源氏は薫を抱き、老いの感慨に浸る。女性たちをひきつけてやまない若き「いろごのみ」の光源氏のかつての姿はそこにはない。光源氏の容姿は老いることはない。けれども、たしかに光源氏は老いたのである。

第三十七帖「横笛」　柏木の霊の出現

【本文】

すこし寝入《ねい》りたまへる夢に、かの衛門督《ゑもんのかみ》、ただありしさまの袿姿《うちきすがた》にて、かたはらにゐて、この笛を取りて見る。夢の中《うち》にも、亡《な》き人のわづらはしうこの声をたづねて来《き》たると思ふに、

「笛竹《ふえたけ》に吹きよる風のことならば末《すゑ》の世ながき音《ね》に伝へなむ

思ふ方異《かたこと》にはべりき」と言ふを、問はんと思ふほどに、若君の寝おびれて泣きたまふ御声にさめたまひぬ。

（「横笛」④三五九〜三六〇頁）

【現代語訳】

夕霧が少しお寝入りになった夢に、あの柏木がただ生前のままの袿姿で、そばに座ってこの笛を手に取って見ている。夕霧は、夢のなかでも、亡き柏木が、厄介なことに、この笛の音を探し求めてやってきたのだと思っていると、

「この竹で作った笛に吹きよってくる風は、同じことなら末長く子孫にその音を伝えてほしいのです

筍などに添えて届けられた朱雀院からの手紙を読む女三宮（『源氏物語団扇画帖』より、国文学研究資料館所蔵）

わたしが伝えたいと思う人はあなたではなかったのです」と言うので、では誰かを尋ねようと思ううちに、若君の寝ぼけてお泣きになるお声でお目覚めになってしまった。

【解説】

光源氏四十九歳の春、柏木の一周忌を迎える。光源氏は格別な供養をするが、夕霧は柏木の遺言で語られていたことが気になっているものの、光源氏に問いただすことはできないでいる。夕霧は柏木の遺言に従って、柏木の妻であった落葉宮《おちばのみや》（女二宮）とその母一条御息所《いちじょうのみやすどころ》を見舞っていたが、

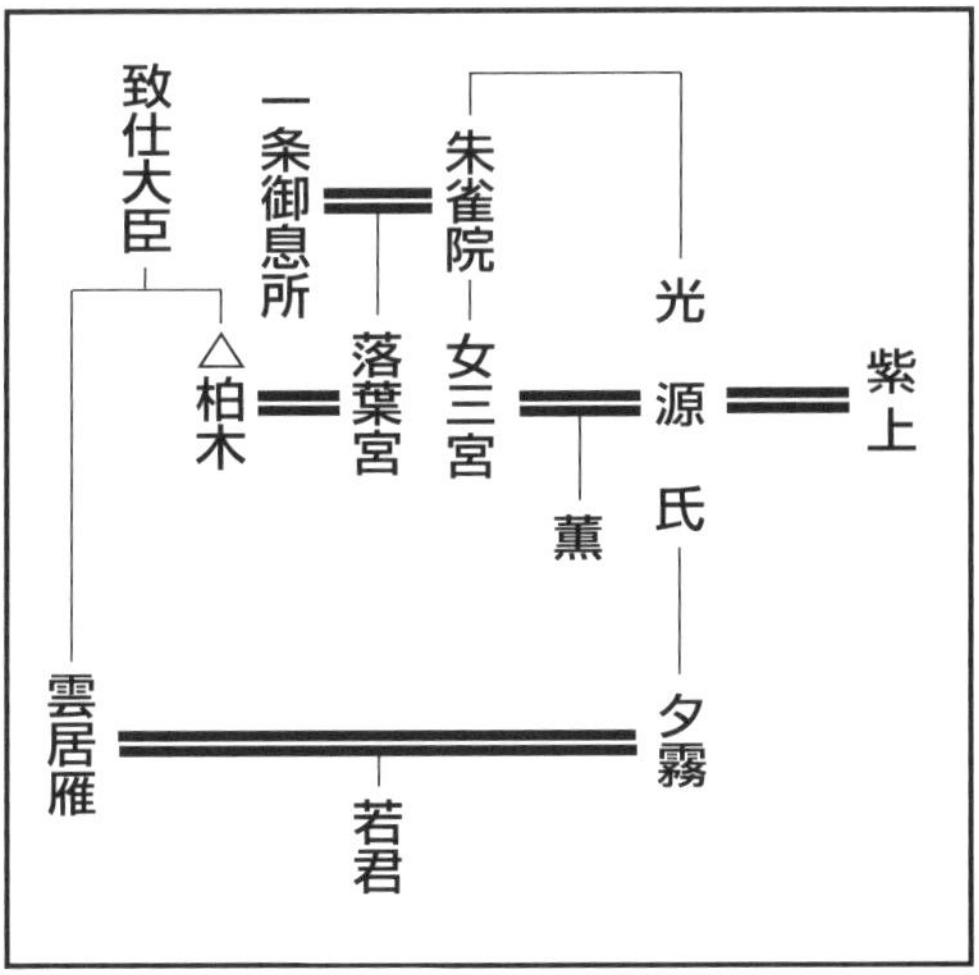

この秋も二人を一条宮に訪ねる。落葉宮と「想夫恋《そうふれん》」という曲を合奏した夕霧は、その帰りに一条御息所から柏木が愛用していた笛を贈られるが、帰邸すると夢のなかに柏木の霊が現れ、この笛を伝えたい方は別にいることを告げるのであった。柏木が笛を伝えたい人物こそ女三宮との間に生まれた薫なのであった。

『源氏物語』には、故桐壺院をはじめ、末摘花の父故常陸宮《ひたちのみや》や中君《なかのきみ》の父故八宮《はちのみや》など、子どもを見守る亡き父親の霊の出現が語られるが、この柏木の霊もまたそうした祖霊の面影を揺曳している。夕霧がこの笛のことを光源氏に語ると、光源氏は自分が預かる謂れがあるものだとして受け取る。柏木の死は、恋に殉じたものではあったが、この世に執着を残しての死であり、柏木が怨霊化する可能性ももっている。薫に何か危害が及び、この笛が吹かれるとき、柏木が荒ぶる霊として現れることも考えられるが、それは可能性にとどまる。実際にこの笛が吹かれるのは、のちの「宿木」巻で薫が女二宮《おんなにのみや》の降嫁を受ける前日のことであった。

第三十八帖　「鈴虫」　鈴虫を放つ光源氏

【本文】

「いかにとかや。いで思ひのほかなる御言《こと》にこそ」とて、

心もて草のやどりをいとへどもなほ鈴虫《すずむし》の声ぞふりせぬ

など聞こえたまひて、琴《きん》の御琴《こと》召して、めづらしく弾《ひ》きたまふ。宮の御数珠《ずず》引き怠《おこた》りたまひて、御琴《こと》になほ心入れたまへり。

（「鈴虫」④三八二頁）

【現代語訳】

光源氏は女三宮に「何とおっしゃるのですか。いやもう思いがけないお言葉ですよ」とおっしゃって、

あなたは自分からすすんでこのいやしい家をお捨てになりましたが、そのお声はやはり鈴虫の声のように変わらずお若いままです

などと申しあげなさって、琴《きん》のお琴をお取り寄せになって、めずらしくお弾きになる。女三宮は、お数珠を繰《く》るのもおろそかにおなりになって、お琴の音にやはり深くひきつけられていらっしゃる。

女三宮の扇に一蓮托生の歌を書きつける光源氏（『源氏物語団扇画帖』より、国文学研究資料館所蔵）

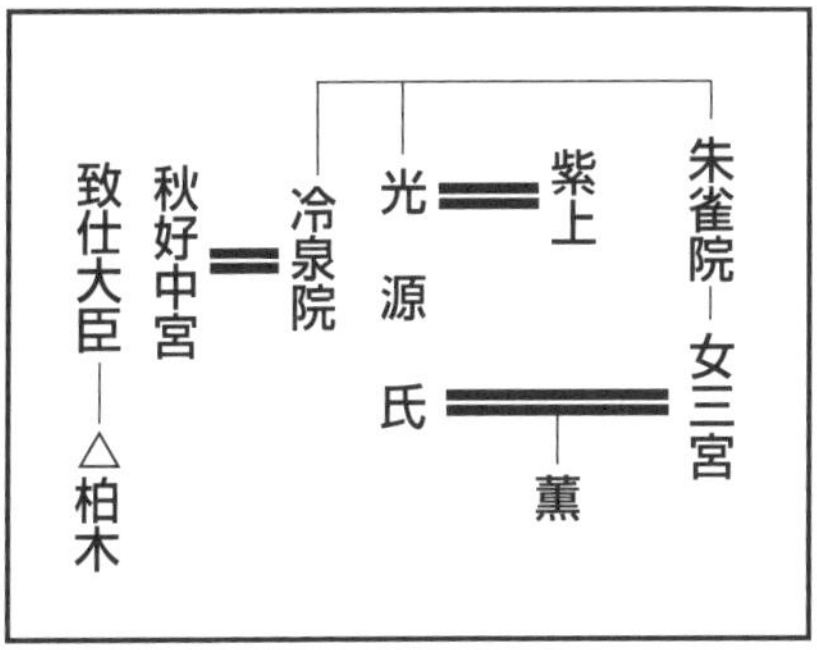

【解説】

光源氏五十歳の夏、女三宮の持仏開眼供養が催される。何から何まで世話を焼く光源氏であったが、光源氏は、尼になった女三宮に未練を抱くようにもなっていた。秋になると女三宮の前庭を野原のように造りかえて虫を放った。そして八月十五夜の夕暮れ、鈴虫が鳴きだしたのを契機に、光源氏が松虫と鈴虫を比較しながら、鈴虫がはなやかに鳴くことを述べると、女三宮は「おほかたの秋をばうしと知りにしをふり棄《す》てがたき鈴虫の声（おおよそにおいて秋という季節はつまらないものと知っておりましたのに、その秋を振り捨てにくく感じる鈴虫の声です）」と歌うが、光源氏はその歌を「飽きを憂

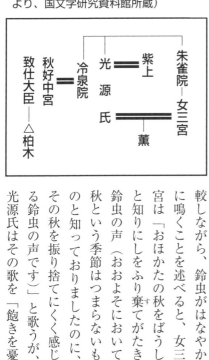

し」（あなたがわたしを飽きたのがつらい）の意ととって、「思ひのほかの御言」としつつ、出家をしてもあなたの声は若々しいままでわたしは飽きてなどいないと返して、その声に応えるかたちで琴《きん》の琴《こと》を弾くのであった。

朱雀院は女三宮に光源氏と別居して三条宮に移ることを勧めているが、光源氏はそれを拒絶する。光源氏はすべての女性をひきつける「いろごのみ」でなければならない。柏木との密通はその光源氏に対する背信行為であり、許すことはできないものである。けれども、女三宮が六条院から出ていくこともまた光源氏には許せないことなのであった。女三宮を六条院に留めるのは愛情によるものとはいえない。そして女三宮に感じる未練もまた女三宮自身に対するものというよりは、自分を見捨てようとしている女性に対するものなのであった。

第三十九帖 「夕霧」 夕霧の恋

一　手紙を奪いとる雲居雁

【本文】
宵過《よひす》ぐるほどにぞこの御返り持《も》て参れるを、かく例にもあらぬ鳥《とり》の跡《あと》のやうなれば、とみにも見解きたまはで、御殿油近《おほとなぶら》う取り寄せて見たまふ。女君、もの隔てたるやうなれど、いととく見つけたまうて、這《は》ひ寄りて、御背後《うしろ》より取りたまうつ。

（「夕霧」④四二七頁）

【現代語訳】
宵が過ぎるころに、小野の一条御息所からのご返事を使いがもって参上したが、このようにいつもとはちがう鳥の足跡のような筆跡なので、夕霧は、すぐには判読することがおできにならず、灯火を近くに取り寄せてご覧になる。雲居雁は、何か隔てているようであるが、まことにすぐに見つけなさって、這い寄って、ご背後から奪っておしまいになった。

小野の落葉宮を訪れた夕霧（『源氏物語団扇画帖』より、国文学研究資料館所蔵）

【解説】

光源氏五十歳の八月十日ごろ、夕霧は病気療養のため小野に移った一条御息所を見舞う。落葉宮への恋情をつのらせる夕霧は、一条御息所の代わりに対応する落葉宮に思いを告げ、そのまま一夜を過ごすが、落葉宮が応じることはなかった。しかし、早朝、夕霧が帰っていくところを目撃した加持の律師からそのことを聞いた一条御息所は二人の間柄を誤解し、夕霧からの手紙に返事を書き、真意を確かめようとする。「夕霧」巻は、「まめ人」（まじめな人）として過ごしてきた夕霧の恋を語る。夕霧は雲居雁との初恋を実らせ、ようやく結婚にこぎ着けたのだったが、

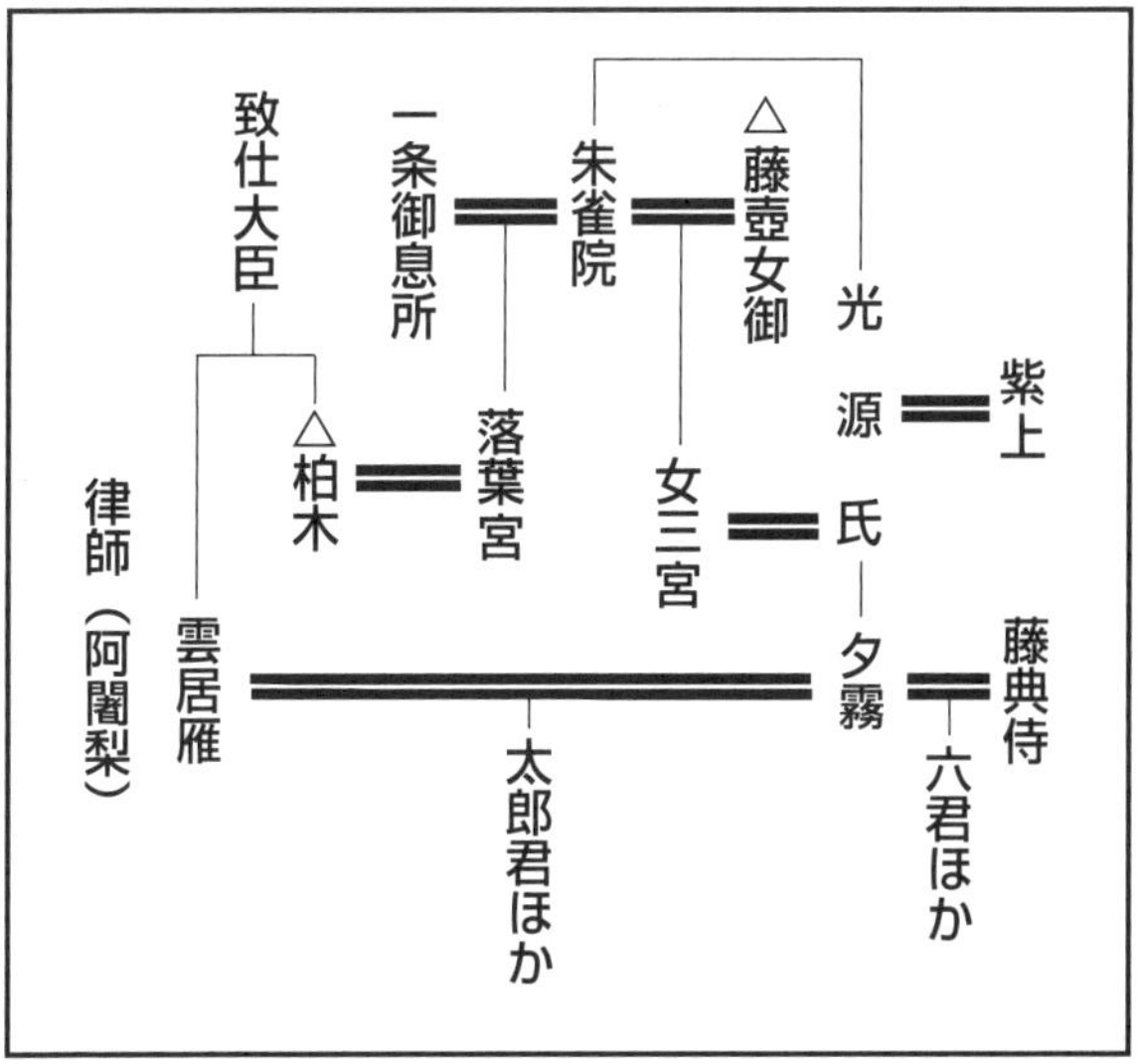

亡き柏木の妻であった落葉宮を遺言に従って見舞ううち、恋情を抱くようになってしまう。雲居雁との間には多くの子どもを授かり、幸福であったはずの夕霧であったが、落葉宮の優雅なたたずまいに接するにつれ、そうした日常がひどく色褪せたものに思われてきたのである。しかし、雲居雁にとって浮気など許せるものではない。体調がすぐれずふるえる手で書かれた一条御息所の手紙は判読しづらい。読み解こうとする夕霧の姿は、熱心に恋文を読んでいるとしか見えない。雲居雁は夕霧の背後から這い寄って奪い取ってしまう。その行為は貴族の女性としては恥じるべき行為である。けれども雲居雁は長年の信頼への裏切りに怒りを抑えることができなかったのである。結局、夕霧が手紙を発見するのは翌日の夕方のことであった。夕霧からの返信のないことを嘆く一条御息所の病状は悪化し、絶望のうちに死去してしまうのであった。

二　小野の落葉宮を訪れる夕霧

【本文】

例の妻戸《つまど》のもとに立ち寄りたまて、やがてながめ出《い》だして立ちたまへり。なつかしきほどの直衣《なほし》に、色濃《こまや》かなる御衣《ぞ》の擣目《うちめ》いとけうらに透きて、影《かげ》弱りたる夕日の、さすがに何心《なにごころ》もなうさし来《き》たるに、まばゆげにわざとなく扇《あふぎ》をさし隠したまへる手つき、女こそかうはあらまほしけれ、それだにえあらぬを、と見たてまつる。

（「夕霧」④四四八～四四九頁）

【現代語訳】

夕霧は、いつもの妻戸のもとにお立ち寄りになって、そのまま外の方をぼんやりと眺めて立っていらっしゃる。柔らかくなじんだ様子の直衣に、濃い紅のお召し物の擣目がとてもきれいに透いて、光の弱くなっている夕日がそうはいってもやはり無遠慮に射してくるので、まぶしそうにわざとらしくはなく扇を掲げて顔を隠していらっしゃる手つきは、「女こそこうはありたいもの、だがその女でさえこうはできないが」と女房たちは拝見する。

【解説】

夕霧は一条御息所の葬儀を世話するが、落葉宮にとって夕霧は、母親を死に追いやった張本人である。何度も弔問の手紙を送る夕霧であったが、落葉宮が心を開くはずもない。

九月十日すぎ、夕霧は小野を訪れる。夕霧は、落葉宮のいる部屋の西南の妻戸の前で、秋の風情が深まる野山を見渡してたたずみ、折からさしてきた夕日にまぶしそうに扇を掲げて顔を隠す。夕霧のこのふるまいは、女房たちから絶賛されるが、もちろん夕霧が扇を掲げるのは夕日がまぶしかったからではない。男性は恋人のもとには顔を隠して訪れる。夕霧は、このふるまいによって落葉宮の求婚者として訪れたことを示すのである。だが、この日も落葉宮は冷淡な態度で応じるだけであった。「まめ人」の夕霧の心はしだいに焦れていき、落葉宮の心を考える余裕すら失っていく。夕霧は強引に落葉宮を一条宮に移し、塗籠に逃れた落葉宮と契りを交わすこととなる。夕霧のこうした行動は、落葉宮をひどく軽く扱うもののように見える。同じ皇女でも女三宮の母親は女御であり、その姉である落葉宮の母親は更衣であった。朱雀院が女三宮を重んじたのもそのためもあろうが、父帝の扱い方にとって世間の評価も異なってくる。「落葉」ということばが如実に示すように、女二宮である落葉宮の世間的な評価は、妹の女三宮よりも劣るものなのであった。

しかしだからといって夕霧の落葉宮に対する接し方はいかにもひどい。「まめ人」の夕霧には恋の資質もなかったということか。だが、思えば、光源氏も大差はないのではないか。「まめ人」の恋は光源氏の「いろごのみ」をあらためて問い直しているのである。

第四十帖「御法」紫上の死

一　三宮に遺言をする紫上

【本文】

「大人《おとな》になりたまひなば、ここに住みたまひて、この対《たい》の前なる紅梅《こうばい》と桜とは、花のをりをりに心とどめてもて遊びたまへ。さるべからむをりは、仏《ほとけ》にも奉《たてまつ》りたまへ」と聞こえたまへば、うちうなづきて、御顔をまもりて、涙の落《お》つべかめれば立ちておはしぬ。とりわきて生《お》ほしたてたてまつりたまへれば、この宮と姫宮とをぞ、見さしきこえたまはんこと、口惜《くちを》しくあはれに思《おぼ》されける。

（「御法」④五〇三頁）

【現代語訳】

紫上は三宮《さんのみや》（匂宮）に「あなたが大人におなりになったら、この二条院にお住まいになって、この対の前にある紅梅と桜とは、花の咲く折々に心をとどめてお楽しみになってください。しかるべき折には、仏にもお供えになってくださいさい」と申しあげなさると、三宮はちょこんとうなずいて、

三宮（匂宮）に語りかける紫上（『源氏物語団扇画帖』より、国文学研究資料館所蔵）

紫上のお顔をじっと見つめて、涙が落ちそうに思われるので立っていっておしまいになる。紫上は、この三宮と女一宮とを格別にお育て申しあげなさったので、途中でお世話申しあげることができなくおなりになるのを、残念でしみじみと思わずにはいらっしゃれないのだった。

【解説】

しだいに衰弱していく紫上は出家を望む。この世に未練はなく、出家のさまたげとなる子どももいないことから、もはや生きながらえたいとも思わない。せめて生きている時間は後世のための仏道修行に費やしたい。紫上はそのように考え、光源氏にも訴えるが、光源氏は許さない。ひとり取り残されることが堪えられないのであった。

光源氏五十一歳の三月十日ごろ、紫上は法華経千部供養を「わが御殿《との》と思す二条院」で行う。四

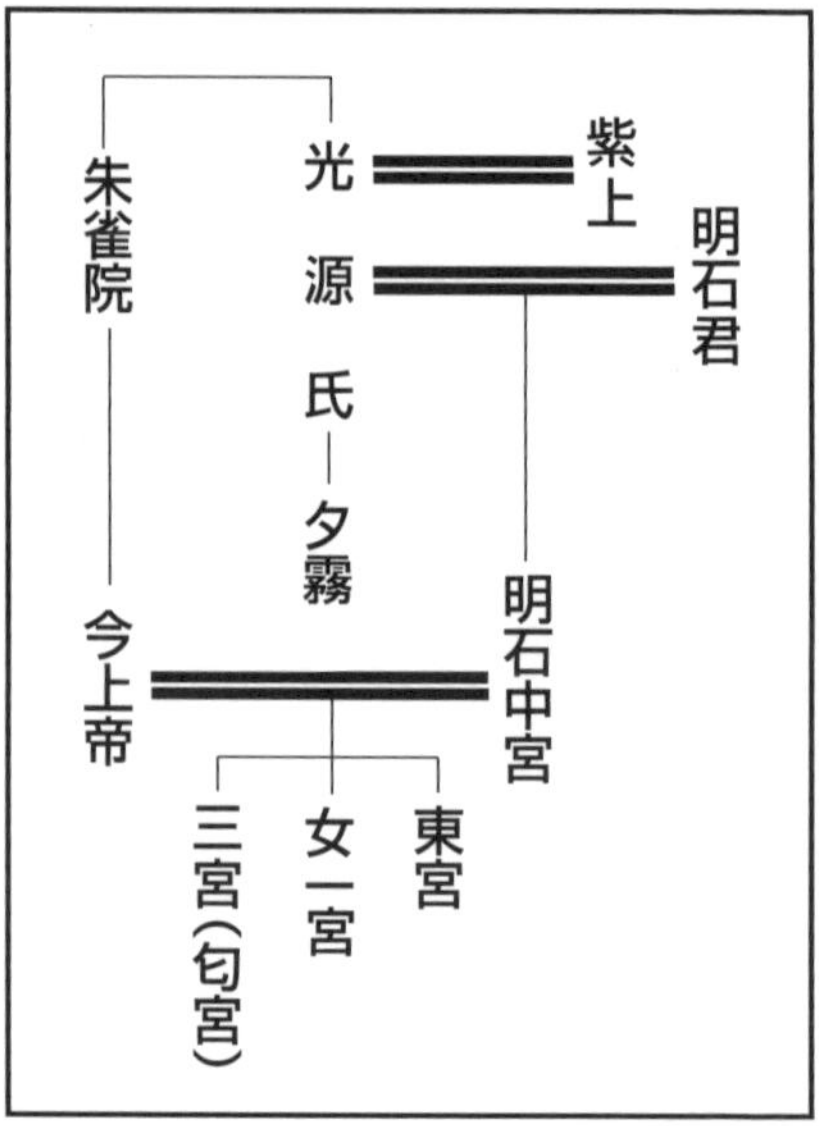

年前の大病以降、紫上は二条院で病を養い、一時的に六条院に帰るものの、ふたたび二条院に戻る。二条院は光源氏が所有する邸宅であり、紫上自身の邸宅といえるのは祖父の故按察使大納言《あぜちのだいなごん》邸しかないが、紫上はそこから二条院に移されてしまった。紫上には自邸と呼べる場所はない。しかし、二条院は光源氏とともに長年居住し、光源氏流離時にはその家政を託された邸宅である。紫上が二条院を自身の邸宅だと思い、ここを終焉の地と思い定めるのに何の不都合があろう。紫上は明石中宮腹の三宮に、二条院の紅梅と桜を委ねる。紫上にはすでに自分のいない二条院が思い浮かべられているのである。

二　紫上の死

【本文】

「今は渡らせたまひね。乱《みだ》り心地《ごこち》いと苦しくなりはべりぬ。言ふかひなくなりにけるほどといひ

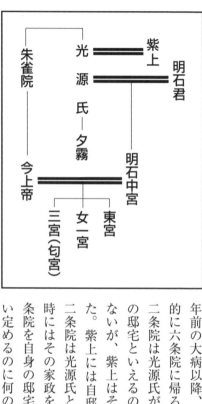

ながら、いとなめげにはべりや」とて、御几帳《きちやう》ひき寄せて臥《ふ》したまへるさまの、常よりもいと頼もしげなく見えたまへば、「いかに思《おぼ》さるるにか」とて、宮は御手《て》をとらへたてまつりて泣く泣く見たてまつりたまふに、まことに消えゆく露《つゆ》の心地して限《かぎ》りに見えたまへば、御誦経《みずきやう》の使《つかひ》ども数も知らずたち騒ぎたり。

（「御法」④五〇五～五〇六頁）

【現代語訳】

紫上が、明石中宮《あかしのちゅうぐう》に「もうお帰りになってくださいませ。気分がとても苦しくなりました。どうしようもなくなってしまった病状とはいいながら、このままではまことに失礼ですから」とおっしゃって、御几帳を引き寄せて横になっていらっしゃる姿が、いつもよりもまことに頼りなさそうにお見えになるので、「どのようなお加減でしょうか」とおっしゃって、明石中宮が紫上のお手をおとり申しあげて泣きながら拝見なさると、本当に消えていく露のような心持ちがして最期とお見えになるので、御誦経の使者たちが数知れずたち騒いでいる。

【解説】

八月十四日の夕暮れ、前栽を見ようと脇息に寄りかかる紫上の姿を目にして、光源氏は、今日は起きあがって気分もよさそうだと声をかける。それに対して紫上は「おくと見るほどぞはかなきともすれば風にみだるる萩《はぎ》のうは露（こうして起きているとご覧になってもそれは束の間のことです。

ややもすると風に乱れ散る萩の上の露のような命ですから）」と応じるが、これが紫上の最期の歌となる。紫上は、それから間もなく、明石中宮に手をとられて「消えゆく露」のように息をひきとるのであった。光源氏の悲嘆はこのうえない。茫然として灯火をかかげて死に顔を見るが、夕霧がのぞくのも制することもない。その死に顔はどこまでも美しく、白く光るようであった。

葬儀はその日から十五日の暁にかけて行われるが、これには八月十五夜に月に帰っていくかぐや姫の姿が重ね合わされていることが指摘される。たしかに紫上は美しい天女のようにこの世から去っていった。葵上が死去した折には、亡骸が崩れるまで日にちをかけて招魂の儀礼が行われたが、紫上の場合はそのようなこともない。けれども、紫上の苦悩に満ちた人生は、かぐや姫が味わうことのなかったものである。紫上は、藤壺のように死霊となって光源氏の前に現れることもないが、この世に思い残すことは何ひとつないということなのだろう。紫上は苦悩の果てに死んでいった。あとには光源氏がひとり残されるのである。

第四十一帖「幻」光源氏の退場

一　紫上の手紙を焼く光源氏

【本文】
いとうたて、いま一際《ひときは》の御心まどひも、女々《めめ》しく人わるくなりぬべければ、よくも見たまはで、こまやかに書きたまへるかたはらに、
かきつめて見るもかひなし藻塩草《もしほぐさ》おなじ雲居《くもゐ》の煙《けぶり》とをなれ
と書きつけて、みな焼かせたまひつ。　（「幻」④五四八頁）

【現代語訳】
光源氏は、まことに情けなく、これ以上のご悲嘆も、意気地がなく見苦しくなるにちがいないので、それらの手紙はよくもご覧にもならないで、生前の紫上が心をこめてお書きになっていたその横に、
かき集めて見てもかいもないことよ。藻塩草のようなこの手紙も焼かれて亡き人と同じ空の煙

紫上の手紙を焼く光源氏（『源氏物語団扇画帖』より、国文学研究資料館所蔵）

となってのぼってゆけ

とお書きつけになって、みなお焼かせになった。

【解説】

光源氏は五十二歳の年、一年をかけて紫上を追悼する。正月、光源氏は御簾のなかにいて人びとに姿を現すことなく、蛍宮とのみ歌を詠み交わし、二月には紫上から託された紅梅と桜を世話する三宮の姿に力なく微笑む。四月には花散里からの更衣の装束が送られてはかなく思い、葵祭の日には召人《めしうど》の中将君《ちゅうじょうのきみ》と歌を贈答し、五月雨のころには夕霧とともに紫上を偲ぶ。七月七日の七夕はひとりで過ごし、八月には命日の準備をしながら紫上を失ってからよくも生きてこられたことだと自身でも驚き、九月九日の重陽の節句にも紫上

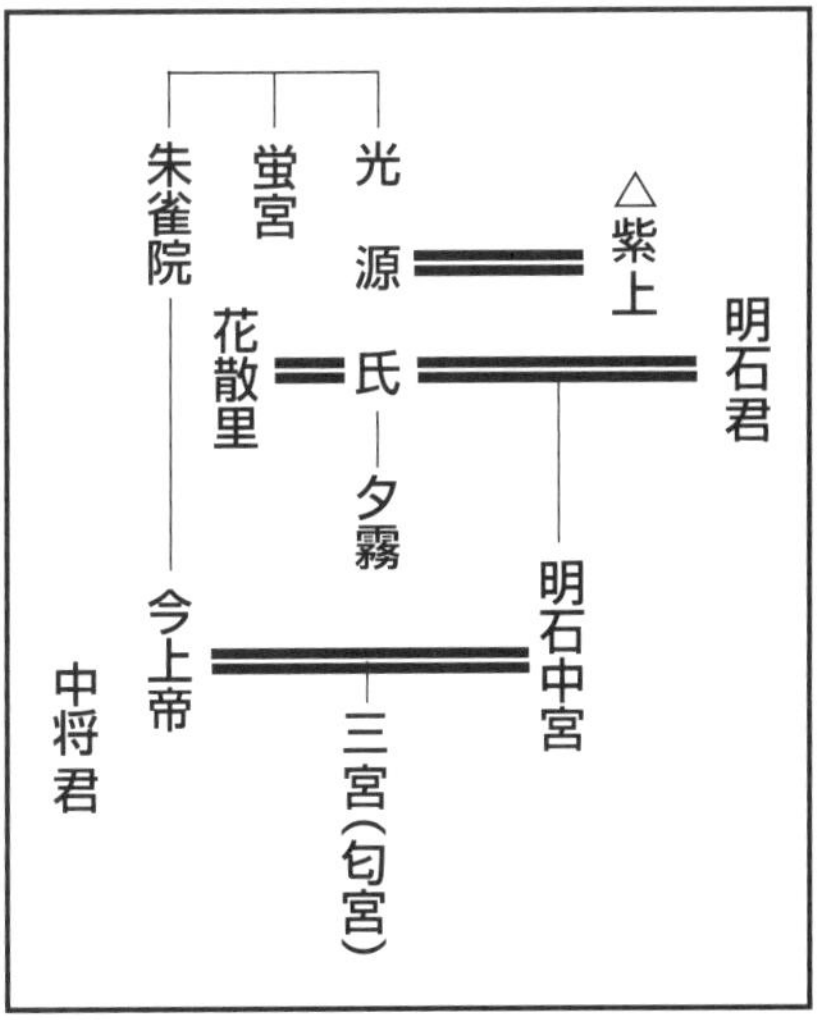

と長寿を祈った折のことを思い出す。十月には紫上が夢にも現れないことを嘆き、十一月の五節《ごせち》にも心が動くことがない。

こうして一年を過ごした光源氏は、出家を決意をして紫上の手紙を焼かせる。手紙を処分するのは光源氏の死後、それらが世に伝わることを恐れてのことであり、自身の人生に区切りをつけようとするものと理解できるが、ここには『竹取物語』の帝の姿も指摘される。かぐや姫は、昇天の直前、帝に対して手紙と不死の薬とを残すが、帝はこれらを富士山で焼かせる。手紙を焼いた煙は天に昇る。光源氏もまた手紙を焼くことで亡き紫上に返してその魂を鎮めようとしているのかもしれない。

二　光源氏の退場

【本文】

年暮れぬと思《おぼ》すも心細きに、若宮の、「儺《な》やらはんに、音《おと》高かるべきこと、何わざをせさせん」と、走り歩《あり》きたまふも、をかしき御ありさまを見ざらんこととよろづに忍《しの》びがたし。
もの思ふと過《す》ぐる月日も知らぬ間《ま》に年もわが世も今日《けふ》や尽《つ》きぬる
朔日《ついたち》のほどのこと、常よりことなるべくとおきてさせたまふ。親王《みこ》たち、大臣《おとど》の御引出物《ひきいでもの》、品々《しなじな》の禄《ろく》どもなど二《に》なう思しまうけてとぞ。

（「幻」④五五〇頁）

【現代語訳】

光源氏は、今年も暮れてしまうとお思いになるにつけても心細いが、三宮（匂宮）が、「追儺《ついな》（大晦日の夜に鬼を追い払う儀礼）をするのに、音を大きく立てたいのですが、それにはどんなことをさせたらよいのでしょう」と走りまわっていらっしゃるのも、このかわいいお姿をもう見ることもなくなるのだろうと、何ごとにつけてもこらえがたい。

物思いによって過ぎていく月日も知らないでいるうちに、この一年もわが生涯も今日でとじめとなってしまうのか

元日からの行事は、例年より格別なものにと光源氏は差配なさる。親王たちや大臣への御贈り物、身分に応じた賜り物など、またとなくご準備なさって、とかいうことだ。

【解説】

「幻」巻は、十二月晦日、光源氏が「年もわが世も今日や尽きぬる」と歌い、正月の行事の指図

をする場面で終わり、光源氏も物語から姿を消すこととなる。

「宿木」巻では、光源氏が出家して嵯峨野の御堂に籠もったのち、二、三年して亡くなったともされているが、詳細は不明である。神話や伝説では、神や英雄の死は描かないのが伝統であり、物語もその伝統を受け継いでいるといえる。「幻」巻のあとには「雲隠」巻という巻名だけで本文がない巻が置かれるが、それによって光源氏の死が暗示されるのである。

かくして物語は光源氏という人物の人生を語り終えた。さまざまな女性たちと恋をし、挫折を乗り越えて絶対的な権力の座を手に入れながらも、やがて絶望の淵に沈んでいった「いろごのみ」の貴人。数奇な運命を生きたその人生を超えて、物語はさらにその先へと語り進めていくことになる。

第五章　光源氏の没後

第四十二帖「匂兵部卿」薫と匂宮

一　光源氏の亡きあと

【本文】

光隠れたまひにし後《のち》、かの御影《かげ》にたちつぎたまふべき人、そこらの御末々《すゑずゑ》にありがたかりけり。遜位《おりゐ》の帝《みかど》をかけたてまつらんはかたじけなし、当代《とうだい》の三の宮、その同じ殿《おとど》にて生《お》ひ出《い》でたまひし宮の若君と、この二《ふた》ところなんとりどりにきよらなる御名《な》とりたまひて、げにいとなべてならぬ御ありさまどもなれど、いとまばゆき際《きは》にはおはせざるべし。

（「匂兵部卿」⑤一七頁）

【現代語訳】

光源氏がお亡くなりになったあと、あの光るようなお跡をお引き継ぎになることのできる人は、大勢のご子孫のなかにもなかなかいらっしゃらないのだった。ご譲位された冷泉院を口に出して申しあげるのはもったいないことであり、今上帝の三宮である匂宮と、その匂宮と同じ六条院でお生まれになった女三宮腹の薫と、このお二方がそれぞれに清らかで美しい貴公子だとのご評判をお

六条院へむかう牛車の列（『源氏物語団扇画帖』より、国文学研究資料館所蔵）

取りになって、なるほど、まことに並一通りではないご様子ではあるが、とてもまともには見ることができないほどの輝きではいらっしゃらないにちがいない。

【解説】

「匂兵部卿」巻以下の巻々では、光源氏没後の世界が語られていくが、その最初の「匂兵部卿」「紅梅」「竹河」巻は匂宮三帖と呼ばれ、物語を宇治十帖につなぐ役割を果たしている。

「匂兵部卿」巻は「光隠れたまひにし後」と語り出し、光源氏没後、その跡を継げるような人物がいないとしながらも、匂宮《におうみや》と薫《かおる》と

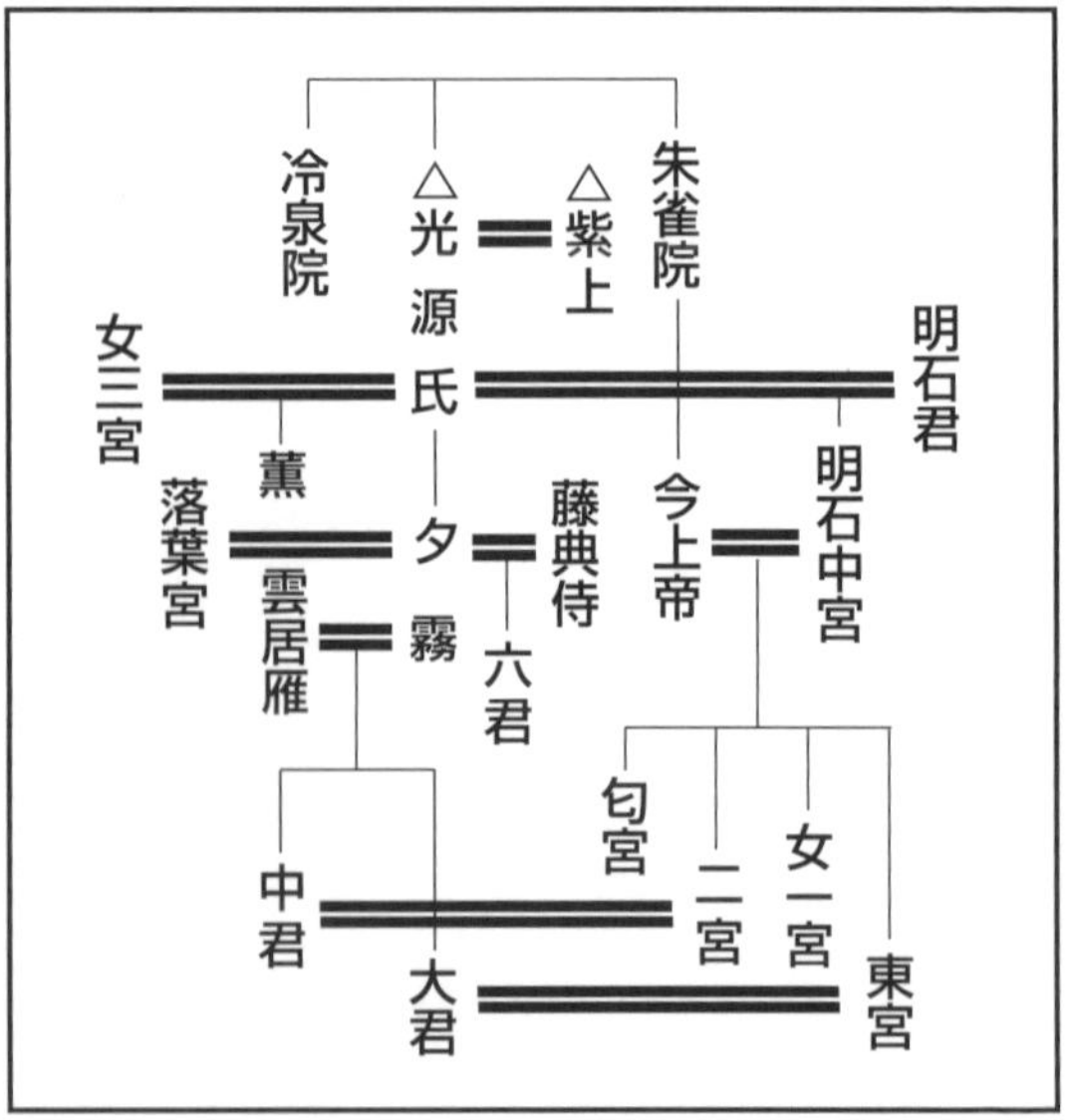

いうふたりの貴公子を紹介する。このふたりが『源氏物語』第三部の男性主人公となる。匂宮は、今上帝の第三皇子で、母は光源氏の娘である明石中宮である。紫上に幼いころからかわいがられて成長し、光源氏の「いろごのみ」の資質を受け継ぐ。薫は、光源氏の正妻であった女三宮と柏木との密通によって誕生した。表向きは光源氏の子として世にも認められているため、順調な出世を果たしていくが、自身の出生に疑問を抱き、権勢や女性にも興味をもてず、仏道をこころざす青年として成長している。薫は、身体そのものから芳香を放ち、百歩先までもその匂いが薫ってきたのだという。匂宮は薫に何かにつけ対抗心を抱いて、競い合い、香りについてもあらゆる優れた薫香を調合して焚きしめる。光を失った闇の世界に満ちる匂いと薫り。物語は、芳香を身にまとったふたりの貴公子を軸として人びとの心の遍歴を語っていくこととなるのであった。

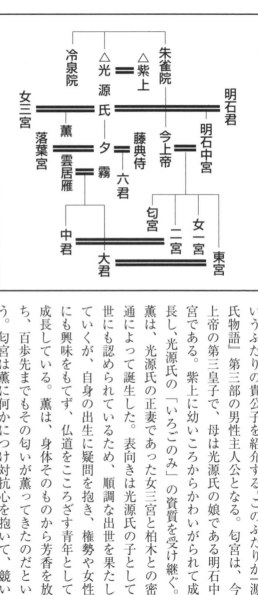

二　六条院のその後

【本文】

二条院とて造《つく》り磨《みが》き、六条院の春の殿《おとど》とて世にののしりし玉《たま》の台《うてな》も、ただ一人《ひとり》の末《すゑ》のためなりけりと見えて、明石《あかし》の御方《かた》は、あまたの宮たちの御後見《うしろみ》をしつつ、あつかひきこえたまへり。

（「匂兵部卿」⑤二〇頁）

【現代語訳】

光源氏が、二条院といって造営して磨きたて、六条院の春の御殿といって世間で評判をとった玉を敷いたような御邸宅も、ただお一人の子孫のためなのだったと思われる様子で、明石君は、大勢の宮様方のお世話をしいしいしては、面倒を見申しあげていらっしゃる。

【解説】

「幻」巻の巻末では五歳であった薫が、「匂兵部卿」巻において十四歳で元服しているため、物語は八年の空白の時間をはさむこととなる。この間、光源氏の邸宅であった六条院や二条院にも変化があった。六条院の東南の町の寝殿は、三条宮に移った女三宮にかわって、今上帝の二宮が里邸として使っており、紫上がいた東の対には今上帝の女一宮が住んでいる。また二条院には、紫上の遺言のとおり、匂宮が居住しているため、六条院や二条院は明石君の子孫たちが独占しているかのように見える。しかし、明石中宮は内裏ばかりにいるため、とくに六条院は人少なで寂れたものとなっていたのであった。

権勢を誇った貴族たちが内裏に近い二条や三条に居住したことを思えば、そもそも六条は都の中心から外れた場所であるといえる。だからこそ、光源氏独自の王者性をかたどる邸宅の立地としてふさわしいともいえるのであるが、光源氏を失ったいま、その衰微は必然であった。六条院を廃院としないため、夕霧は、花散里が二条東院に移住して空いた六条院の東北の町に落葉宮を迎えて、三条殿の雲居雁のところと月の半分ずつ通っていたのだという。光源氏没後、この光源氏家を支えているのは、まさにこの夕霧であった。夕霧は、今上帝の一宮である東宮に自身の長女を、次の東宮と目されている二宮には次女を入内させ、さらには匂宮にも自分の娘をと考えているとされる。夕霧は次の御代において帝の外戚となるべく着々と手を打っているのであった。しかしながら、その姿は、世間には隠されていたとはいえ、帝の父となり、帝をも超える王者性をもった父光源氏とは明らかに異なっている。光源氏の邸宅の変容は、光源氏の不在を強く印象づけるのであった。

第四十三帖　「紅梅」　致仕大臣の没後

【本文】

「いかがはせん。昔の恋しき御形見《かたみ》にはこの宮ばかりこそは。仏の隠れたまひけむ御なごりには、阿難《あなん》が光放《はな》ちけんを、二《ふた》たび出《い》でたまへるかと疑《うたが》ふさかしき聖《ひじり》のありけるを。闇《やみ》にまどふはるけ所に、聞こえをかさむかし」とて、

心ありて風のにほはす園《その》の梅にまづ鶯《うぐひす》のとはずやあるべき

と、紅《くれなゐ》の紙に若やぎ書きて、この君の懐紙《ふところがみ》にとりまぜ、押したたみて出だしたてたまふを、幼き心に、いと馴《な》れきこえまほしと思へば、急ぎ参りたまひぬ。

（「紅梅」⑤四八～四九頁）

【現代語訳】

紅梅大納言《こうばいのだいなごん》は「今さらどうしようもない。昔恋しい光源氏のお形見としてはこの匂宮がいらっしゃるだけだ。仏が入滅されたとかいうそのあとには、弟子の阿難が光を放ったというが、それを仏が再び姿を現《あらわ》したのかと疑う賢い聖がいたそうな。闇で途方にくれているこの気持ちを晴らす方として、お手紙をさしあげさせていただこう」とおっしゃって、

匂宮に父・紅梅大納言からの手紙と紅梅の枝を渡す若君（大夫君）（『源氏物語団扇画帖』より、国文学研究資料館所蔵）

「わけあって風が匂いを運ぶ園の梅にまず鶯がやってこないということはないでしょう」

と、紅の紙に若返った心持ちで書いて、この息子である大夫君《たいふのきみ》の懐紙に紛れさせて、押したたんで内裏に出立させなさるのを、大夫君は、幼心に、まことに匂宮と親しく接し申しあげたいと思うので、急いで参内なさった。

【解説】

「紅梅」巻では、致仕大臣《ちじのおとど》（かつての内大臣）没後の状況が語られる。紅梅大納言は、致仕大臣の次男である。長男の柏木が没したため、実質的に致仕大臣を継ぐ立場にある。死別した先妻との間には大君《おおいぎみ》と中君《なかのきみ》というふたりの姫君がお

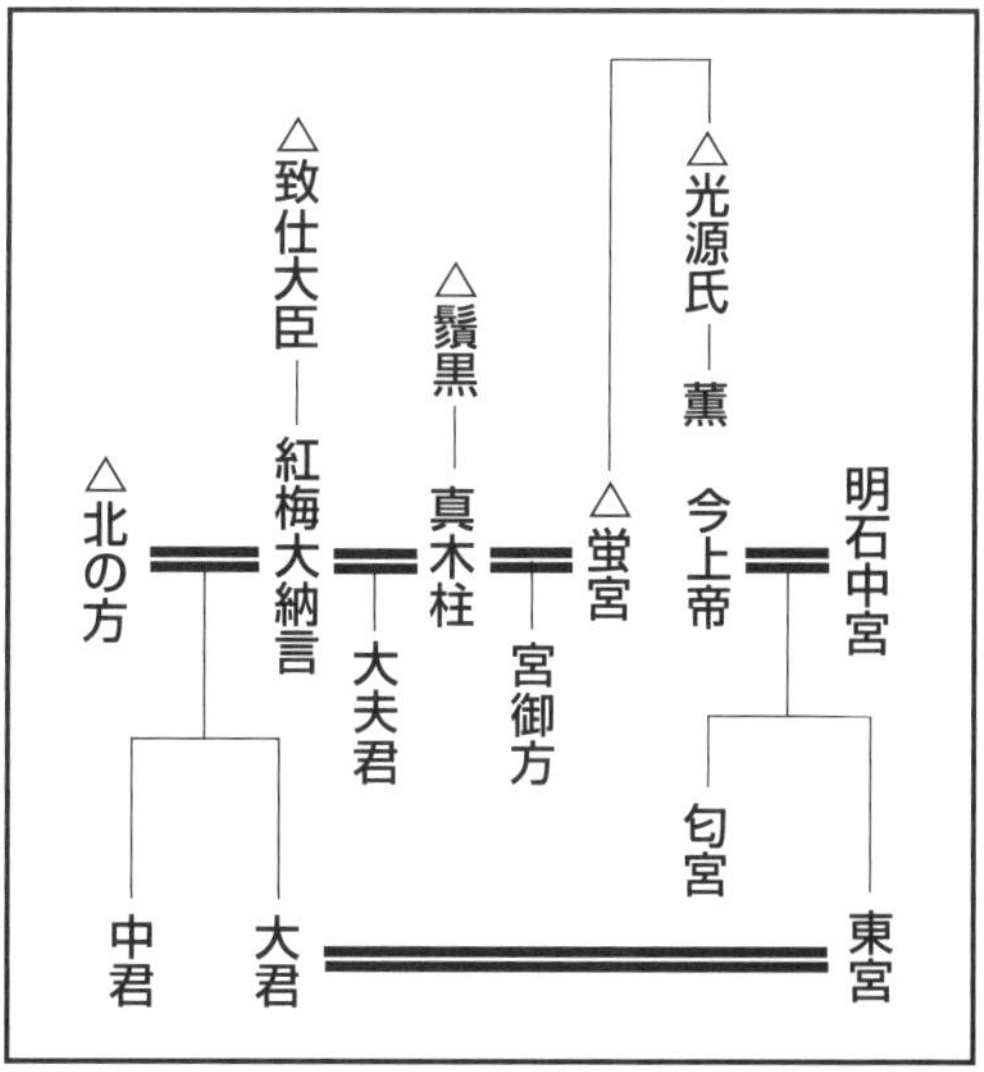

り、現在は故蛍宮と死別した真木柱を妻としているが、真木柱には故蛍宮との間に生まれた宮御方《みやのおんかた》という連れ子もいた。紅梅大納言は、父である致仕大臣がかつて冷泉院の中宮争いに敗れたのをはじめとして、ことごとく後宮政策に失敗してきた屈辱を晴らすため、東宮に大君を入内させるが、一方で、中君を匂宮と結婚させたいと考える。紅梅大納言は美声の持ち主としてこれまでもたびたび物語に登場しており、とくに「賢木」巻では、八、九歳の童として笙の笛をふき、催馬楽《さいばら》の「高砂」を歌って、光源氏から御衣を賜っている。紅梅大納言にとっても光源氏は憧れの人物なのであり、それを継ぐのは匂宮しかいないと考えているのである。ただ「紅梅」巻は、新たな恋を期待させつつも、それ以上の展開を見せることなく、そのまま幕を下ろしてしまうのであった。

第四十四帖「竹河」鬚黒の没後

一　鬚黒の没後

【本文】

これは、源氏の御族《ぞう》にも離れたまへりし後大殿《のちのおほとの》わたりにありける悪御達《わるごたち》の落ちとまり残れるが問《と》はず語《がた》りしおきたるは、紫《むらさき》のゆかりにも似《に》ざめれど、かの女《をむな》どもの言ひけるは、「源氏の御末々《すゑずゑ》にひが事《こと》どものまじりて聞こゆるは、我よりも年の数《かず》つもりほけたりける人のひが言《こと》にや」などあやしがりける、いづれかはまことならむ。（「竹河」⑤五九頁）

【現代語訳】

この話は、光源氏のご一族からも関係が薄くていらっしゃった、のちの太政大臣（鬚黒）のお邸あたりにお仕えしていた口さがない女房たちで、生き残っていた者が問わず語りをしておいた話で、それは紫上にご縁のある話とも異なっているようであるが、その女房たちが言ったことには、「光源氏のご子孫の話にさまざまな間違った事が混じって伝わっているようだが、それはわたくしより

藤侍従に大君への思いを語る薫（『源氏物語団扇画帖』より、国文学研究資料館所蔵）

も多くの年を重ねて惚《ほう》けてしまった人の思い違いだろうか」などと怪訝《けげん》な面持ちであったが、さてどちらがほんとうの話なのだろうか。

【解説】

「竹河」巻は、故鬚黒家に仕えていた老女房の問わず語りの体裁で語られる。薫が十四、十五歳のころから二十三歳のころに出来事が語られるため、時間としては、「匂兵部卿」「紅梅」「橋姫」「椎本」巻と重なることとなる。それらの巻々に描かれている官職等に矛盾も見られるところから、「竹河」巻は紫式部ではない人物によって書かれてのちに挿入されたものではないかとする「竹河」巻別筆説などもある。ただ、巻頭の宣言のように、「竹河」巻はそもそも他の巻とは語り手が違うという立場に立つ。事実、この巻において薫は光源氏の実子として扱われている。齟齬そのものが物語の方法のようにも考

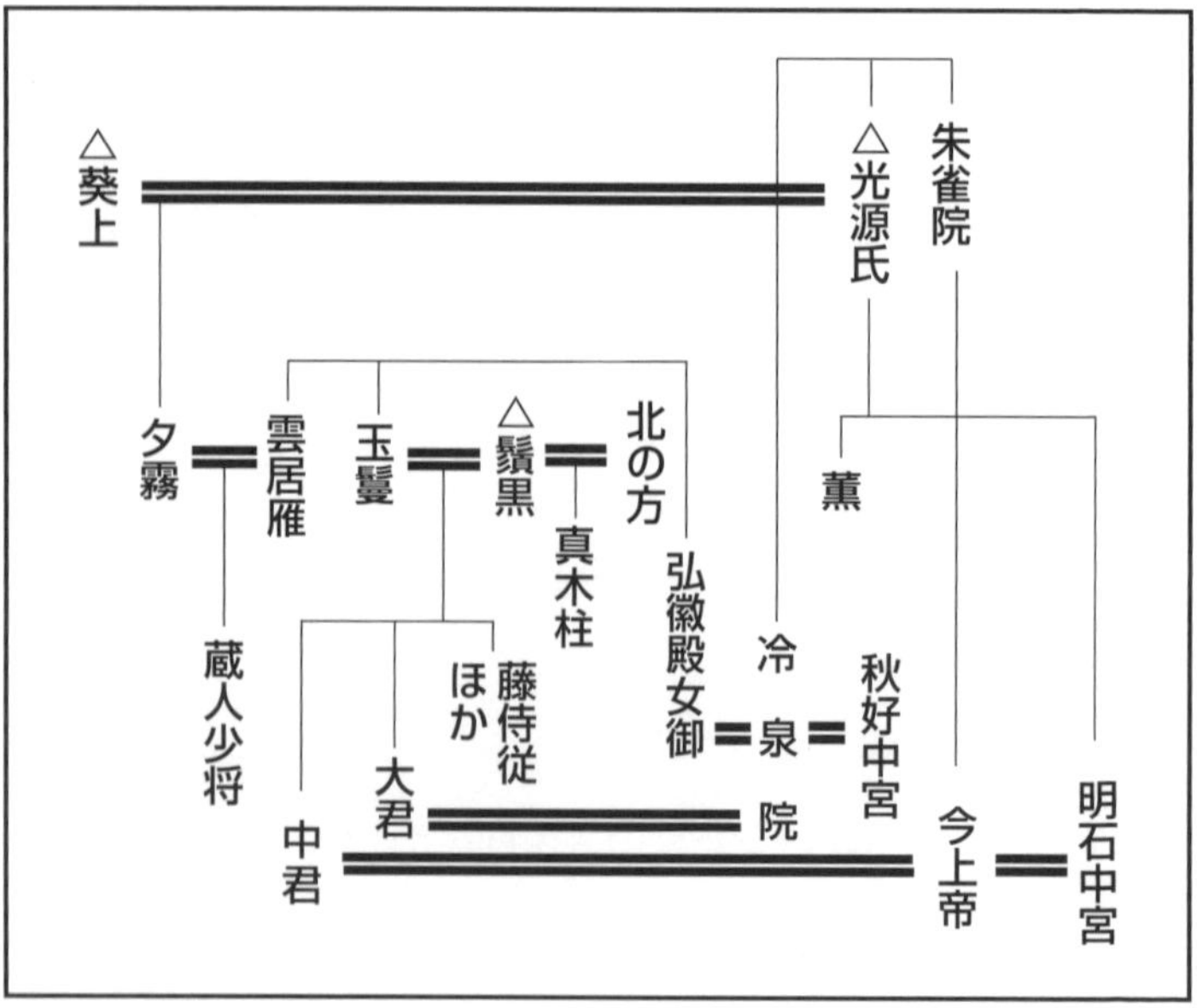

えられてくるのである。

鬚黒亡きあと、玉鬘は大君と中君というふたりの姫君の処遇に思い悩んでいた。姫君たちには今上帝や冷泉院から入内の要請があるほか、夕霧の子息である蔵人少将が熱心に求婚してくる。今上帝に入内させれば明石中宮の威勢に圧倒されてしまうだろう、しかし蔵人少将の父夕霧は右大臣ではあるものの臣下にすぎない。そのように考えた末に、玉鬘は、鬚黒との結婚によって、冷泉院の意に添えなかったことも思い、大君を冷泉院に入内させる。だが、意向をないがしろにされた今上帝はおもしろいはずもない。玉鬘は、左近中将や右中弁といった息子たちからは責められ、今上帝には中君を尚侍として出仕させるが、その一方で、男子を出産した大君は弘徽殿女御たちから嫉妬され、里がちとなってしまう。玉鬘は思うようにならぬ世の

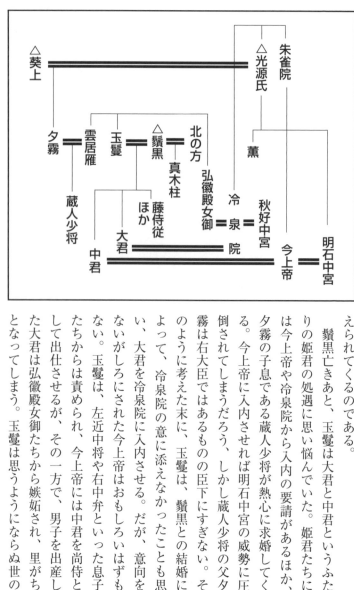

中を嘆くが、それはこの家そのものの行く末をも暗示していよう。この家の物語はこのまま収束していくほかはないのである。

二　蔵人少将の垣間見

【本文】

暗《くら》うなれば、端近《はしぢか》うて打ちはてたまふ。御簾《みす》まき上げて、人々みないどみ念《ねん》じきこゆ。をりしも、例の、少将、侍従の君の御曹司《ざうし》に来《き》たりけるを、うち連《つ》れて出《い》でたまひにければ、おほかた人少《ひとずく》ななるに、廊《らう》の戸の開《あ》きたるに、やをら寄りてのぞきけり。

（「竹河」⑤七九頁）

【現代語訳】

しだいに暗くなるので、大君と中君は、端近の廂の間で碁を打って勝敗をお決めになる。御簾を巻き上げて、女房たちはみな競ってそれぞれのご主人の勝利をお祈り申しあげる。その折も折、いつものように、蔵人少将が、藤侍従のお部屋に来ていたが、藤侍従は兄たちと一緒に連れ立ってお出かけになってしまったので、あたりに人が少ないうえに、渡廊の戸が開いているので、蔵人少将は、そっと近寄ってのぞき見たのだった。

【解説】

大君を恋する蔵人少将が大君と中君を垣間見る。姫君たちは、桜の木を争って碁を打っていた。桜襲《さくらがさね》の細長《ほそなが》を着た大君の姿は、蔵人少将の脳裏に深く刻みこまれることになるのであり、そうした意味においては、やはり桜のもとで女三宮を垣間見た柏木の姿を彷彿させるといってもよい。だが、その後、破滅的な恋に走って命まで落とした柏木に比べると、蔵人少将はどうだろうか。たしかに大君が冷泉院のもとに参ることが決まった折は「死ぬばかり」に思うものの、自身ではいかんともしがたい蔵人少将は母である雲居雁や大君の侍女に泣きつくほかはない。当然のことながら、蔵人少将の物語もまたこれ以上展開することはないのであった。

匂宮三帖は、あらたな物語世界を切り拓くことなく、それぞれの家の後日譚を語り終える。宇治十帖への橋渡しのための巻々だともされ、たしかにそのような役割は認めることができる。しかし、それぞれの巻で、あらたな物語の模索がされたからこそ、続く宇治十帖の世界が拓かれていくのである。

第四十五帖　「橋姫」　宇治の世界へ

一　宇治の八宮

【本文】

そのころ、世に数《かず》まへられたまはぬ古宮《ふるみや》おはしけり。母方《ははかた》などもやむごとなくものしたまひて、筋《すぢ》ことなるべきおぼえなどおはしけるを、時移りて、世の中にはしたなめられたまひける紛《まぎ》れに、なかなかいとなごりなく、御後見《うしろみ》などももの恨《うら》めしき心々《こころごころ》にて、かたがたにつけて世を背《そむ》き去《さ》りつつ、公《おほやけ》私《わたくし》に拠《よ》りどころなくさし放《はな》たれたまへるやうなり。

（「橋姫」⑤一一七頁）

【現代語訳】

そのころ、世間からは忘れられておしまいになった落魄の宮がいらっしゃった。宮の母方なども、高貴なお家柄でいらっしゃって、東宮にもお立ちになるにちがいないとの評判などがおありであったが、時勢が移って、世間から恥をかかされなさった騒動によって、かえって以前の勢いの名残もなく、ご後見の方々などもそれぞれ何となく期待はずれの恨めしい心持ちになり、それぞれの事情

宇治の大君と中君を垣間見る薫（『源氏物語団扇画帖』より、国文学研究資料館所蔵）

で、政界から引退したり出家したりして、公私ともに頼るものがなく、誰からも相手にされていらっしゃらないようである。

【解説】

「橋姫」巻から『源氏物語』の最終巻「夢浮橋」巻までは宇治十帖と呼ばれる。舞台を霧深き宇治に移し、薫と匂宮という男性たちと、宇治の八宮《はちのみや》の姫君である大君《おおいぎみ》、中君《なかのきみ》、浮舟という女性たちを主人公として、いかんともしがたい男女の間柄に苦悩する人びとの姿を精緻な筆致で丹念に描き出していく。

「橋姫」巻の冒頭では、宇治の八宮が紹介される。八宮は桐壺院の第八皇子であり、光源氏の弟にあたる。母も大臣家出身の女御であったため、光源氏が須磨に退去していたころ、弘徽殿大后たちは、第十皇子として数え

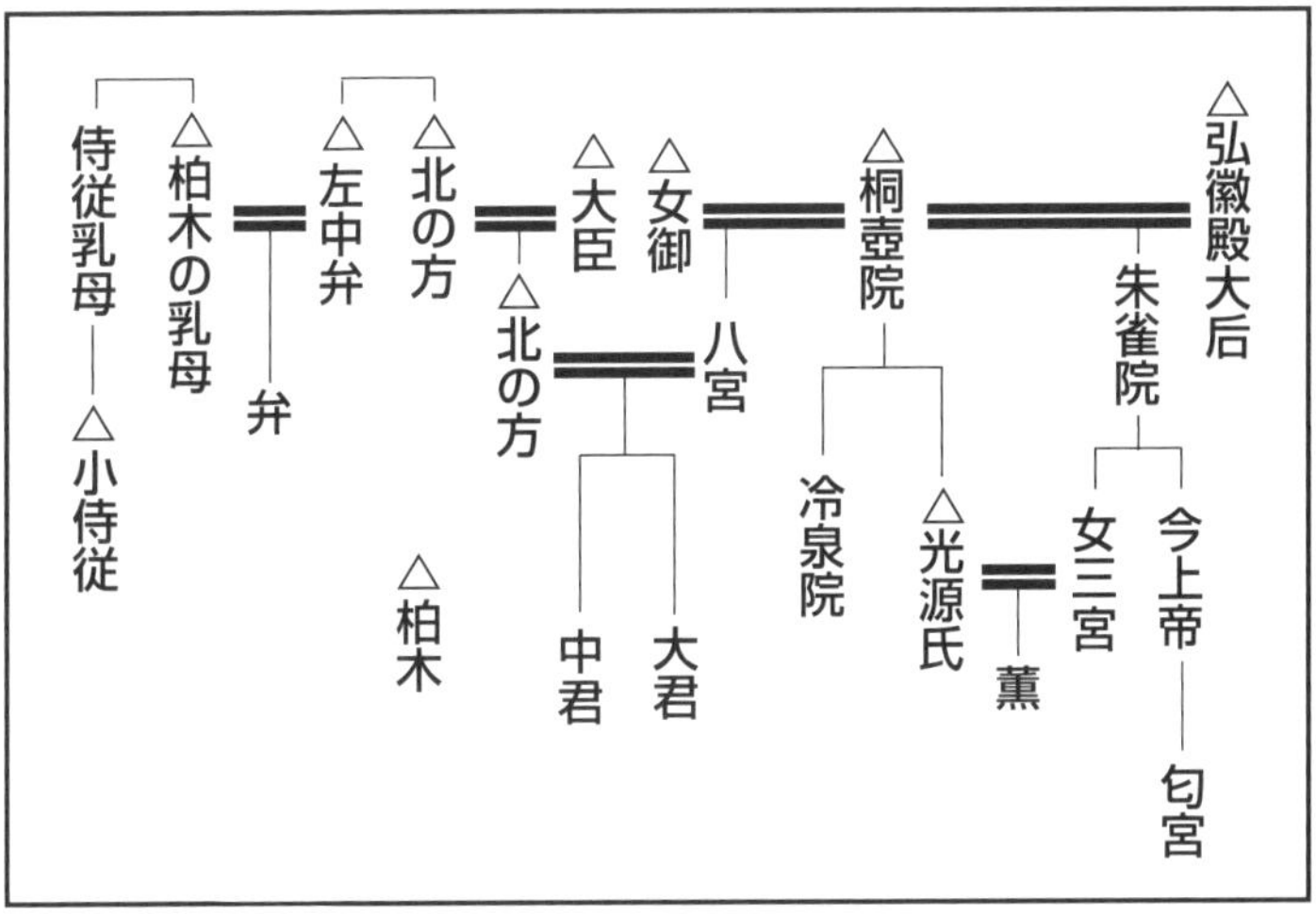

られる冷泉院を東宮から下ろして、この八宮を立てようと画策した。しかし、その計略は光源氏の復権によって失敗。以後、八宮は北の方も亡くし、大君と中君というふたりの姫君を伴って都世界から離れて宇治の山荘に移り、在俗のまま仏道修行に専念していた。仏道に心寄せる薫は、「俗聖《ぞくひじり》」と呼ばれる八宮のことを聞き、「法《のり》の友」（仏道をこころざす友）として宇治に通うようになるのであった。仏道に帰依する八宮であったが、その心の奥には宮家の誇りが強くうずいている。そのような八宮のあり方が姫君たちの生き方につよい影響を与えていくことになるのである。

二　宇治の大君と中君

【本文】

内《うち》なる人、一人《ひとり》は柱にすこしゐ隠れて、琵琶《びは》を前に置きて、撥《ばち》を手まさぐりにしつつゐたるに、雲隠《くもがく》れたりつ

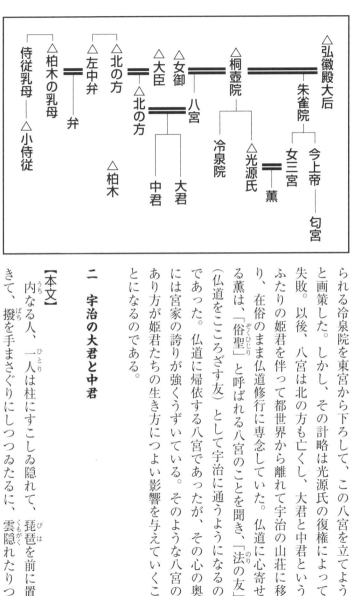

る月のにはかにいと明《あか》くさし出《い》でたれば、「扇《あふぎ》ならで、これしても月はまねきつべかりけり」とて、さしのぞきたる顔、いみじくらうたげににほひやかなるべし。添《そ》ひ臥《ふ》したる人は、琴《こと》の上にかたぶきかかりて、「入《い》る日をかへす撥《ばち》こそありけれ、さま異《こと》にも思ひおよびたまふ御心かな」とて、うち笑ひたるけはひ、いますこし重《おも》りかによしづきたり。

（「橋姫」⑤一三九～一四〇頁）

【現代語訳】

奥にいる姫君のうちのひとり（中君）は、柱に少し隠れて座って、琵琶を前に置いて、撥を手でもてあそびもてあそびしながら座っているが、雲に隠れていた月が急にまことに明るくさし出たので、「扇でなくて、この撥でも月は招き返すことができるのだったわ」といって、月をのぞいている顔は、たいそうかわいらしく華やかであるのにちがいない。何かに添い臥している姫君（大君）は、琴の上に身をかたむけ覆いかぶさるようにして、「落日を招き返す撥はあったとはいいますが、月を招き返すとは、風変わりな思いつきをなさるお心ね」といって、少し笑っている雰囲気は、前の方（中君）よりも、もう少し重々しく風情がある。

【解説】

宇治に通うようになってから三年目となった二十二歳の秋、薫ははじめて宇治の姫君たちの姿を見る。八宮の留守の折に宇治の山荘を訪れた薫は、有明の月のもと、琴を合奏する大君と中君を垣間見たのである。琵琶を前に置いて無邪気にはしゃぐ姫君と、箏《そう》の琴《こと》に覆いかぶさるようにして落ち着いた受け答えをする姫君。これ以前の物語には、八宮は大君に琵琶を、中君には箏の琴を教えていたとされているため、前者が大君、後者が中君ということになるが、以後の物語のふたりの造型からすれば、前者を中君、後者を大君ととるのが妥当であろう。このときは楽器を交換していたと考えるのが合理的かとも思われるが、むしろそのようなわりきれなさがこれからの物語を象徴的に示しているとも考えられる。

こののち、薫は大君につよく惹かれていくことになるが、その大君が中君とともに姉妹として登場してくることは注目される。藤壺と紫上のような「ゆかりの物語」があらためてここでも繰り返されることになるのか。それとは異なるとすればそれはどのような物語となるのか。いずれにしても、宇治の物語はここからおおきく展開していくことになるのであった。

三　柏木の文袋

【本文】

書きさしたるやうにいと乱《みだ》りがはしくて、「侍従《じじゅう》の君《きみ》に」と上《うへ》には書きつけたり。紙魚《しみ》といふ虫《むし》の住《す》み処《か》になりて、古《ふる》めきたる黴《かび》くさきさながら、跡《あと》は消えず、ただ今《いま》書きたらむにも違《たが》はぬ言《こと》の葉《は》どもの、こまごまとさだかなるを見たまふに、げに落ち散りたらましよとうしろめたういとほしきことどもなり。

（「橋姫」⑤一六五頁）

【現代語訳】

袋のなかの手紙は、途中で書きやめたように、筆跡もまことに乱れていて、「小侍従の君に」と上には書きつけてある。袋のなかは紙や布を餌とする紙魚という虫のすみかになって、古めいた黴臭さながら、筆跡は消えず、むしろたった今書いたようなものとも遜色がないくらいで、そのことばなどが、こまごまとはっきりとしているのを御覧になるにつけても、薫は、なるほどこれがもし世間に漏れて人に伝わっていたら大変なことであっただろうよと、気がとがめ、母（女三宮）と父（柏木）のためにも気の毒なことである。

【解説】

十月、宇治を訪れた薫は、八宮に死後の姫君たちの後見を依頼されるが、その明け方、八宮家に仕える老女房である弁から出生の秘密を聞くこととなる。

六十歳に近い弁は、柏木の乳母子であった。柏木の死後、西海にさすらい、父方の縁を頼って五、六年前から八宮に仕えることになったのだという。弁は、女三宮のもとに柏木を手引きした小侍従とも親しく、ふたりの秘密は小侍従と自分しか知らないとしつつ、薫の出生の秘密を語り、柏木の文袋を薫に渡す。

この袋のなかには女三宮からの手紙のほか、女三宮にあてた柏木の手紙が入っていた。後者の宛名には小侍従の名が見え、袋そのものは柏木の名が書かれた封がされたうえ、「上」との文字が書かれていることから、この袋は、柏木が死の直前に女三宮に送ろうとしたものと考えられる。おそらく柏木はこの文袋のなかに女三宮からの手紙を入れて肌身離さずもっており、死の直前に、そこに自身の絶筆を封じ込めて女三宮のもとに届けようとしたのだろう。柏木は死の直前まで、たとえ死んでも自分の魂は女三宮のそばを離れないようにしようと歌っていた。この文袋はその思いをかたちにしたものなのである。これを供養できるものは柏木の子である薫をおいてほかにない。この文袋は薫の出自を証明してあまりあるものなのであった。

第四十六帖　「椎本」　八宮の遺言

【本文】

「……かつ見たてまつるほどだに思ひ棄《す》つる世を、去《さ》りなん後《うしろ》のこと知るべきことにはあらねど、わが身ひとつにあらず、過《す》ぎたまひにし御面伏《おもてぶせ》に、軽々《かるがる》しき心ども使ひたまふな。おぼろけのよすがならで、人の言《こと》にうちなびき、この山里《やまざと》をあくがれたまふな。ただ、かう人に違《たが》ひたる契《ちぎ》りことなる身と思《おぼ》しなして、ここに世を尽《つ》くしてんと思ひとりたまへ。……」などのたまふ。

（「椎本」⑤一八四〜一八五頁）

【現代語訳】

八宮は姫君たちに「……一方で、あなたがた（姫君たち）をお世話申しあげている間でさえ執着を捨て去っているこの世なのだから、世を去ってしまうあとのことは、関知するべきことではないが、わたし一人のためばかりではなく、お亡くなりになったあなたがたの母君のご名誉を傷つけるような軽々しい考えなどはお起こしなさいますな。これ以上頼れる人はいないという人でなければ、男のことばに従って、この山里から離れてはいけないよ。ただ、このように他の人とは違った特異

八宮没後、宇治山の阿闍梨から見舞いとして芹と蕨を贈られる大君と中君（『源氏物語団扇画帖』より、国文学研究資料館所蔵）

な運命を負った身なのだとことさらお思いになって、この宇治で一生を終えてしまおうとご決心ください。……」などとご遺言なさる。

【解説】

薫二十三歳の年、薫から宇治の姫君たちの話を聞いて興味を抱いた匂宮は、初瀬詣での帰りに宇治川をはさんで八宮邸の対岸にある夕霧の別邸に宿泊し、管絃の遊びを催す。以後、匂宮から頻繁に送られてくる手紙の返信を中君に書かせる八宮であったが、秋になると自身の死期が近いことを悟るようになる。八宮は、薫にふたたび姫君たちの後見を託すが、姫君たちへの遺言はそれとはややニュアンスが異なるものであった。

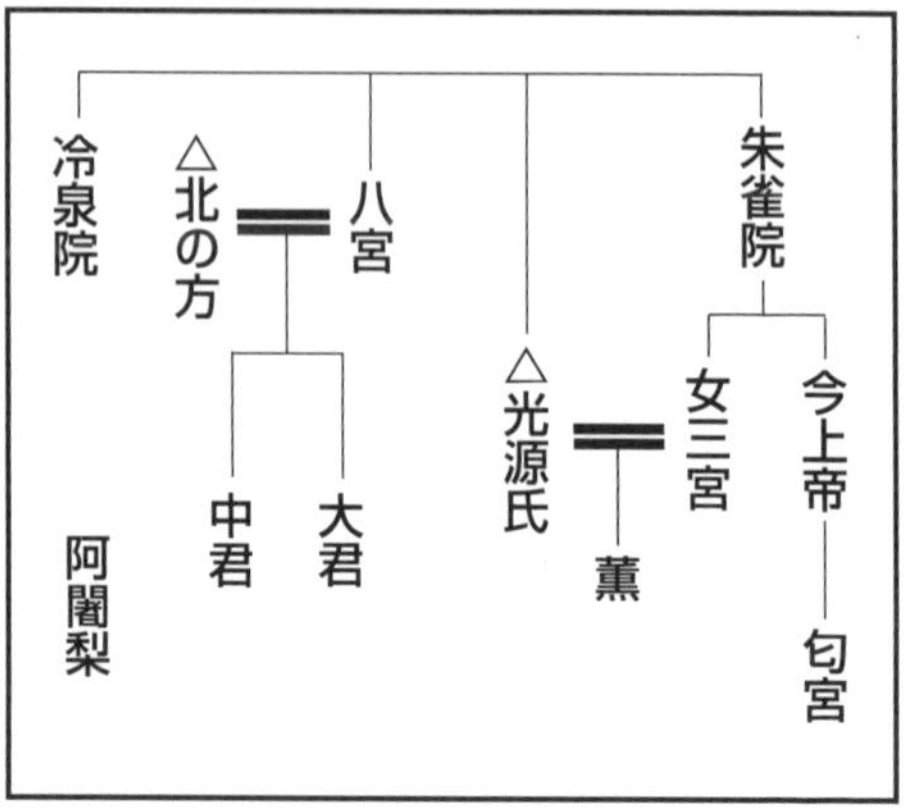

八宮は、亡き母の名誉を汚してはいけない、男のことばに乗って宇治を離れてはいけない、宇治で一生を終えるよう思い定めよと遺言する。薫が宇治に通うかたちで結婚生活を維持することはできない。薫が宇治に移り住むことも現実的ではない。薫が大君と結婚するとすれば、大君を都に移すしかない。けれども、八宮は大君に宇治を動くなというのである。

たしかにその遺言は矛盾しているように思える。しかし、八宮は「おぼろけのよすがならで」と条件をつけていた。薫ぐらい頼れる人ならばよいということなのだろう。八宮がこのように屈折した訓戒を残すのは、やはり宮家の誇りのためであろう。自分が散々傷つけてしまった宮家の誇りをせめてこれ以上汚さないでほしい。八宮はそのような思いをもって遺言して死去する。だが、その遺言は大君たちの生き方をきびしく呪縛していくことになるのだった。

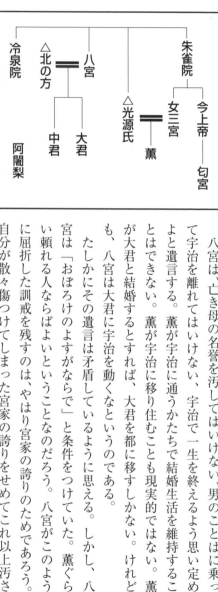

第四十七帖「総角」大君の死

一　薫と大君の語らい

【本文】

女もすこしゐざり出《い》でたまへるに、ほどもなき軒《のき》の近さなれば、しのぶの露《つゆ》もやうやう光見えもてゆく。かたみに、いと艶《えん》なるさま容貌《かたち》どもを、「何とはなくて、ただかやうに月をも花をも、同じ心にもて遊び、はかなき世のありさまを聞こえあはせてなむ過《す》ぐさまほしき」と、いとなつかしきさまして語らひきこえたまへば、やうやう恐ろしさも慰《なぐさ》みて、「かういとはしたなからで、物隔《ものへだ》ててなど聞こえば、まことに心の隔てはさらにあるまじくなむ」と答《いら》へたまふ。

（「総角」⑤二三七～二三八頁）

【現代語訳】

大君も少し薫の近くに膝をついてお出になっていらっしゃると、奥行きもない廂の間のため軒先も近いので、忍草に置く露もしだいに光るのが見えるようになっていく。薫と大君は、お互いに、

大君の裾をとらえて想いを訴える薫（『源氏物語絵巻』より、国文学研究資料館所蔵）

まことに優美な姿や容貌を見合わせて、薫が「男女の間柄ということではなくて、ただこのように月をも花をも、同じ気持ちで賞翫《しょうがん》して、常ならぬこの世のありさまをお話し申しあげ合って過ごしたいのですよ」と、まことに心を開いた様子で親しくお話を申しあげなさるので、大君は、しだいに恐ろしさも紛れてきて、「このように顔を見合わせるようなまことに体裁の悪いかたちではなくて、物を隔ててといったかたちなどでお話を申しあげるのであれば、ほんとうに心に隔てをもつということはまったくないはずでございますのに」とお答えになる。

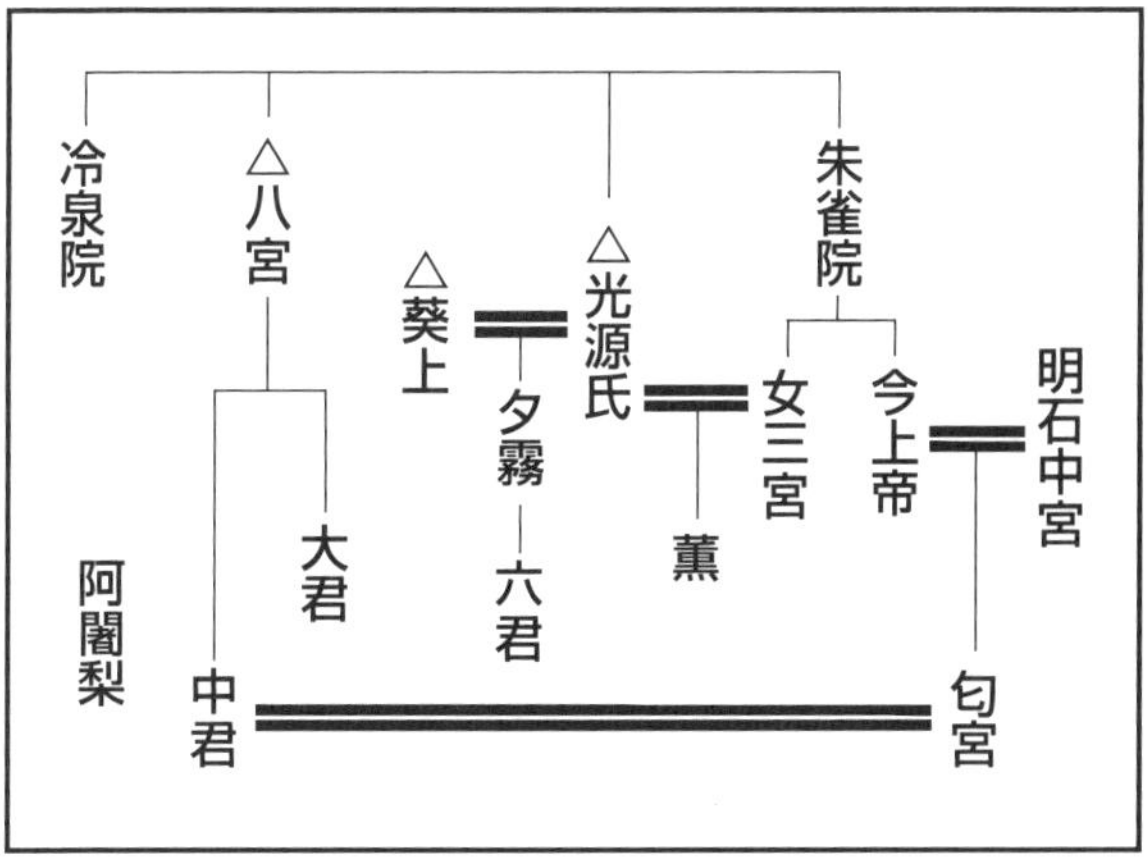

【解説】

二十四歳の年の八月、八宮の一周忌の準備のために宇治を訪れた薫は、大君の側近くまで迫って恋情を訴えるが、大君の拒絶にあって、添い臥したまま一夜を明かす。夜が白々と明けていくなか、薫は光がさしてくる方角の障子を開けて、大君とともに空をながめ、お互いの容姿を見交わしながら語り合う。昨夜は何事もなかったがこのように「同じ心」で月や花を楽しみ、はかなき世のことを語り合えればそれでよいと薫が語りかけ、大君が物を隔てて語り合えるのであれば「心の隔て」はなくなるだろうと応じる。ふたりとも「同じ心」による交流を求める点では共通する。だが、大君は、あくまでも男女の仲にならない関係だからこそ「同じ心」をもつことができると考えており、その考えを貫こうとすれば薫との結婚は拒絶するしかないのであった。もちろん薫に惹かれないわけではない。薫がもう少し世間並みであるならばとも思う。けれども、薫は立派過ぎて自分には不似合いだ。大君は、思い悩んだあげく、自分はこのままこの地で一生を終わろうと決意し、中君を薫と結婚させようと考えていくのであった。

二　大君の死

【本文】

中納言の君は、さりとも、いとかかることあらじ、夢かと思《おぼ》して、御殿油《おほむとなぶら》を近うかかげて見たてまつりたまふに、隠したまふ顔も、ただ寝《ね》たまへるやうにて、変りたまへるところもなく、うつくしげにてうち臥《ふ》したまへるを、かくながら、虫《むし》の殻《から》のやうにても見るわざならましかばと思ひまどはる。今はのことどもするに、御髪《みぐし》をかきやるに、さとうち匂《にほ》ひたる、ただありしながらの匂ひになつかしうかうばしきもありがたう、何ごとにてこの人をすこしもなのめなりしと思ひさまさむ。

……（「総角」⑤三二九頁）

【現代語訳】

薫は、いくら大君が亡くなったように見えたといっても、まさかそのようなことはないだろう、これは夢ではないかとお思いになって、灯火を近くに明るくして見申しあげなさると、袖で隠していらっしゃる顔も、ただ眠っていらっしゃるようで、生前と変わっていらっしゃるところもなく、かわいらしい様子で横になっていらっしゃるのを、このままずっと蟬の脱殻《ぬけがら》のようにも見ることができたならと途方に暮れないではいられない。臨終の作法をするために、お髪をかきやると、さっと匂い立った、それがただ生前のままの匂いで魅力的で香ばしいのもまたとなく、どのようなことでこの大君を少しでもありきたりの女性だったと諦めることができようか。……

【解説】

大君の拒絶にあった薫は、中君を匂宮と結婚させてしまえば、大君も考えを変えるだろうと思い、それを実行する。匂宮は薫を装って中君と結ばれるが、大君は薫を恨む。大君にとって薫の俗物的な計略は裏切り以外のものではなかったのである。しかも匂宮はなかなか宇治に訪れず、匂宮と六君《ろくのきみ》との縁談の噂まで聞こえてくる。大君は、亡き八宮の遺言を破って中君の結婚をすすめた自身の浅はかさを悔いて深い絶望に沈む。そして、その絶望は大君の身体を蝕み、死の世界へと引きずり込んでいった。

十一月、薫が見守るその前で大君は「ものの枯れゆくやうに」死んでいく。夢ではないかと思いながら、灯火のもとで薫が見た大君は、生前と変わらず美しいままであった。そしてかきやられた髪からはさっと芳香が漂ってくる。大君は、薫がけっして忘れることのできない記憶を刻み込んで、薫の手の届かないところに去っていったのである。

第四十八帖　「早蕨」　中君の上京

【本文】

いみじう御心に入《い》りてもてなしたまふなるを聞きたまふにも、かつはうれしきものから、さすがに、わが心ながらをこがましく、胸うちつぶれて、「ものにもがなや」と、かへすがへす独《ひと》りごたれて、

しなてるやにほの湖《みづうみ》に漕《こ》ぐ舟のまほならねどもあひ見しものを

とぞ言ひくたさまほしき。

（「早蕨」⑤三六五頁）

【現代語訳】

匂宮が中君をたいそうお気に召して大切に扱っていらっしゃるとかいうことをお聞きになるのにつけても、薫は、一方ではうれしく思うものの、中君を匂宮に譲ったことが、自分の意思によるものといっても、やはり愚かしく、胸が締めつけられるようで、「中君を取り返したいものだ」と、何度も何度もひとり口ずさまずにいられないで、

琵琶湖を漕ぐ舟の真帆《まほ》ではないが、「まほ」（ほんとうに契りを交わした）というわけではないものの、ふたりで逢ったこともあるのになあ

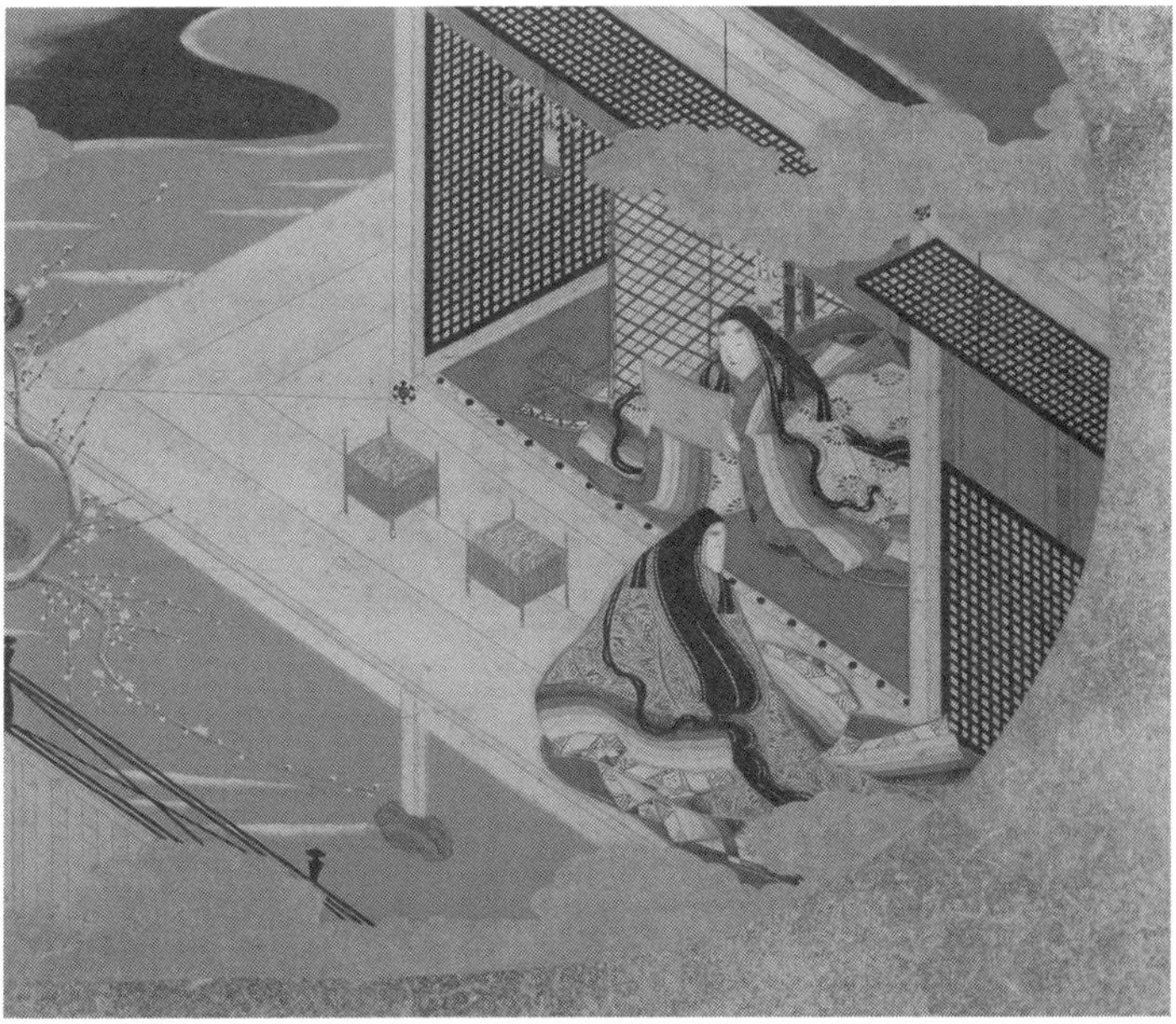
宇治山の阿闍梨から蕨や土筆を贈られる中君（『源氏物語団扇画帖』より、国文学研究資料館所蔵）

と悪口をいってもみたいことよ。

【解説】

薫二十五歳の年の二月七日、匂宮は中君を二条院に迎える。中君が宇治を離れるにあたっては薫も何かと協力するが、思いは複雑である。宇治十帖は、薫と大君、匂宮と中君という二組の男女の物語として展開されてきたが、大君の死去によって、中君をめぐる匂宮と薫という構図の物語に変容する。とくに中君が二条院に入ると、その関係はより軋みを見せていくことになる。

中君を二条院に迎えた際、匂宮は牛車に近づき、みずから中君を降ろす。匂宮の心のこもった待遇に、人びとは中君を見る目を変える。薫はさしむけたものか

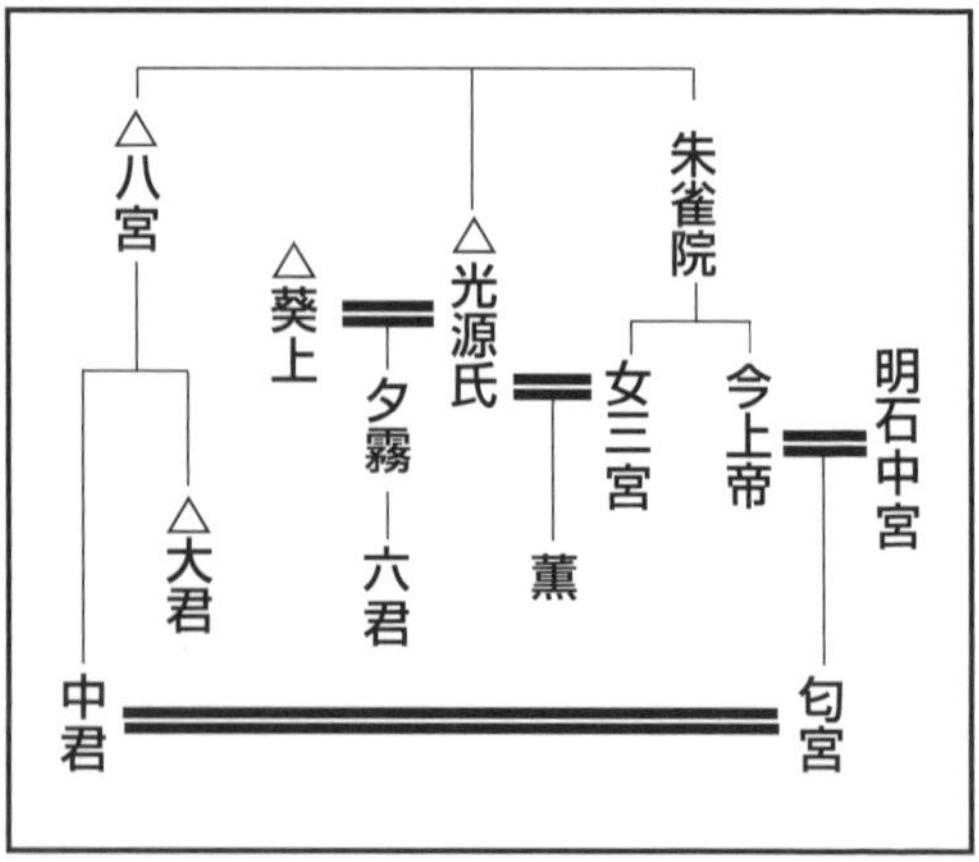

らその報告を聞くにつけ、うれしく思う一方で、中君を取り返したいとの思いにもかられるのであった。

大君がまだ存命の折、忍んでいったものの大君が逃れ、中君と一夜を過ごしたことがあった。その折、薫は、中君に心惹かれながらも、簡単に妹に心を移すような軽薄なものだと大君に思われたくないと考えて、語り合うだけで朝を迎えたのであった。いま薫の胸には逢ったのは自分の方が先なのだという歌が思い浮かぶ。だが、薫はそれをすんでのところで飲み込む。匂宮と中君との関係がもし破綻すれば、中君と逢うこともできる。薫は、中君の幸福を望みながらも、不幸をも期待する。そして、こうした薫の揺れる心は、匂宮にも、そして中君にも感じとられていくのであった。

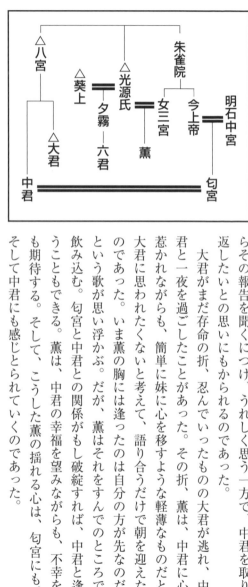

第四十九帖「宿木」浮舟の登場

一　匂宮と六君との結婚

【本文】

宮は、女君《をんなぎみ》の御ありさま昼《ひる》見きこえたまふに、いとど御心《こころ》ざしまさりけり。大《おほ》きさよきほどなる人の、様体《やうだい》いときよげにて、髪《かみ》の下《さが》り端《ば》、頭《かしら》つきなどぞ、ものよりことにあなめでたと見えたまひける。色あひあまりなるまでにほひて、ものものしく気高《けだか》き顔の、まみいと恥《は》づかしげにらうらうじく、すべて何ごとも足《た》らひて、容貌《かたち》よき人と言はむに飽《あ》かぬところなし。（「宿木」⑤四一九頁）

【現代語訳】

匂宮は、六君のお姿を、結婚三日目の翌日の昼の明るさのもとで見申しあげなさると、ますます六君に対する愛情が深くなるのだった。体つきも程よい大きさの人で、容姿がまことにこざっぱりと美しく、髪の垂らしたあたりや頭の様子などは、他の人よりも格別で、なんともすばらしいものだとお見えになるのだった。お肌の色あいがあまりなほどにつやつやと照り映えて、重々しく気品

薫からの手紙に返事を書くよう中君を促す匂宮（『源氏物語団扇画帖』より、国文学研究資料館所蔵）

のある顔で、目もとがまことにこちらが恥ずかしくなるほど気高く才気に満ちて、すべて何もかも十分に備わっていて、絶世の美女というのに不足なところがない。

【解説】

「宿木」巻は、薫二十四歳の年に遡って語りはじめられる。「宿木」巻によれば、それは、今上帝の女二宮の母が死去し、女二宮の将来を心配した今上帝が薫との結婚を考えてそれを進めていたころだとされるが、これまでの物語に照らせば、それは八宮が亡くなった翌年にあたる。薫が大君と実事なき一夜を明かし、大君が生涯を独身で通すことを決意したころのことであり、「宿木」巻は八宮が亡きあとの世界を都の視座から語り直すのである。

都では、六君と匂宮との縁談も進んでいた。薫

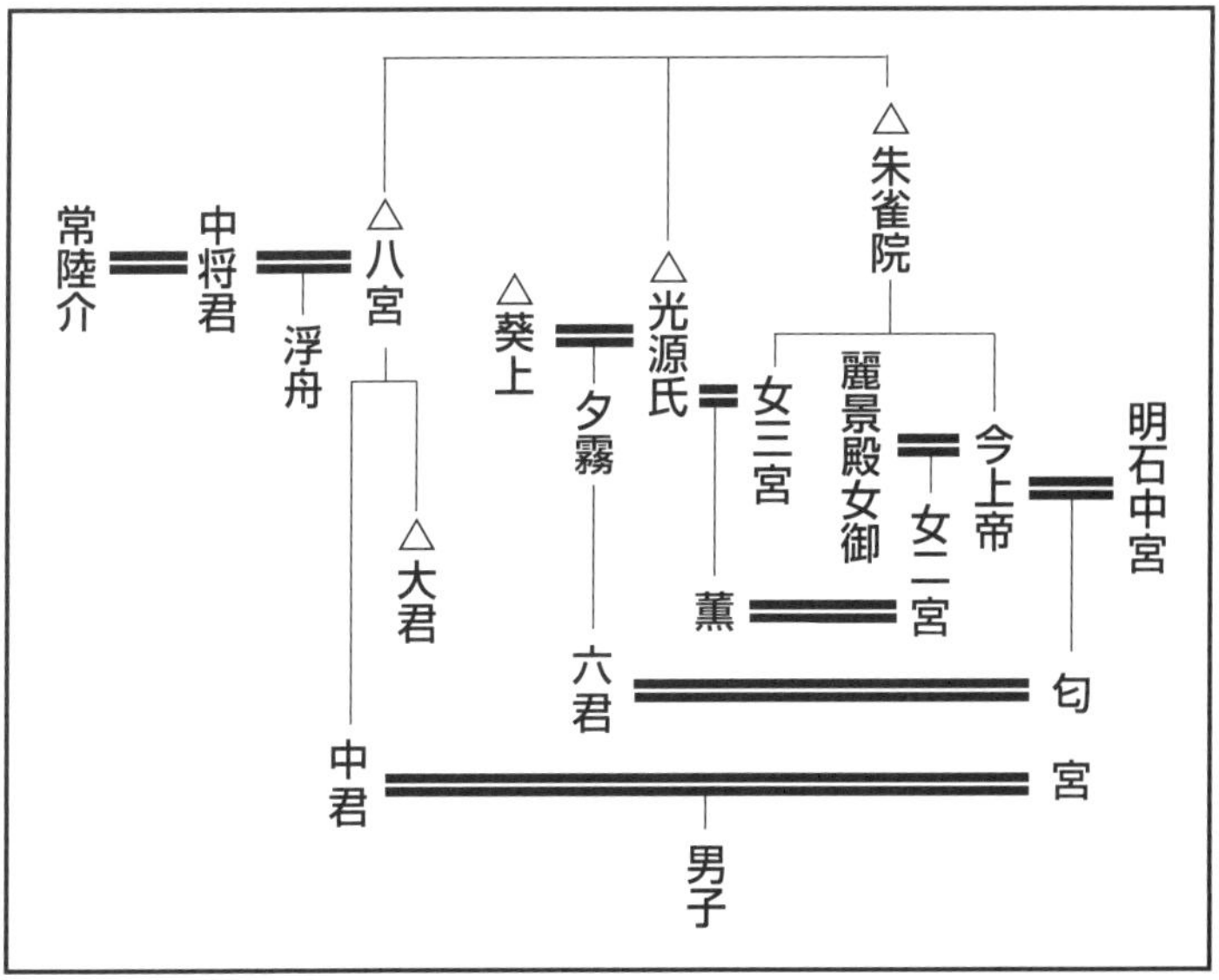

も匂宮もそれらの縁談を無視できるはずもない。もし大君が薫との結婚を受け入れていたとしたら、女二宮とのことで苦悩を抱えることになっていただろう。いま、都世界に入ってきた中君が匂宮と六君との結婚に懊悩するのも避けることのできないことなのであった。上京ののち、中君は、匂宮と六君との婚約を聞き、父八宮の遺言にそむいて都にやってきたことを深く悔いるのであったが、匂宮は六君と結婚するや、その美しさに魅了されてしまう。匂宮の訪れもまれになっていくなか、中君がこの都世界で頼ることができるのは、薫だけとなっていくのである。

二　中君に迫る薫

【本文】

……のたまふ声の、いみじくらうたげなるかな

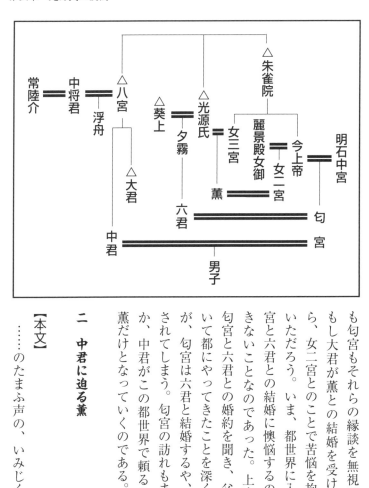

と、常よりも昔思ひ出でらるるに、えつつみあへで、寄りゐたまへる柱のもとの簾《すだれ》の下《した》より、やをらおよびて御袖《そで》をとらへつ。女、さりや、あな心憂《こころう》と思ふに、何ごとかは言はれん、ものも言はで、いとど引き入りたまへば、それにつきていと馴《な》れ顔に、半《なか》らは内《うち》に入りて添《そ》ひ臥《ふ》したまへり。

（「宿木」⑤四二七頁）

【現代語訳】

……中君がおっしゃる声が、たいそうかわいらしいものだなと、薫は、いつもよりも亡き大君を思い出さないではいられないでいると、こらえることができないで、寄りかかって座っていらっしゃった柱のそばの簾の下から、そっと前かがみになって、中君のお袖をつかんだ。中君は、「やっぱり好色なお心があったのか。ああいやなこと」と思うが、何を言うことができようか、何も言わないで、ますます奥の方に入り込みなさるので、薫は、それにつき従ってまことに物馴れ顔で、身のなかばは御簾の内に入って中君に添い臥していらっしゃる。

【解説】

懊悩を深める中君は、訪れてきた薫に、自分を宇治に連れていってくれるよう懇願する。なだめる薫であったが、中君の声に大君の面影が浮かんでくる。恋情を抑えがたい薫は、奥へ入りかけた中君の袖をとらえ、そのあとに続いて御簾のなかに半身を入れて添い臥してしまうのであった。

だが、この夜も薫は一線を越えることなく帰っていく。中君は懐妊していたのであった。そのしるしの腹帯に気づいた薫は自制するほかはなかったのである。薫の行動にその好色心を見た中君は、薫も頼りにはできないことを悟り、ただ自身の宿運を受け入れて生きようと考える。また、中君の身体に染みついた薫の移り香に、ふたりの関係を疑う匂宮であったが、むしろその嫉妬心が中君への執着を強める結果となる。

そもそも中君は、女性主人公としての資質をもった作中人物であった。中君は、八宮家の人びとに守護されており、匂宮は東宮候補のひとりと目されている。匂宮が帝に立てば、中君が生む子どもが将来即位する可能性さえある。明石一族のように、八宮家の復権をめざす物語の主人公としての道を歩んでも不思議ではない。けれども、中君物語はこのまま収束していく。物語はすでに夢物語を語るつもりはないらしい。物語はどのような世界にむかうのか。それを語るために、物語は最後の女君、浮舟を登場させるのである。

第五十帖　「東屋」　さすらう浮舟

一　匂宮に発見される浮舟

【本文】

開《あ》きたる障子《さうじ》をいますこし押し開けて、屏風《びやうぶ》のつまよりのぞきたまふに、宮とは思ひもかけず、例、こなたに来馴《きな》れたる人にやあらんと思ひて起き上がりたる様体《やうだい》、いとをかしう見ゆるに、例の御心は過《す》ぐしたまはで、衣《きぬ》の裾《すそ》をとらへたまひて、こなたの障子は引きたてたまひて、屏風のはさまにゐたまひぬ。あやしと思ひて、扇《あふぎ》をさし隠して、見かへりたるさまいとをかし。扇を持《も》たせながらとらへたまひて、「誰《たれ》ぞ。名《な》のりこそゆかしけれ」とのたまふに、むくつけくなりぬ。

（「東屋」⑥六〇～六一頁）

【現代語訳】

匂宮が、開いている襖をもう少し押し開けて、屏風の端からおのぞきになると、浮舟は、匂宮とは思いもよらず、「いつも、こちらの部屋に来馴れている女房であろうか」と思って起きあがったのだが、その容姿が、まことに美しく見えるので、匂宮は、いつもの好色なお心にはお

わが子をあやす匂宮と中君（『源氏物語団扇画帖』より、国文学研究資料館所蔵）

見逃しにはならないで、浮舟の衣の裾をおつかみになって、お入りになったこちらの襖は引いて閉めなさって、襖と屏風の間にお座りになってしまう。浮舟は、変だと思って、扇を掲げて顔を隠してこちらに振り返ったが、その姿はまことに美しい。匂宮は、浮舟に扇をもたせたままで手をおつかみになって、「あなたは誰ですか。名前を聞きたいものです」とおっしゃると、浮舟は気味が悪くなってしまう。

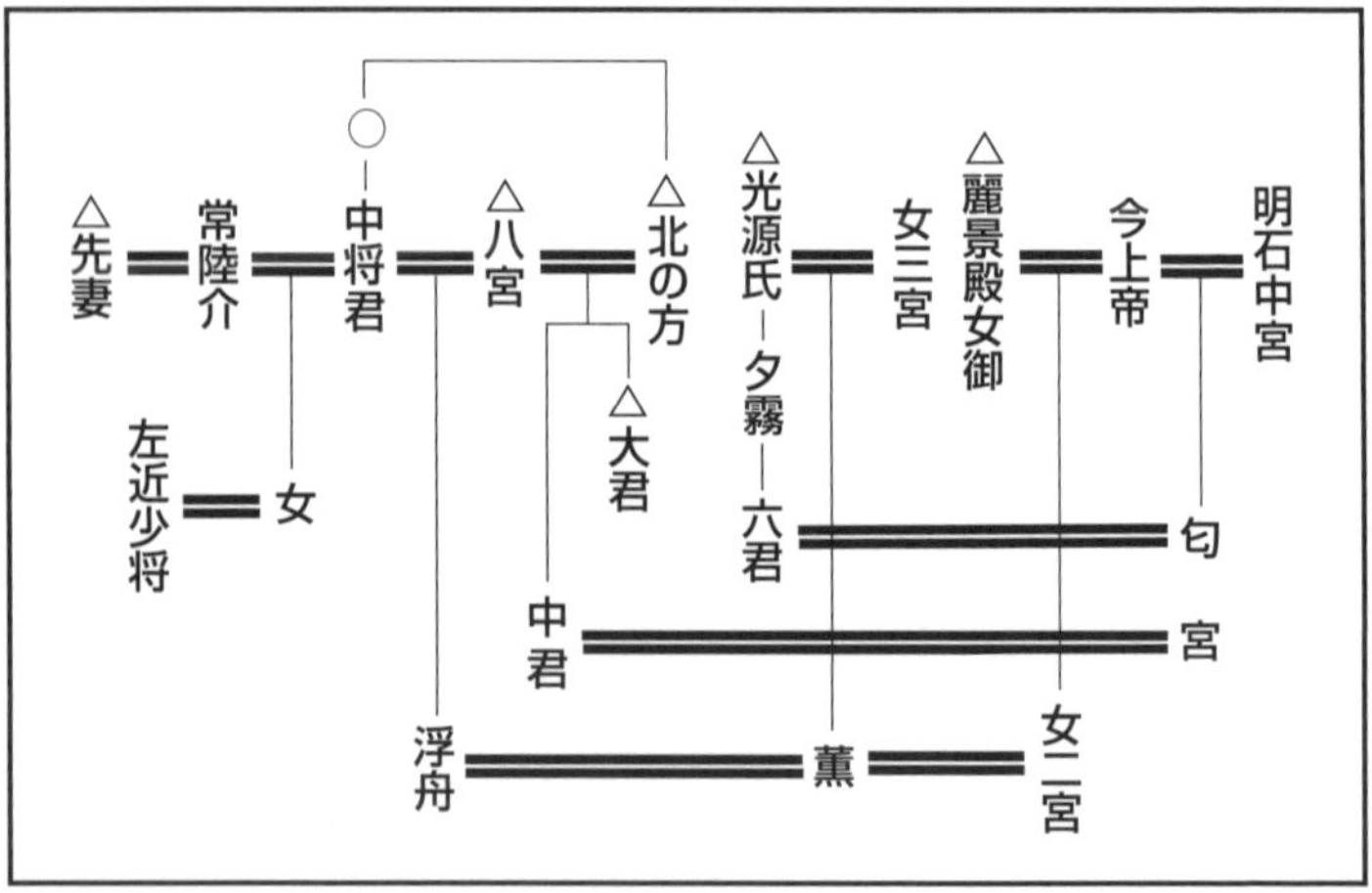

【解説】

「宿木」巻で、宇治の邸宅を改修して大君の「人形《ひとかた》」を据えたいという薫の話を聞いて、中君の口から語り出されたのが、大君にとてもよく似ているという異母妹・浮舟の話であった。のちに弁尼《べんのあま》が語るところによれば、浮舟の母である中将君《ちゅうじょうのきみ》は、八宮が北の方を亡くして間もないころ、召人《めしうど》として愛されて浮舟を生んだものの、八宮が俗聖の生活に入ったため、そのもとを離れて陸奥守（のちの常陸介《ひたちのすけ》）の妻となったのだという。宮の子として生まれながら、受領の子となった浮舟。彼女は、常陸介の財産目当ての求婚者から、その受領の実子ではないことから結婚話を破談にされ、中将君によって中君のもとに連れられてくる。そしてそこで偶然にも匂宮に見いだされることになるのであった。浮舟は、それを聞いた中将君によって三条の小家に移され、さらに薫によって宇治に移されていく。浮舟は、まさにさすらいの女君として、行方も知れず漂っていくのである。

二　宇治に移される浮舟

【本文】

君も、見る人は憎《にく》からねど、空のけしきにつけても、来《き》し方《かた》の恋しさまさりて、山深く入《い》るままにも、霧《きり》たちわたる心地《ここち》したまふ。うちながめて寄りゐたまへる袖《そで》の、重《かさ》なりながら長《なが》やかに出《い》でたりけるが、川霧《かはぎり》に濡《ぬ》れて、御衣《ぞ》の紅《くれなゐ》なるに、御直衣《なほし》の花のおどろおどろしう移りたるを、おとしがけの高き所に見つけて、引き入れたまふ。

かたみぞと見るにつけては朝露《あさつゆ》のところせきまでぬるる袖《そで》かな

と、心にもあらず独《ひと》りごちたまふを聞きて……

（「東屋」⑥九五～九六頁）

【現代語訳】

薫も、今、宇治にむかう牛車のなかで見ている浮舟はいとしいものの、この晩秋の空の様子につけても、亡き大君への恋しさが抑えがたくなって、宇治の山深くに入って行くのにつれて、浮かんでくる涙によって霧が一面に立ちこめている心持ちがなさる。物思いにふけって浮舟に寄りかかりすわっていらっしゃる薫の直衣の袖が、浮舟の御衣の袖と重なったまま長々と牛車の外に出ていたのが、川霧によって濡れて、浮舟の御衣が紅色であるため、御直衣の花色（薄い藍色）が目にもあざやかに色変わりして見えるのを、急な坂道をのぼった高いところで見つけて、車のなかにお引き入れになる。

「この浮舟を亡き大君の形代と見るのにつけて、朝露があたり一面に置いたように涙でぐっしょりと濡れる袖であることよ」

と、浮舟と結ばれたばかりなのに涙で濡れるなどという不吉な歌を、薫が思わず独り言に口ずさみさなるのを弁尼は聞いて、……

【解説】

中君から浮舟のことを聞いたのち、薫は、偶然、浮舟を垣間見る機会を得て、大君にあまりにも似ているその容姿に感嘆したものの、人聞きを気にしてそのままにしていた。だが、浮舟が三条の小家にいることを聞くと、やはり大君のことが思い出される。薫は小家を訪れると浮舟と契り、その翌朝には浮舟を宇治に連れ出すのであった。

宇治にむかう牛車のなか、薫は浮舟を抱き寄せる。しかし、薫の胸を占めるのは、大君のことばかりである。薫にとって、いま腕のなかにいるのは浮舟ではない。大君の人形を求める薫に、浮舟その人の姿を見る日は果たしてくるのであろうか。これからむかう宇治には、死を思いつめるに至るほどの苦悩が浮舟を待ち受けているのである。

第五十一帖「浮舟」　浮舟の入水

一　浮舟を連れ出す匂宮

【本文】

有明《ありあけ》の月澄《す》みのぼりて、水の面《おもて》も曇《くも》りなきに、「これなむ橘《たちばな》の小島《こじま》」と申して、御舟しばしさしとどめたるを、見たまへば、大きやかなる岩《いは》のさまして、されたる常磐木《ときはぎ》の影《かげ》しげれり。「かれ見たまへ。いとはかなけれど、千年《ちとせ》も経《ふ》べき緑の深さを」とのたまひて、

年経《ふ》ともかはらむものか橘の小島のさきに契《ちぎ》る心は

女も、めづらしからむ道のやうにおぼえて、

橘の小島の色はかはらじをこのうき舟ぞゆくへ知られぬ

（「浮舟」⑥一五〇〜一五一頁）

【現代語訳】

澄んだ有明の月がのぼってきて、宇治の川面《かわも》も月の光で曇りなく見えるので、船頭が「これがあの橘の小島です」と申しあげて、お舟をしばらく棹をさしてとめているので、御覧になると、大き

浮舟を小舟で連れ出す匂宮（『源氏物語絵巻』より、国文学研究資料館所蔵）

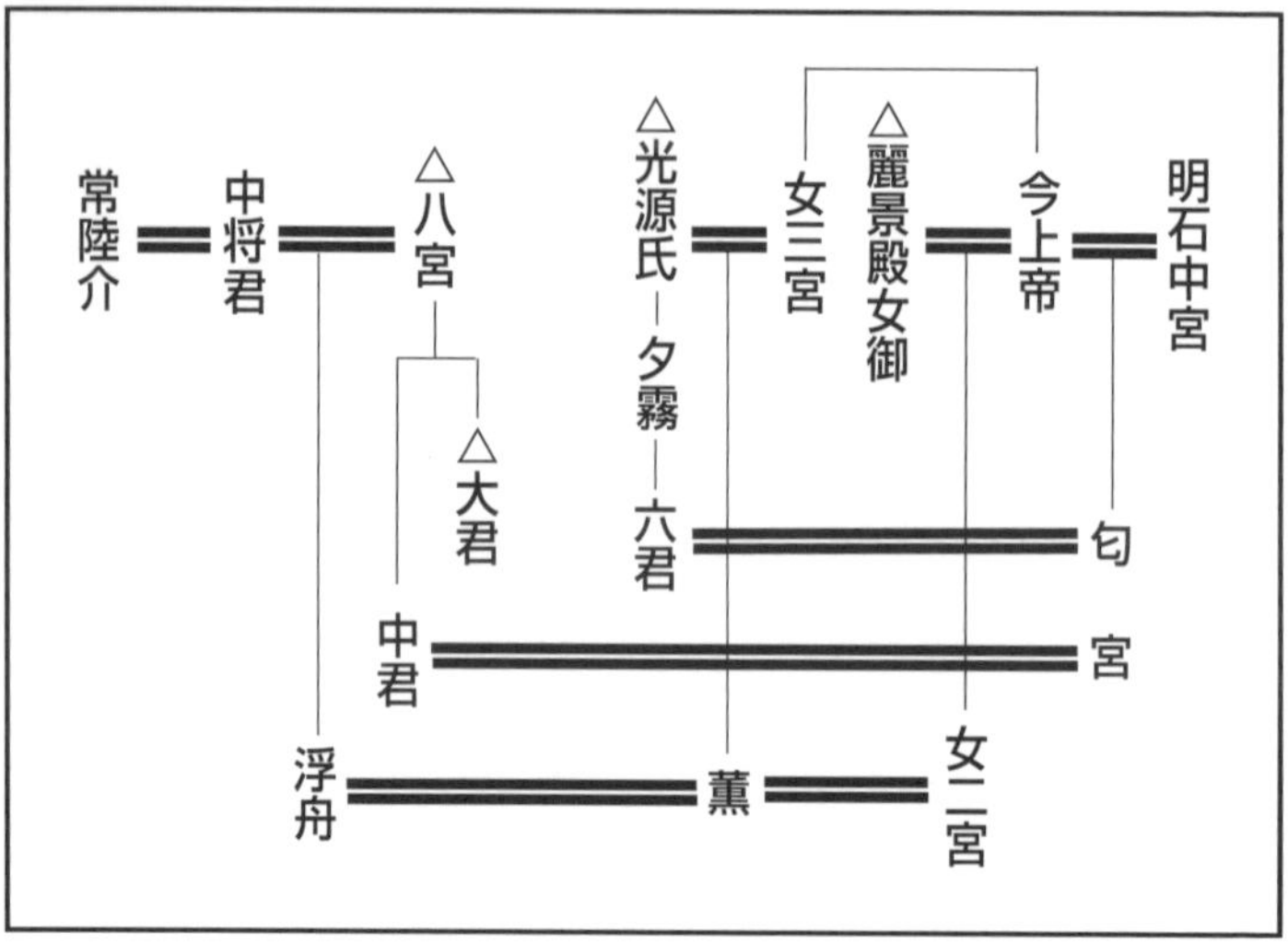

な岩のようなかたちをしていて、しゃれた常磐木が色濃く茂っている。匂宮が「あの常磐木をご覧なさい。まことに頼りない木だが、これから千年も生きることができそうな緑の深さだよ」とおっしゃって、

「あの常磐木のようにいくら年を経ようともかわりませんよ。橘の小島の崎であなたに永遠にと約束するわたしの気持ちは」

浮舟も、初めての旅路であるかのように思われて、

「おっしゃるとおり、橘の小島の緑の色は変わらないでしょうが、この浮舟のようなわたくしはどこにただよっていくのか、わかりません」

【解説】

薫二十七歳の正月、薫から中君にあてた手紙によって、浮舟の所在を知った匂宮は、薫を装って浮舟と契りを交わす。それが薫ではないとわかっても、浮舟にはいかんともしがたかったが、薫とは異なる情熱的な匂宮にしだいに心惹かれることもどうすることもできなかったのである。翌月、宇治を訪れた薫は、罪悪感にとらわれる浮舟の様子を、そうとは知らずに女性としての成長の結果と誤解し、都に迎える約束をする。一方、薫が口ずさむ古歌に浮舟を思う心を感じとった匂宮は、嫉妬心を抑えることができない。匂宮は、雪をついて宇治を訪れ、浮舟を小舟に乗せて対岸の小家に連れ出す。色を変えぬ「橘の小島」に対して、わたくしは行方も知れない浮舟――。連れてこら

れた小家において匂宮と濃密な二日間を過ごした浮舟は、薫と匂宮のあいだに激しく揺れ動くのであった。

三　死にむかう浮舟

【本文】

親もいと恋しく、例は、ことに思ひ出《い》でぬはらからの醜《みにく》やかなるも恋し。宮の上《うへ》を思ひ出できこゆるにも、すべていま一《ひと》たびゆかしき人多かり。人は、みな、おのおの物染《そ》め急《いそ》ぎ、何やかやと言へど、耳にも入《い》らず、夜《よる》となれば、人に見つけられず出でて行《ゆ》くべき方《かた》を思ひまうけつつ、寝《ね》られぬままに、心地《ここち》もあしく、みな違《たが》ひにたり。明《あ》けたてば、川の方を見やりつつ、羊《ひつじ》の歩《あゆ》みよりもほどなき心地《ここち》す。

（「浮舟」⑥一九三頁）

【現代語訳】

浮舟は、母親の中将君のこともまことに恋しく、いつもは、とりたてて思い出すこともない異母妹の醜い顔も恋しい。中君のことを思い出し申しあげるのにつけても、誰も彼ももう一度お目にかかりたい人が多い。女房はみな、都に移るために、それぞれ何かを染めて準備をして、あれやこれやと言っているが、浮舟は、耳にも入らず、夜ともなると、誰にも見つけられないようにして出て行くことができる方法をあらかじめ考え考えしては、眠ることもできないでいるうちに、気分も悪く、すっかり平生とは違ってしまっている。夜が明けると、宇治川の方を見やり見やりしては、屠《と》所《しょ》に運ばれる羊の足取りよりも死に近い心持ちがする。

【解説】

薫が浮舟の裏切りを知ったのは偶然であった。宇治の邸宅で匂宮の使いが薫の使いと鉢合わせをしてしまったのである。薫は、浮舟をなじる手紙を送る。わたしを待っていてくれると信じていたのに、その間あなたはわたしを裏切っていたのか。薫のことばは浮舟を突き刺す。ふたりの男性を愛したために、ひとり男性がもうひとりの男性を殺める事件まで起きてしまったという東国の話は、浮舟を絶望させる。浮舟はついに入水をすることでこの世から自身の存在を消してしまうことを決意するのであった。

浮舟は大君の「人形《ひとがた》」として物語に登場してきた。神事の禊《みそぎ》などでは「人形」は罪障を祓いつけられて水に流される。その「人形」のように、いま浮舟は宇治川に流されようとしている。浮舟が「贖罪《しょくざい》の女君」と評されるゆえんであるが、浮舟が流れていく先とはいかなる世界なのだろうか。

第五十二帖「蜻蛉」死者なき葬儀

一　死者なき葬儀

【本文】

この人々二人《ふたり》して、車寄せさせて、御座《おまし》ども、け近う使ひたまひし御調度《てうど》ども、みなながら脱《ぬ》ぎおきたまへる御衾《ふすま》などやうのものをとり入《い》れて、乳母子《めのとご》の大徳《だいとこ》、それが叔父《をぢ》の阿闍梨《あざり》、その弟子《でし》の睦《むつ》ましきなど、もとより知りたる老法師《おいほふし》など、御忌《いみ》に籠《こも》るべきかぎりして、人の亡《な》くなりたるけはひにまねびて、出《い》だし立つるを、乳母《めのと》、母君《ははぎみ》は、いとゆゆしくいみじと臥《ふ》しまろぶ。

（「蜻蛉」⑥二一一頁）

【現代語訳】

この右近と侍従とが二人で、車を寄せさせて、浮舟のお敷物などや、いつも身近でお使いになっていたご調度類、みなそのまま脱いでお置きになった御夜着などのようなものを車のなかに運びこんで、乳母子の大徳や、その叔父の阿闍梨、その阿闍梨の弟子で親しい者など、また、もとから知っ

女一宮のもとにやってきて女房（弁のおもと）と冗談を言い合う薫（『源氏物語団扇画帖』より、国文学研究資料館所蔵）

ている老法師など、四十九日まで籠もらなければならない僧だけで、人が亡くなった折の作法をまねて、葬儀のための車を送り出すのを、乳母や母の中将君は、死者なき葬儀を執り行うなんて、まことに不吉でひどいことだと身体を投げ出して転がり倒れる。

【解説】

「浮舟」巻は、入水を決意した浮舟が衣を顔に押し当てて臥せっているところで終わり、つづく「蜻蛉」巻は、人びとが姿を消した浮舟を探しまわっているところから始まる。物語には浮舟が宇治川のなかに身を投げる姿は描かれていないが、物語世界の人びとも、そしてまたその物語を読むものも浮舟は入水したものと確信する。

「蜻蛉」巻は、その浮舟入水後の人びとの

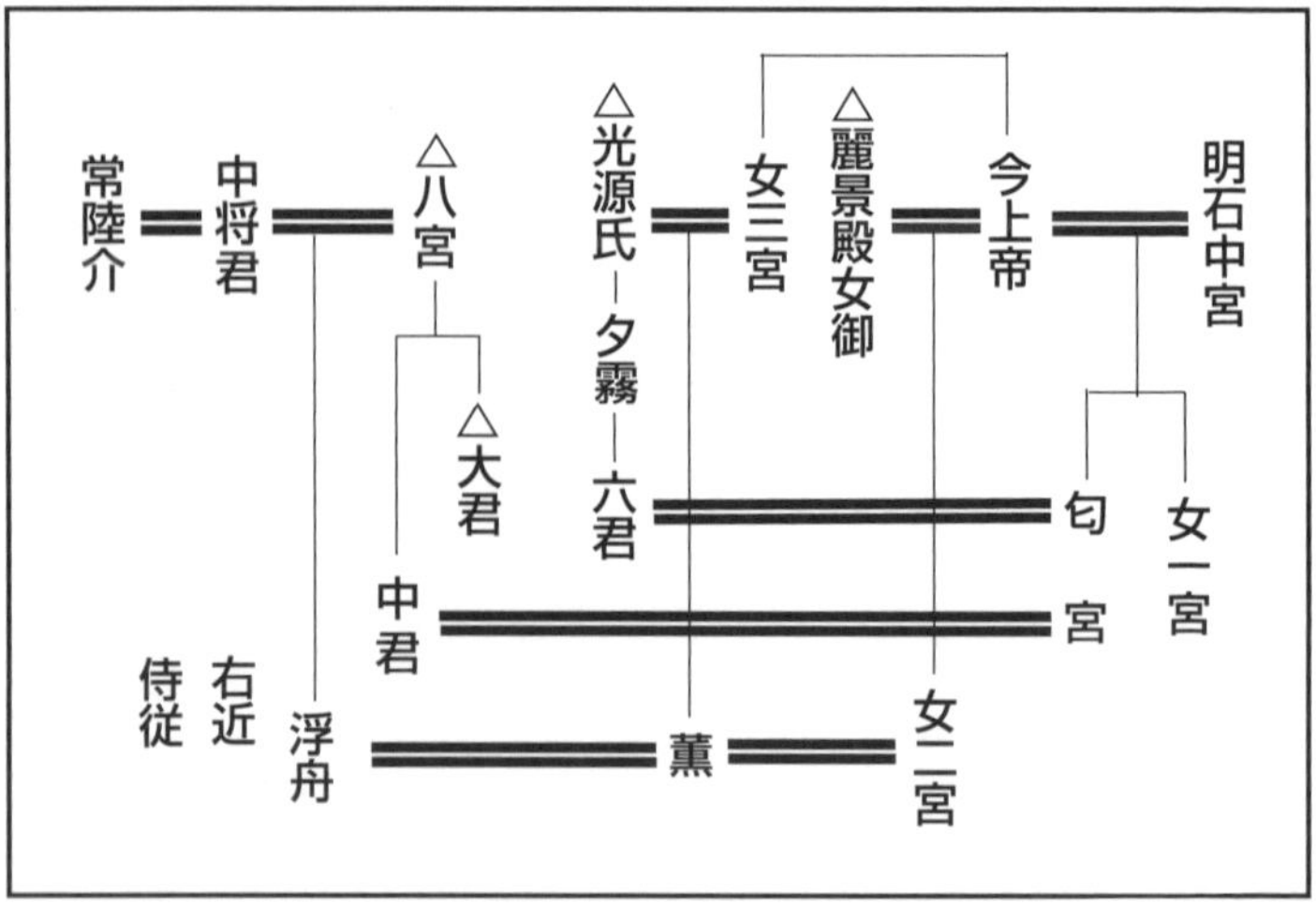

動静を語る巻である。人びとがうろたえるなか、浮舟の侍女である右近と侍従は、浮舟が使っていた調度類や衣装などを用いて、死者なき葬儀を行う。これには入水の真相を世間から隠蔽しつつ、浮舟の死霊を鎮めようとする目的があったと思われる。入水による死は、非業の死であり、その死霊が祟る可能性さえあった。ふたりはそうした事態を恐れ、死者なき葬儀を行ったのである。だが、それがかえって人びとの目をひき、浮舟の死は不審なものとして語られていくことになる。そして浮舟がふたりの男性の板挟みになって死んだという噂が匂宮の母である明石中宮の耳にまで達する。明石中宮によって、その噂は口止めされるが、浮舟は葬儀によって社会から葬られたうえに、噂としても語られることが禁じられてその存在さえも否定されていく。

物語は、これまで人の死後、追悼の場面を叙情的に描いてきた。たしかに匂宮と薫は追慕する。だが、浮舟の死は語ることさえはばかられるものとして位置づけら

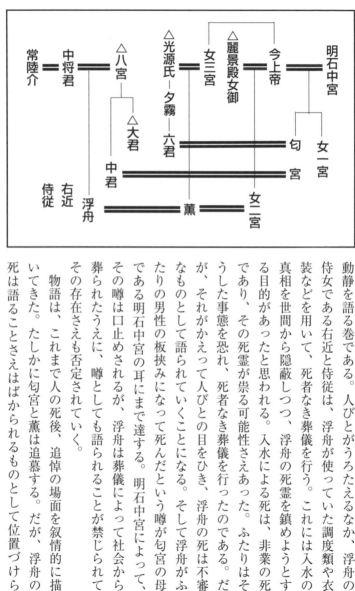

れ、匂宮や薫も新しい恋へとむかっていく。浮舟がいなくなっても何ひとつ変わらない世界。物語は浮舟を取り囲んでいた世界の苛酷さを冷徹に語っていくのである。

二　憧れの女一宮

【本文】

氷《ひ》を物の蓋《ふた》に置きて割《わ》るとて、もて騒ぐ人々、大人《おとな》三人ばかり、童《わらは》とゐたり。唐衣《からぎぬ》も汗衫《かざみ》も着ず、みなうちとけたれば、御前《おまへ》とは見たまはぬに、白き薄物《うすもの》の御衣着《ぞ》たまへる人の、手に氷《ひ》を持《も》ちながら、かくあらそふをすこし笑《ゑ》みたまへる御顔、言はむ方《かた》なくうつくしげなり。いと暑《あつ》さのたへがたき日なれば、こちたき御髪《みぐし》の、苦しう思《おぼ》さるるにやあらむ、すこしこなたになびかして引かれたるほど、たとへんものなし。

（「蜻蛉」⑤二四八頁）

【現代語訳】

薫がのぞき見ると、氷を何かの蓋の上に置いて割ろうということで、騒いでいる人びとは、年配の女房三人ほどと女童《めのわらわ》で、それらのものが座っている。女房は唐衣も着ず、女童は汗衫も身につけないで、みなくつろいだ姿でいるので、女一宮がいらっしゃる御前とはお思いにならないでいたところ、白い薄物の御衣をお召しになっている方（女一宮）が、手に氷をもちながら、女房たちがこのように言い争っているのを、少しほほ笑んでいらっしゃる、そのお顔は、何ともいいあらわしがたいほどかわいらしい様子である。まことに暑さの我慢できなさそうな日なので、とても豊かな御髪が、うっとうしく思わないではいらっしゃれないのだろうか、少しこちら側になびかせて床の上に長々と垂れている様子は、たとえるものとてない。

【解説】

二十七歳の夏、明石中宮による法華八講ののち、薫は氷をもてあそぶ女一宮の姿を垣間見る。薫にとって女一宮は憧れてやまない人ではあった。しかし、薫は女一宮の妹で、いまは自分の妻となっている女二宮に同じ恰好をさせてその違いを嘆くばかりであった。

薫は、禁忌の恋を犯した光源氏とは違う。理想の女性をとおくから眺めつつ、その身代わりの女性を探し、理想との違いを確認して、その理想を思って悦に入る。そのような薫という人物に、女性たちの苦しみなどわかろうはずもなかったのかもしれない。物語はいよいよ終末へとむかっていく。

第五十三帖　「手習」　浮舟の出家

一　よみがえる浮舟

【本文】

森かと見ゆる木《き》の下《した》を、疎《うと》ましげのわたりやと見入《みい》れたるに、白き物のひろごりたるぞ見ゆる。「かれは何《なに》ぞ」と、立ちとまりて、灯《ひ》を明《あか》くなして見れば、もののゐたる姿なり。「狐《きつね》の変化《へんぐゑ》したる。憎《にく》し。見あらはさむ」とて、一人《ひとり》はいますこし歩《あゆ》みよる。いま一人は、「あな用《よう》な。よからぬ物ならむ」と言いて、さやうの物退《しぞ》くべき印《いん》を作りつつ、さすがになほまもる。

（「手習」⑥二八一～二八二頁）

【現代語訳】

森かと見える木の下を、僧たちが、気味悪い感じのあたりだなとのぞき込んでいると、白いものの広がっているのが見える。「あれは何か」と、立ちどまって、松明の火を明るくして見ると、何かが座っている姿である。「狐の化けたものだ。憎らしいやつめ。正体をあばいてやろう」といって、一人の僧はもう少し歩み寄る。もう一人の僧は、「おい、やめとけ。たちの悪い霊物だろう」といっ

尼と碁を打つ浮舟（『源氏物語団扇画帖』より、国文学研究資料館所蔵）

て、そのような霊物を退散させることができる印を結び結びして、そうはいってもやはり見つめている。

【解説】

浮舟は、生きていた。横川僧都《よかわのそうず》たちによって、宇治院の裏手にいたところを発見され、助けられたのであった。「手習」巻は、「浮舟」巻につながる内容を、「蜻蛉」巻のはじまりの時間に遡って語り出す。浮舟失踪後のことを、残された側から語るのが「蜻蛉」巻であったのに対して、浮舟の側から語るのが「手習」巻なのである。

のちの浮舟の回想によれば、浮舟はたしかにひとりで外に出た。けれども恐ろしくなり、自暴自棄になったところで美しい男性に抱かれる夢を見て、それ以降のことは思い出せないのだという。入水して果てることができなかった浮舟は、しかし、物語に「白き物」として現れる。僧たちが印を結んで迫っていくよう

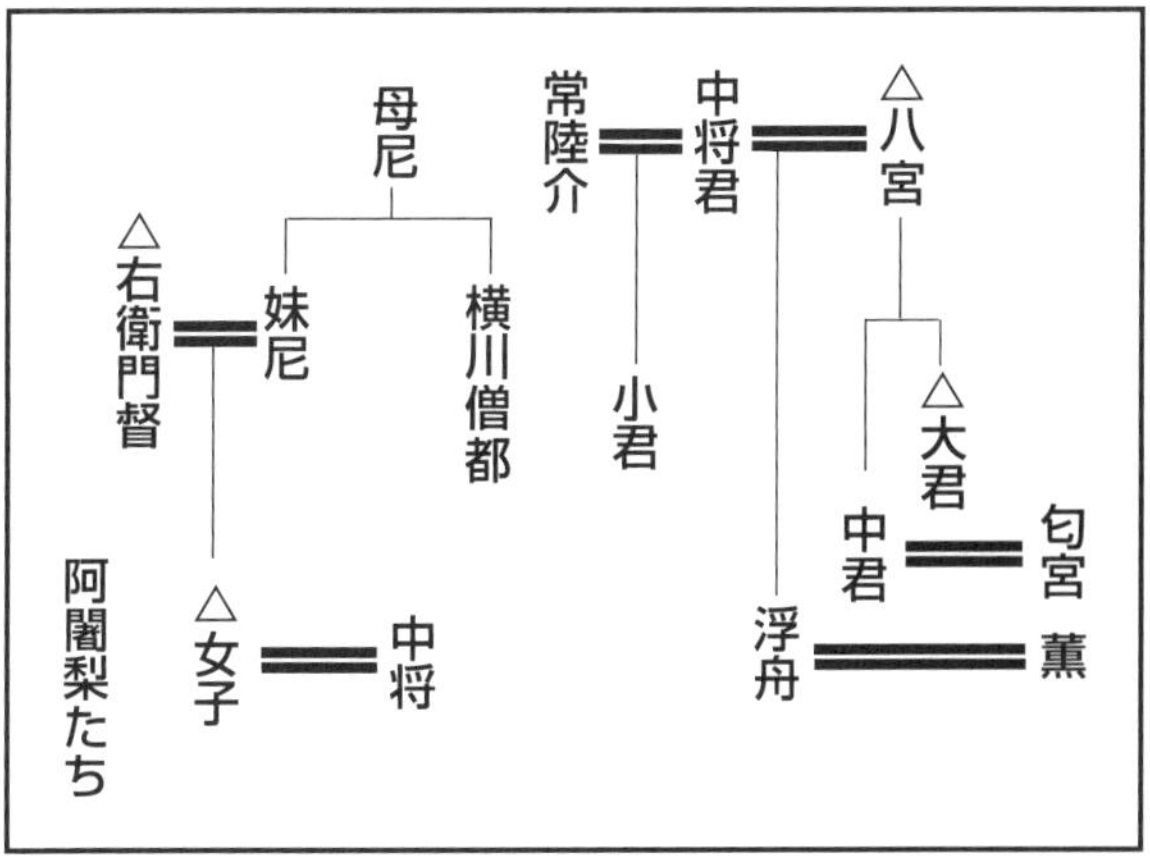

に、それはまさに霊物であった。浮舟は身体をもつ死者、生ける屍《しかばね》としてよみがえってくるのである。浮舟は大君の形代《かたしろ》として物語に登場してきた。浮舟がもし死んでしまったら、物語はその形代を呼び込んでくることになろう。だが、浮舟は今ここによみがえってくる。浮舟の身代わりは浮舟しかいない。物語は浮舟をふたたび登場させることによって、ほかの誰でもないこの浮舟という女性をとことん描き尽くそうとしている。そうした意味においても、浮舟は、『源氏物語』最後の女性なのであった。

二　浮舟の出家

【本文】

鋏《はさみ》とりて、櫛《くし》の箱の蓋《ふた》さし出《い》でたれば、「いづら、大徳《だいとこ》たち、ここに」と呼ぶ。はじめ見つけたてまつりし、二人《ふたり》ながら供にありければ、呼び入《い》れて、「御髪《みぐし》おろしたてまつれ」と言ふ。げにいみじかりし人の御ありさまなれば、うつし人にては、世におはせんもうたてこそあらめと、この阿闍梨《あざり》もことわりに思ふに、几帳《きちやう》の帷子《かたびら》の綻《ほころ》びより、御髪をかき出だしたまへるが、いとあたらしくをかしげなるになむ、しばし鋏をもてやすらひける。

（「手習」⑥三三七〜三三八頁）

【現代語訳】

浮舟が、鋏を手に取って、櫛の箱の蓋をさし出したので、横川僧都は、「さあ大徳たち、こちらに」と呼ぶ。宇治の院で倒れていた浮舟をはじめて見つけ申しあげた弟子の僧が二人とも供として加わっていたので、呼び入れて、「御髪を下ろしてさしあげなさい」と言う。「なるほどあのときあれほど大変であったご様子の方だから、俗人のままでは、この世で生きていらっしゃるのも嫌なのだろう」と、この阿闍梨も浮舟の出家を当然のことと思うけれど、浮舟が几帳の帷子の隙間から、ご自身で御髪をさし出していらっしゃるが、その御髪がまことに切るのが惜しまれるほど美しいので、しばらく鋏をもってためらうのだった。

【解説】

誰かの形代という呪縛をふりほどいてここまで逃れてきた浮舟であったが、生まれ変わった世界でも人びとは浮舟に形代であることを強いる。浮舟を親身に世話する妹尼は、亡き娘の身代わりとして浮舟を見ようとする。妹尼にとって浮舟が娘の形代であっても、浮舟にとって妹尼はかかわりのない他人であった。妹尼の娘の婿であった中将までもが浮舟に言い寄ってくるが、ふたりの貴公子のあいだで、あれほどまでに苦悩の限りを尽くした浮舟にとって、愛執とはすなわち受苦であった。もうあのような苦しい場所へは戻りたくない。浮舟は中将を拒絶し、俗世を逃れることを決意して横川僧都に懇望する。浮舟を発見したあの僧たちが浮舟の髪を下ろす。差し出され浮舟の髪は、しかし、切ることをためらわせるほど美しい。その美しさは浮舟が仏道にそぐわないことを如実に示していよう。浮舟自身、出家してもなお、心を平穏にすることはできない。仏道への帰依も浮舟を救済することにはならないのである。

第五十四帖「夢浮橋」浮舟の沈黙

一　横川僧都の手紙

【本文】

「今朝《けさ》、ここに、大将殿《だいしやうどの》のものしたまひて、御《おほむ》ありさま尋《たづ》ね問《と》ひたまふに、はじめよりありしやうくはしく聞こえはべりぬ。御心ざし深かりける御仲《なか》を背《そむ》きたまひて、あやしき山《やま》がつの中に出家《すけ》したまへること、かへりては、仏の責《せめ》そふべきことなるをなん、うけたまはり驚きはべる。いかがはせん。もとの御契《ちぎ》り過《あやま》ちたまはで、愛執《あいしふ》の罪をはるかしきこえたまひて、一日《いちにち》の出家《すけ》の功徳《くどく》ははかりなきものなれば、なほ頼ませたまへとなん。ことごとには、みづからさぶらひて申しはべらむ。かつがつこの小君《こぎみ》聞こえたまひてん」と書きたり。

（「夢浮橋」⑥三八六～三八七頁）

【現代語訳】

妹尼が横川僧都から浮舟にあてた手紙を見ると「今朝、わたし（横川僧都）のところに薫殿がいらっしゃって、あなた（浮舟）のご様子をお問い質《ただ》しになるので、はじめからあなたを宇治で発見して

小君によって浮舟に届けられた横川僧都からの手紙を手にとる妹尼
（『源氏物語団扇画帖』より、国文学研究資料館所蔵）

以来の出来事を詳しく申しあげてしまいました。薫殿があなたに寄せた愛情の深かったそのふたりのお仲をお背きになって、いやしい田舎者の間で出家なさったことは、薫殿の愛執を深めることになって、かえって、仏のお叱りが加わるにちがいないことを、薫殿のお話をうかがって驚いています。しかし、今となってはどうしようもありません。もともとの薫殿とのご宿運を違えなさらないで、薫殿の愛執の罪をお晴らし申しあげなさって、たとえ一日であっても出家の功徳ははかり知れないのものですから、やはりその功徳をお頼りになるのがよいと存じましてね。詳細については、わたし自身がお伺いして申しあげましょう。とり急ぎ、今日はこの小君が申しあげなさるでしょう」と書いてあった。

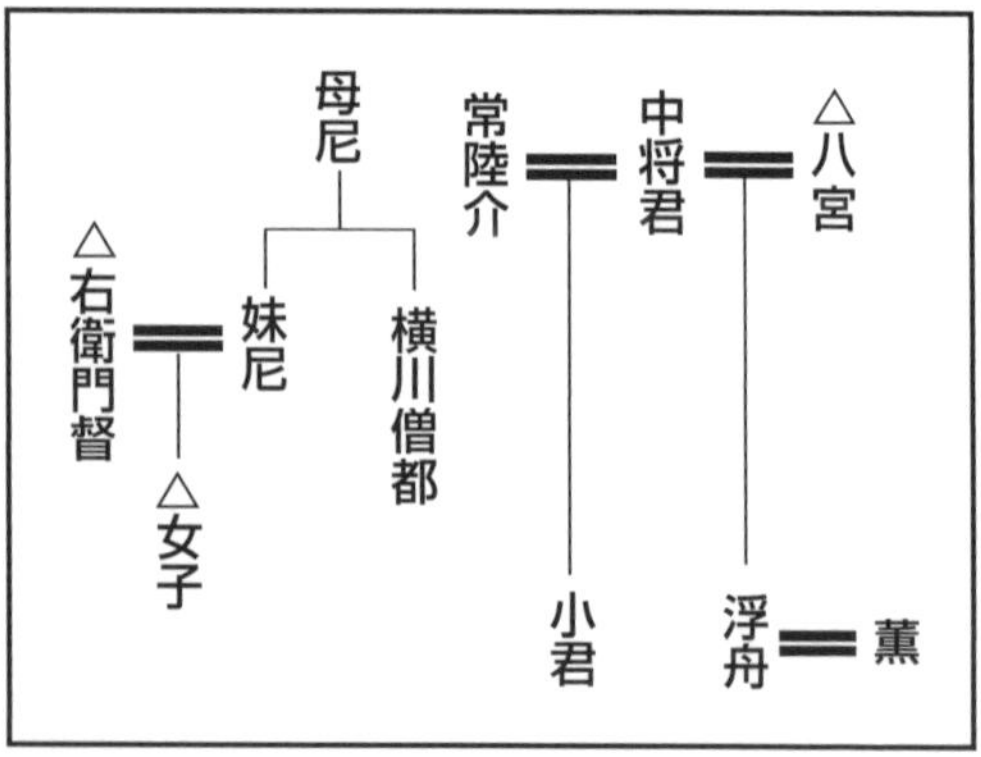

【解説】

浮舟が生きていることを聞いた薫は、横川僧都のもとを訪ねて事情を聞き、浮舟の生存を確信する。横川僧都も浮舟を出家させたことを後悔しながらも薫の案内の要請には応じず、浮舟の弟の小君を使いとして浮舟に手紙を届けさせることにする。その手紙には、薫との宿運に従って、薫の愛執の罪を晴らすようにと書かれており、この文言については、横川僧都が浮舟に還俗《げんぞく》を勧めているという説（還俗勧奨説）と、勧めてはいないとする説（非勧奨説）とに見解が分かれているが、いずれ自分の口で申しあげるとも書いていることからすれば、この手紙のなかではそのどちらかを明言していると考えなくてもよいのだろう。ただ、ここで注意しておくべきことは、『往生要集』を著した源信《げんしん》［九四二～一〇一七］がモデルともされるこの横川僧都でさえ、浮舟にはその生き方をはっきり示せないでいるということである。浮舟がどう生きるか。それは浮舟自身の問題として問われているのである。

二　物語の終焉

【本文】

いつしかと待ちおはするに、かくたどたどしくて帰り来《き》たれば、すさまじく、なかなかなりと思《おぼ》すことさまざまにて、人の隠しすゑたるにやあらんと、わが御心の、思ひ寄《よ》らぬ隈《くま》なく、落としおきたまへりしならひにとぞ、本《ほん》にはべめる。

（「夢浮橋」⑥三九五頁）

【現代語訳】

薫が小君が帰ってくるのを、まだかまだかと待ち構えていらっしゃるところに、小君がこのように要領を得ない様子で帰ってきたので、薫は、がっかりして、かえって使いなどを遣らない方がよかったとご思案になることがさまざまあり、どこかの男が浮舟を隠して住まわせているのであろうかと、ご自身のお心が思い寄らないところもないくらいにあらゆることを想定していらっしゃる、昔浮舟を宇治に放ってお置きになった経験によって。と、そのように書き写したもとの本には書いてあるようです。

【解説】

小君からさしだされた薫からの手紙を見た浮舟の心は揺れ、涙がこぼれる。浮舟のなかから薫に寄せる思いがまったく消え去ってしまったわけではないのであった。しかし、返事を促されると人違いかもしれないから持ち帰ってほしいという。浮舟は冷淡に拒絶するわけではない。薫への思いを必死で抑え、ようやくのこと、その手紙を押し返すのである。浮舟からの返事がないことを知った薫はがっかりして、自分がかつてしたように、誰かが浮舟を隠し据えているのではないかと疑う。昔のままの思考しかできない薫には、浮舟の苦悩など理解できるはずもなかったのであった。

『源氏物語』はここで終わる。何かあっけない幕切れのようにも感じるため、完結ではなく、中絶だとする考え方もあり、事実、後世、『山路の露』などの続篇も書かれている。けれども、それらを読めばなおのこと、やはり『源氏物語』はここで終わるしかなかったことが実感される。浮舟以外に浮舟の形代はおらず、その浮舟の心を薫は思い描くことはできない。ふたりの心の間には深い淵が横たわっている。橋はもう見えない。ふたりはただそこに立ち尽くすほかはない。『源氏物語』に語るべきことはもう何もあるまい。

終章　紫式部と『源氏物語』

【本文】

左衛門《さゑもん》の督《かみ》、「あなかしこ、このわたりに、わかむらさきやさぶらふ」と、うかがひたまふ。源氏に似るべき人も見えたまはぬに、かの上《うへ》は、まいていかでものしたまはむと、聞きゐたり。

（『紫式部日記』新編日本古典文学全集、一六五頁）

【現代語訳】

左衛門督である藤原公任が、「おそれいりますが、このあたりに、若紫はお仕えしていますか」と、そっとのぞいてご覧になる。光源氏に似ていそうな人もお見えにならないのだから、まして紫上がどうしていらっしゃることがあろうかと、わたくしは黙って聞いて座っていた。

【解説】

『紫式部日記』寛弘五年（一〇〇八）十一月一日の記事である。紫式部が残した『紫式部日記』には、紫式部と『源氏物語』とのかかわりを推察させるいくつかの記事があるが、そのうち、この記事は『源氏物語』のことが歴史上はじめて記されたものとして著名なものである。この日は、彰子が生んだ皇子（敦成《あつひら》親王、のちの後一条天皇）の五十日《いか》の祝いの日であった。ここで、当代きっての文化人である藤原公任が紫式部のことを「若紫」と呼びかけていることから、このころには紫式部が書いた『源氏物語』が宮中で広く読まれていたことがわかるとされる。

しかし、この紫式部という女性については、生没年はもとより、本名さえもわかっていない。和歌や漢学に優れていたものの受領層に甘んじていた藤原為時《ためとき》の娘として出生し、父の赴任にともなって越前国に下ったのちに、帰京して藤原宣孝《のぶたか》と結婚。賢子（大弐三位）を出産するものの、長保三年（一〇〇一）に宣孝と死別。『源氏物語』の執筆をはじめ、そののち、彰子のもとに出仕するようになったらしい。『紫式部日記』のほか、『紫式部集』という歌集もあり、それらを見ると、冷静な観察眼や自己を客観視する姿勢などがうかがわれ、『源氏物語』の作者としてふさわしいと見ることもできなくはない。けれども、紫式部が書き残した自筆の『源氏物語』は現在伝わっておらず、現存する『源氏物語』のどこまでが紫式部によるものかを知ることはできない。したがって、『源氏物語』から紫式部の人柄をうかがったり、『源氏物語』に紫式部の意図を探ったりすることはきわめて困難である。ただ、もちろん、そのことをもって『源氏物語』の価値を毀損することはできない。『源氏物語』は、長い時間をかけ、日本文化のなかで磨かれてきた作品だといえる。『源氏物語』は作者紫式部の手をはるかに離れて、今ここにあるのだった。

おわりに

私が『源氏物語』をはじめて通読したのは、十八歳の折のことである。国文学研究をこころざして國學院大學に入学し、『源氏物語』を輪読する研究会に入会してはみたものの、議論にはまったくついていけなかった。『源氏物語』を読み深めるためには、当然のことながら、まずは『源氏物語』の本文そのものを読み通す必要があったのである。しかし、初学者にとって、『源氏物語』の通読の壁はことのほか高かった。インターネットなどは使えない時代である。神田の古書店街を右往左往して手にしたのが、池田亀鑑『新講源氏物語』〔全二冊〕（至文堂、一九五一年）であった。『源氏物語』の各巻について、あらすじを述べたうえで、主要部分の本文を抄出して頭注を付し、解説を施したもので、『源氏物語』の本文に慣れるという意味においても有効であった。私は当該書を経て『源氏物語』の通読に挑んだのであった。

このたび、ベストブックの向井弘樹氏から本書の企画をうかがったとき、思い浮かべたのがその折のことであった。本書は、『源氏物語』という絶壁を前にして途方に暮れていた当時の私にも薦めることができるものとなったように思う。編集にあたっていただいた向井氏には厚く御礼を申しあげたい。

私事にわたるが、私がその十八歳の折からご指導を仰いできた恩師、林田孝和先生が二〇二三年九月二十一日に逝去された。先生は、折口信夫、高崎正秀の学統を受け継ぎ、『源氏物語』の民俗学的研究の確立に尽力された。厳しくも慈愛に満ちた先生でいらっしゃった。私がまがりなりにもいま『源氏物語』研究に携わることができているのは、林田先生のお導きによるものである。心からの哀悼の意を表すとともに、四十余年にわたるこれまでのご恩情に深く感謝申しあげます。

令和五（二〇二三）年十月一日

竹内正彦

参考文献

（副題等は省略）

阿部秋生他校注訳『新編日本古典文学全集　源氏物語』［全六冊］小学館（一九九四～一九九八）／玉上琢彌『源氏物語評釈』［全一二冊］角川書店（一九六四～一九六八）／鈴木一雄監修『源氏物語の鑑賞と基礎知識』［全四三冊］至文堂（一九九八～二〇〇五）／今泉忠義『源氏物語 全現代語訳』講談社学術文庫［全二〇冊］（一九七八）／渋谷栄一「源氏物語の世界」［http://www.sainet.or.jp/~eshibuya/］（二〇一三年一〇月一日最終閲覧）／池田亀鑑『新講源氏物語』［全二冊］至文堂（一九五一）／国文学研究資料館編『源氏物語 千年のかがやき 立川移転記念特別展示図録』思文閣出版（二〇〇八）／秋山虔監修『週刊　絵巻で楽しむ源氏物語五十四帖』［全六〇冊］朝日新聞出版（二〇一一～二〇一三）／池田亀鑑編『合本　源氏物語事典』東京堂出版（一九八七）／林田孝和他編『源氏物語事典』大和書房（二〇〇二）／阿部秋生編『諸説一覧　源氏物語』明治書院（一九七〇）／小田勝『実例詳解古典文法総覧』和泉書院（二〇一五）

秋山虔『源氏物語の世界』東京大学出版会（一九六四）／阿部秋生『源氏物語研究序説』東京大学出版会（一九五九）／伊藤博『源氏物語の原点』明治書院（一九八〇）／今井源衛『源氏物語登場人物論』今井源衛著作集（二）笠間書院（二〇〇四）／折口信夫『伊勢物語私記・反省の文学源氏物語（後期王朝文学論）』折口信夫全集（一五）中央公論社（一九九六）／加納重文『源氏物語の研究』望稜社（一九八六）／工藤

重矩『源氏物語の婚姻と和歌解釈』風間書房（二〇〇九）／後藤祥子『源氏物語の史的空間』東京大学出版（一九八六）／坂本曻『源氏物語構想論』明治書院（一九八一）／清水婦久子『源氏物語の風景と和歌〔増補版〕』和泉書院（二〇〇八）／清水好子『源氏の女君〔増補版〕』塙新書（一九六七）／鈴木日出男『源氏物語歳時記』ちくまライブラリー（一九八九）／鈴木日出男『源氏物語虚構論』東京大学出版会（二〇〇三）／高崎正秀『源氏物語論』高崎正秀著作集（六）桜楓社（一九七一）／高橋亨『源氏物語の対位法』東京大学出版会（一九八二）／武田宗俊『源氏物語の研究』岩波書店（一九五四）／田坂憲二『源氏物語の人物と構想』和泉書院（一九九三）／長谷川政春『物語史の風景』若草書房（一九九七）／林田孝和『源氏物語の発想』林田孝和著作集（一）武蔵野書院（二〇二二）／原岡文子『源氏物語の人物と表現』翰林書房（二〇〇三）／藤井貞和『源氏物語の始原と現在〔定本〕』冬樹社（一九八〇）／藤井貞和『源氏物語論』岩波書店（二〇〇〇）／益田勝実『益田勝実の仕事』（二）ちくま学芸文庫（二〇〇六）／松井健児『源氏物語の生活世界』翰林書房（二〇〇〇）／三田村雅子『源氏物語　感覚の論理』有精堂（一九九六）／柳井滋「源氏物語と霊験譚の交渉」桜井宏徳編『柳井滋の源氏学　平安文学の思想』武蔵野書院（二〇一九）／吉井美弥子『読む源氏物語　読まれる源氏物語』森話社（二〇〇八）／吉海直人『源氏物語の新考察』おうふう（二〇〇三）／竹内正彦『源氏物語発生史論』新典社（二〇〇七）／竹内正彦『2時間でおさらいできる源氏物語』だいわ文庫（二〇一七）／竹内正彦『源氏物語の顕現』武蔵野書院（二〇二二）

竹内正彦（たけうち　まさひこ）

國學院大學文学部日本文学科教授。1963年長野県生まれ。國學院大學大学院博士課程後期単位取得退学。博士（文学）。専攻は『源氏物語』を中心とした平安朝文学。おもな著書に『源氏物語の顕現』（武蔵野書院）、『源氏物語発生史論－明石一族物語の地平－』（新典社）、『2時間でおさらいできる源氏物語（だいわ文庫）』（大和書房）、『源氏物語事典』（共編著・大和書房）、監修書に『図説 あらすじと地図で面白いほどわかる！ 源氏物語（青春新書インテリジェンス）』（青春出版社）、『図解でスッと頭に入る紫式部と源氏物語』（昭文社）などがある。

名場面で味わう源氏物語五十四帖

2023年11月30日　第1刷発行

著　　者	竹内正彦
発 行 者	千葉弘志
発 行 所	株式会社ベストブック 〒106-0041 東京都港区麻布台3-4-11 麻布エスビル3階 03（3583）9762（代表） 〒106-0041 東京都港区麻布台3-1-5 日ノ樹ビル5階 03（3585）4459（販売部） http://www.bestbookweb.com
印刷・製本	中央精版印刷株式会社
装　　丁	町田貴宏

ISBN978-4-8314-0254-7 C0095